À PROPOS DE L'AUTEUR

Bronwyn Scott s'est fait remarquer la toute première fois grâce à une nouvelle médiévale. Depuis, entre les cours qu'elle donne à l'université et les balades en famille qu'elle aime par-dessus tout, elle invente des histoires d'amour passionnantes et teintées d'humour.

[illegible]

[illegible]

Prince malgré lui

BRONWYN SCOTT

Prince malgré lui

Traduction française de
MARIE-FRANCE BALAZS-KNOPP

Les Historiques

HARLEQUIN

Collection : LES HISTORIQUES

Titre original :
SEDUCED BY THE PRINCE'S KISS

HARPERCOLLINS FRANCE
83-85, boulevard Vincent-Auriol, 75646 PARIS CEDEX 13
Service Lectrices — Tél. : 01 45 82 47 47

www.harlequin.fr

ISBN 978-2-2804-1558-3 — ISSN 1159-5981

À Scott et aux aventures qu'il nous reste à vivre.

Chapitre 1

Shoreham-by-Sea, Sussex de l'Ouest, mars 1824

Le printemps était de retour dans toute sa splendeur : rafales, pluies cinglantes, et cette humidité permanente propre à l'Angleterre, qui confinait les gens à l'intérieur dans une inactivité usant la patience — du moins la sienne. Luttant contre le vent qui frappait les falaises, Stepan Shevchenko regarda par l'oculaire de sa longue-vue, pour scruter l'horizon.

Toujours rien.

Il laissa retomber la lunette en fronçant les sourcils. Malgré tout, il aurait préféré se trouver dehors, au milieu des éléments, qu'à l'intérieur, comme il y était contraint depuis des mois. Il supportait mal le confinement. Il rêvait constamment de pouvoir faire de l'exercice, partir à l'aventure ; ces efforts pour s'adapter au rythme plus calme de la vie en Angleterre semblaient vains.

C'était le deuxième printemps qu'il passait en Grande Bretagne, et tout ce temps passé ne lui avait pourtant prouvé qu'une chose — on pouvait vous faire quitter le Kouban, mais on ne pouvait pas extraire de vous le Kouban.

Les paysages sauvages du Kouban avec ses montagnes et ses rivières faisaient écho à la sauvagerie qui l'habitait lui-même, un sentiment primitif profondément enfoui et qu'il avait pris grand soin d'étouffer. C'était devenu une identité secrète que seuls lui et ses plus proches amis connaissaient : Nikolaï, Ruslan, Illarion et Dimitri. Pour sûr, aucun de ceux qui, à Londres, traitaient avec le prince Stepan Shevchenko ne pouvait le deviner. À leurs yeux, il était tout ce qu'il y avait de plus *convenable* : un homme ennuyeux dans un monde ennuyeux.

Il préférait qu'il en soit ainsi. C'était une excellente couverture. Si bonne en vérité, qu'il parvenait à se dissimuler sa sauvagerie à lui-même ! Parfois, il croyait presque en cette façade. Mais les jours comme celui-ci, quand le vent soufflait dans ses cheveux et que la pluie lui fouettait le visage, il ne pouvait se mentir. Au fond de son cœur, il demeurait sauvage, toujours en action, toujours tumultueux.

L'horizon se troubla, sa ligne déserte perturbée par l'apparition de voiles. Stepan sourit et leva de nouveau sa longue-vue. Ce devait être lui, enfin — son navire, ou du moins l'un d'entre eux. À travers la lunette, il déchiffra le nom sur la proue. Le *Lady Frances*, un bateau dont nul n'ignorait qu'il était frété par le prince Stepan Shevchenko pour apporter à Londres les plus récents produits de luxe du Kouban : coffrets laqués avec des scènes de la vie koubanienne soigneusement peintes sur le couvercle, délicates sculptures de bouleau, et ces poupées matriochkas toujours si appréciées.

À la vue du navire, un fugace sentiment de satisfaction s'empara de lui et l'appréhension lui noua le ventre. Il déplaça sa longue-vue à la recherche d'autres navires derrière le *Lady Frances*, mais le bateau avançait seul.

« Attends donc ! », s'encouragea-t-il. L'impatience engendrait une inquiétude inutile. Il n'avait pas à s'inquiéter. Pas encore. C'était un bon signe que le *Lady Frances* soit arrivé. Sa cargaison lui rapporterait un profit plus qu'acceptable une fois les droits de douane acquittés, ainsi qu'une récompense d'un autre genre — pouvoir s'entourer d'objets qui lui rappelleraient la maison. S'il ne pouvait pas retourner au Kouban, il pouvait faire venir le Kouban à Londres. C'était une façon d'apaiser sa nostalgie pour un endroit qu'il ne s'attendait pas à regretter, un lieu qui ne lui rappelait pas de bons souvenirs mais le hantait néanmoins, depuis qu'il ne pouvait plus y retourner. Mais un homme ne devenait pas riche, pas comme il l'était devenu, en important des bibelots pour décorer les salons des dames. Non, le *Lady Frances* ne constituait pas un véritable enjeu. Elle n'était qu'un leurre.

Avec une impatience croissante, Stepan fixait l'horizon. « Attends… Attends », s'admonesta-t-il de nouveau. Cinq minutes s'écoulèrent. Puis dix. Il perçut un mouvement. Son cœur d'aventurier bondit dans sa poitrine. L'excitation en lui ne faiblissait décidément jamais.

Lentement, un second navire apparut au loin. Il était là, enfin ! Le *Razboynik*. C'était lui qui détenait la vraie manne — des fûts de vodka pure tout droit venus d'Ekaterinador et libres de droits de douane grâce à son ingéniosité et à des barils spécialement conçus. Sans la vodka, il n'aurait tiré aucun profit substantiel de ce négoce. Pas d'aventures non plus, et aucune raison qui justifie le risque encouru. Or, il avait besoin des trois !

Stepan fouilla dans sa poche, remplaçant sa lunette par un miroir, et envoya un bref signal lumineux vers la mer. Cet unique reflet signifiait : « Vous n'avez rien à craindre, vous pouvez accoster. »

Stepan entendit son cheval hennir doucement depuis le piquet où il l'avait attaché et sentit une présence derrière lui. Il sourit sans se retourner, sachant fort bien qui était là — son chef d'équipe, le jeune Joseph Raleigh. Il émit un petit rire quand Joseph se tint près de lui.

— Ma parole, Joe, tu sens approcher un navire à un mile de distance !

Il passa sa lunette au jeune homme, qui sourit en regardant dans l'oculaire.

— Un vrai bijou, milord ! Ce que je sens, c'est le profit qui approche. Les gamins rongent leur frein, vous savez.

Par « gamins », Joseph voulait dire l'équipe qui allait se rassembler pour décharger le *Razboynik*, des adolescents entre quatorze et dix-sept ans, tous orphelins au sens figuré ou au sens propre du terme.

Stepan, lui, l'avait été dans tous les sens du terme. Certains de ces garçons venaient de Londres et il les avait recrutés durant ses visites là-bas, d'autres étaient de la région. Dans la bonne société, il ne manquait pas de gens qui, s'ils le savaient, le condamneraient sans doute pour employer ainsi des « enfants » à un travail illégal. Mais ces gamins-là, qui avaient mangé de la vache enragée et continuaient à le faire jour après jour, avaient été réduits à bien pire avant qu'il les embauche que de diluer de la vodka dans des grottes. À leur âge, ces garçons avaient encore besoin d'être guidés et aidés, seulement ils avaient aussi leur fierté. Ils n'auraient pas accepté la charité.

Stepan en avait conscience, il avait eu leur âge et s'était trouvé dans leur situation, même s'il avait été élevé dans un palais contrairement à eux. Le luxe n'empêchait personne de se sentir perdu et à la dérive. Comme ces enfants, il avait d'abord mené une vie de paresse : il avait été un garçon qui ne s'intéressait pas à l'école et n'aspirait qu'à la liberté des grands espaces. Or une vie équilibrée nécessitait à la fois liberté et discipline. Si c'était en son pouvoir, Stepan rendrait à d'autres le service que Dimitri lui avait rendu jadis. Même sans être pauvre, on pouvait avoir besoin d'être dirigé. Les pièges inhérents au statut d'orphelin ne tenaient pas compte de la position sociale.

Quant à la contrebande, eh bien, tout le monde ici s'y livrait ! Il n'y avait personne à Shoreham qui ne soit impliqué d'une façon quelconque dans le « commerce libre », que ce soit en tant que marchand, client ou employé. Cela en faisait une « industrie » sans risques. Selon toute probabilité, les gens n'allaient pas dénoncer leurs amis ou ceux qui les approvisionnaient en denrées qu'ils ne pouvaient se procurer autrement.

Et puis il y avait aussi l'aspect politique : une façon de se dresser contre un gouvernement inique qui taxait les denrées de façon exorbitante, une manière de s'élever contre la cupidité, contre un système qui se maintenait en accablant ceux qui pouvaient le moins se défendre, tout en ignorant les besoins des plus faibles — les veuves, les enfants, les orphelins, les hommes brisés de retour de la guerre et les fermiers qui ne pouvaient plus cultiver leurs terres. Pour Stepan, la contrebande était un moyen de protester contre l'injustice. Quand le système changerait, eh bien, il changerait lui aussi.

Joseph referma la longue-vue et la lui rendit.

— Est-ce que nous descendons, milord ?

Stepan tira une bourse de sa poche.

— Tiens ! Assure-toi que tous ceux qui travaillent ce soir reçoivent leur dû. Je te verrai plus tard.

Dans un instant, il irait à cheval accueillir le *Lady Frances* sur le quai. Et pendant qu'il s'occuperait ouvertement de sa cargaison dans le respect de la loi, le *Razboynik* pénétrerait clandestinement dans la crique discrète au pied des falaises. Joseph Raleigh et l'équipe de terre rangeraient l'alcool et les petits paquets d'épices dans les grottes. Puis ils passeraient la semaine à préparer la vodka pour le transport de Shoreham à Londres où, grâce aux efforts de Stepan, la nourriture, la boisson et les objets du Kouban faisaient actuellement fureur. Les femmes voulaient leurs bibelots et les hommes leur vodka.

C'était là un bon arrangement, qui avait accru sa fortune et assouvi son besoin d'aventure. Un stratagème au point, mais pas trop non plus. Il restait, après tout, une marge de risque. Les aspects secrets de son « commerce » pouvaient être découverts à n'importe quel moment. Les grottes où il stockait son trésor ne lui appartenaient pas, elles faisaient partie du domaine de

Preston Worth, dont l'épouse, Beatrice, était une amie de la femme de Dimitri. Worth et sa famille n'y vivaient pas tout le temps, le travail du maître des lieux les retenant à Londres une bonne partie de l'année, comme en ce moment. Et quand ce n'était pas le cas, Worth, en tant qu'agent de prévention officiel, était tenu de parcourir à cheval la côte des contrebandiers, pendant que l'un d'eux nichait précisément chez lui ! Stepan appréciait l'ironie de la situation tout autant que le risque.

Preston n'était pas la seule menace. Il restait toujours la possibilité qu'un garde-côte zélé ne découvre sa petite entreprise illégale. D'ailleurs, grande ou petite, cela ne ferait pas de différence pour les hommes du roi. Le châtiment pour la contrebande demeurait le même : la pendaison ou, si l'on avait de la chance, la déportation.

Non que Stepan se souciât outre mesure de cette double pression. Au contraire, le prix à payer s'il était découvert l'incitait à se montrer inventif. Désormais, un bon contrebandier ne pouvait se contenter de semer les Anglais comme autrefois. Aujourd'hui, il devait se montrer plus malin que les soldats. Dieu merci, Stepan ne manquait pas d'ingéniosité. Ses nouveaux barils, avec leur compartiment secret, en témoignaient. Même si le *Razboynik* se faisait aborder par les douaniers, ces derniers n'y découvriraient sans doute rien de suspect.

Tournant le dos à la falaise, Stepan se dirigea vers l'endroit où l'attendait son cheval. L'après-midi allait être bien rempli. D'abord les docks, puis le trajet d'une heure jusqu'à Little Westbury, où il retrouverait l'hospitalité de Dimitri Petrovich. Ni la longue journée en selle ni la pluie ne le rebutaient. Il avait de quoi occuper ses pensées.

Déjà il planifiait sa prochaine livraison. Ce navire-là devait arriver le mois prochain et demanderait un plan plus élaboré que celui d'aujourd'hui. Le *Razboynik* représentait en quelque sorte un entraînement pour tester le stratagème des nouveaux barils. L'autre bateau, le *Skorost*, transportait une énorme cargaison de vodka, ainsi que davantage d'épices et le précieux safran russe. L'enjeu était infiniment plus important et Stepan s'en réjouissait. Projeter des expéditions le distrayait. Il préférait songer à la façon de faire débarquer en secret des objets de contrebande plutôt que de s'appesantir sur des désirs inatteignables. L'image de l'inaccessible Anna-Maria Petrova, la ravissante sœur de Dimitri, traversa un instant son esprit.

De ce côté-là, il n'y avait rien à espérer si ce n'est la déception et le chagrin. Car si ses fantasmes concernant la jeune fille venaient à se concrétiser, la déportation ou la pendaison deviendraient alors le cadet de ses craintes ! En effet, Dimitri le ferait tout bonnement écarteler, non sans l'avoir d'abord châtré. Il avait toujours admiré la ténacité de Dimitri dès lors qu'il s'agissait de protéger sa famille. Stepan préférait éviter que cette ténacité se retourne contre lui. Il appréciait trop l'amitié de Dimitri, tout en se méfiant de sa force herculéenne.

Esquissant un sourire, il enfourcha son cheval. Dieu merci, il avait la contrebande pour calmer l'agitation de son esprit. Elle lui donnait un but et une raison d'agir, le retenant hors de la maison une bonne partie de la journée, loin de la vibrante sphère d'Anna-Maria. Pour le bien de tous, il avait décidé depuis longtemps que la pétillante Anna-Maria représentait un genre de passion qu'il valait mieux vivre à distance.

Elle le vit arriver au moment où il tournait dans la longue allée conduisant à la maison. Où avait-il été pendant tout ce temps ?

Anna-Maria alla se poster discrètement sur le côté des rideaux blancs vaporeux de sa chambre, là où personne ne pouvait la voir, tout en réfléchissant à la question.

Pendant les longs mois d'hiver qu'il avait passés avec eux à Little Westbury, elle avait eu tout le loisir d'étudier

Stepan. Au début, c'était pour elle une façon de passer le temps jusqu'au moment où elle pourrait aller à Londres afin de faire ses débuts dans le monde. Elle avait dix-neuf ans et normalement, elle aurait dû se rendre à Londres l'année dernière, mais son arrivée en Angleterre était alors trop récente, d'après son frère. Cette année, elle se consumait d'impatience. Enfin, sa vie allait commencer ! N'importe quoi serait toujours plus excitant que la morne vie qu'elle menait à la campagne.

Mais en attendant le séjour dans la capitale, l'ami de son frère constituait un intéressant sujet d'observation. Les absences de Stepan étaient mystérieuses. Il décampait au milieu de la matinée et rentrait tard chaque soir, juste à temps pour le dîner. Anna avait essayé de se lever le matin en même temps que lui, mais plus elle se réveillait tôt, plus il avançait l'heure de son propre lever. Après une semaine, elle avait renoncé à ses tentatives d'adopter le rythme de leur invité.

Elle observa Stepan remonter l'allée à cheval, droit sur sa selle, les mains et les jambes bougeant imperceptiblement pour guider le grand étalon. Stepan montait de façon élégante et raffinée. Il n'était peut-être pas un officier de cavalerie comme Nikolaï, mais il était aussi bon cavalier. Depuis qu'elle était petite, elle admirait sa façon de se tenir à cheval.

Stepan, comme son frère, avait toujours fait partie de sa vie. Si son aîné jouait plutôt le rôle d'un père pour elle, les amis de Dimitri, eux, se comportaient en oncles. Nikolaï, Illarion et Ruslan étaient des oncles du genre amical et la traitaient avec affection. Ils lui tiraient les nattes, la taquinaient, la chatouillaient et la faisaient rire. Stepan, lui, se montrait plus réservé, acceptant rarement de chahuter avec elle, même quand elle était plus jeune. Avec des mots qu'une enfant de six ans pouvait comprendre, Dimitri lui avait expliqué que Stepan ne savait pas ce que c'était que de faire partie d'une famille et qu'ils devaient le lui apprendre.

Si tel était le cas, Stepan n'avait toujours pas appris ! Ces dernières années, il était devenu encore plus impénétrable, et pas seulement au niveau émotionnel. Désormais, c'était aussi physiquement qu'il prenait ses distances.

Lui et les autres avaient passé presque toute l'année précédente à Londres, dans la maison de ville de Dimitri. Dieu, qu'elle s'était languie d'eux ! Ils lui avaient tous manqué. Ensemble, ils avaient constitué sa famille. Mais Stepan était celui dont elle avait le plus ressenti l'absence. Bien qu'il soit peu démonstratif, elle s'était habituée à sa présence. Aussi loin qu'elle se souvienne, il avait toujours été là, une base fixe sur laquelle elle pouvait s'appuyer, moins versatile qu'Illarion, d'humeur plus égale que Nikolaï. Elle s'était sentie tout excitée quand Dimitri lui avait annoncé que Stepan comptait venir passer l'hiver à Little Westbury. Elle l'aurait pour elle seule pendant près de quatre mois ! avait-elle pensé. Mais lorsqu'il était arrivé, il s'était montré plus distant que jamais, passant la plupart de ses journées comme aujourd'hui — loin de la maison…

Voilà qui épaississait le mystère. Qu'est-ce qui pouvait bien attirer ainsi à l'extérieur, dans le froid et la pluie, l'impassible Stepan ?

Dans l'allée en contrebas, elle vit Stepan mettre pied à terre et confier les rênes au groom de Dimitri. Anna sourit. C'était le moment ! Elle allait l'accueillir et lui extorquer ses secrets, peut-être même l'amadouer jusqu'à lui arracher un sourire. De tous les amis de son frère, c'était Stepan qui souriait le moins et semblait toujours le plus soucieux.

Il se tenait dans le hall d'entrée, occupé à dérouler son cache-nez, quand elle dévala l'escalier avec légèreté, sans pouvoir dissimuler son air mutin.

— Eh bien, où étiez-vous ? Qui avez-vous vu ?

Surpris, Stepan leva les yeux.

— Que de questions ! Vous prendriez-vous pour ma mère à présent ?

Ce n'était pas une réprimande bien méchante, mais une réprimande tout de même. Il la grondait bel et bien !

Anna esquissa une moue boudeuse.

— Il faut bien que quelqu'un s'occupe de vous, si vous devez sortir toute la journée et rentrer à la maison trempé comme une soupe !

S'emparant de l'écharpe, elle acheva de la dérouler pour lui.

— Faut-il vous faire préparer un bain ?

Elle secoua la laine mouillée, projetant des gouttelettes sur le plancher. Stepan retira sa houppelande, montrant ostensiblement qu'il ne désirait aucune aide.

— Où est Tate ? N'est-ce pas là le travail du majordome, Anna-Maria ?

— Je lui ai brûlé la politesse. Et je vous ai déjà dit de m'appeler *Anna*, le gronda-t-elle avec un sourire qui creusait immanquablement une admirable fossette dans sa joue droite sans qu'elle semble en avoir conscience.

Au Kouban, les quelques garçons qu'on l'avait autorisée à rencontrer trouvaient que son plus grand charme, c'était son sourire. Tout ce qu'elle espérait à présent, c'était que les jeunes gentlemen de Londres s'y montreraient aussi sensibles !

Mais pas Stepan. Il ne paraissait même pas le remarquer.

— Votre nom est Anna-Maria. C'est ainsi depuis votre naissance, non ?

Anna haussa les épaules, secouant ses boucles brunes.

— Je préfère Anna, cela fait tellement plus anglais !

Cette remarque eut au moins le mérite d'attirer enfin l'attention de Stepan. Elle le vit hausser ses sourcils sombres.

— Et pourquoi diable voudriez-vous paraître plus anglaise ?

Les mains sur les hanches, elle se campa devant lui afin de lui faire face.

— Peut-être pour la même raison que vous avez fait couper vos cheveux !

Au Kouban, il portait les cheveux plus longs, comme Nikolaï et Illarion. Eux avaient conservé les leurs, mais Stepan, Dieu savait pourquoi, avait sacrifié les siens dès son arrivée. Ils avaient maintenant assez repoussé pour qu'il puisse les porter attachés en arrière, comme à présent.

— Eh bien ? insista-t-il en plissant ses yeux gris.

Il n'aimait pas qu'on le défie, c'était évident. Ni qu'on veuille le forcer à révéler quoi que ce soit de sa vie privée…

— Pour me couler dans le moule, bien sûr, répondit-elle avec franchise. Et parce que c'est plus excitant. Anna-Maria est un prénom de nonne. Anna fait plus sophistiqué.

Elle prononçait le nom avec un *a* bref. De cette façon, il sonnait étranger, trouvait-elle. Mais pas trop.

Stepan lui jeta un regard réprobateur.

— Plus excitant, hein ? Ce n'est pas vraiment ce que votre frère désire pour vous.

Anna fit de nouveau la moue. Ce que Dimitri désirait, elle ne le savait que trop. Aussi bien intentionné qu'il soit, son frère la garderait cachée à la campagne jusqu'à la fin des temps si on le laissait faire.

Stepan passa devant elle pour gagner l'escalier, sa houppelande humide drapée sur son bras.

— Si vous voulez bien m'excuser à présent, je vais aller me laver avant le souper.

— Oh ! non, pas question !

Elle alla se placer devant lui, si près que ses jupes lui effleuraient la jambe.

— Vous n'allez pas monter avant de m'avoir accordé un sourire.

Il secoua la tête sans répondre, visiblement décidé à passer outre. Anna se rapprocha encore, et d'un geste joueur, l'agrippa par les pans de sa veste.

— Non, non… Pour passer, vous devez vous acquitter d'un gage. Je l'ai décidé.

Stepan serra les mâchoires.

— Un gage ? Et qu'est-ce que ce serait ?

Elle tenta un nouveau sourire, encore plus charmeur que le précédent.

— Vous devez répondre à ma question.

— Et si je ne le fais pas ?

— Alors j'essaierai de deviner.

— Très bien, devinez ! Mais faites vite. Je n'ai pas l'intention d'attraper un rhume. Il y a quelques minutes, vous vous inquiétiez de ma santé, non ?

De toute évidence, il refrénait à grand-peine son impatience. Les choses s'engageaient mal, mais Anna s'obstina. Oh ! elle se rendait bien compte qu'il la congédiait, l'écartant de son chemin tel un insecte importun. Eh bien, il allait voir ! Elle voulait l'interpeller pour qu'il fasse attention à elle, pour lui prouver qu'elle n'était pas simplement la mouche du coche. Elle réfléchit deux secondes, puis demanda d'un ton angélique la question la plus scandaleuse qu'elle avait pu trouver :

— Étiez-vous avec votre maîtresse ?

Le regard gris de Stepan se durcit et une expression sévère se peignit sur son visage, tandis qu'il détachait les mains de la jeune fille des revers de sa veste.

— Voilà qui n'est pas très digne d'une dame ! J'ai honte pour vous.

— Allons, pas d'hypocrisie ! Je sais que vous en aviez tous au Kouban. Je ne suis plus une enfant.

— Oh ! j'en ai bien conscience, grommela Stepan.

Une note dangereuse vibrait dans sa voix. Anna la perçut mais refusa d'en tenir compte.

— S'il vous plaît…

Il voulut la contourner, seulement elle était lancée à présent et rien ne pouvait plus la retenir. Il ne s'agissait plus seulement de lui extorquer un sourire. Elle voulait qu'il lui accorde son attention et c'était ce qu'il allait faire. Tout de suite.

Déterminée, elle lui barra le passage, le bloquant au pied de l'escalier.

— Vous devez répondre. Ai-je bien deviné ? le défia-t-elle, bien qu'une partie d'elle souhaitât se tromper.

— Où que j'aie été, ce ne sont pas vos affaires, Anna-Maria. Et je n'ai jamais accepté de vous répondre. C'est vous seule qui en avez décidé ainsi.

Il reprit son ascension sans ajouter un mot, et cette fois, elle ne le retint pas. Elle n'était plus d'humeur à jouer. Elle le regarda gravir les marches, les épaules droites, plus inflexible que jamais. Son esprit à elle s'agitait, cherchant à imaginer la réponse qu'elle avait réclamée en vain.

Stepan avait-il réellement une maîtresse ? Au Kouban, les autres avaient eu des aventures à la pelle. Leurs liaisons étaient légendaires. Elle surprenait leurs conversations avec Dimitri tard dans la nuit, quand elle était supposée être au lit, hors de portée de voix. Car bien entendu, aucun d'eux n'aurait osé évoquer un tel sujet directement devant elle. Mais Stepan ?

S'il avait eu une maîtresse, elle n'en avait rien su. Il avait gardé cela très secret…

Anna sentit son cœur se serrer. Au fond, elle préférait ne pas savoir. Stepan était à elle, il lui avait toujours appartenu, d'une façon différente des autres. N'importe lequel d'entre eux se serait battu pour elle, bien sûr. Mais la nuit de leur fuite, c'était Stepan qui était venu la chercher. C'était lui qui l'avait hissée devant lui sur son grand cheval, lui avait passé un bras autour de la taille après l'avoir enveloppée dans sa cape et s'était élancé au galop dans l'obscurité. Elle n'avait pas ressenti la moindre peur. Elle n'avait rien à craindre quand Stepan se trouvait avec elle. Il était son infaillible point de repère, toujours là pour elle.

*
* *

D'un pas nonchalant, Anna gagna la bibliothèque. Sur ce plan-là au moins, rien n'avait vraiment changé depuis le Kouban. Stepan était encore avec elle. Les autres, eux, s'étaient mariés et avaient suivi leur propre route.

Nikolaï habitait Londres où il avait monté une école d'équitation. Illarion et Dove n'étaient pas encore rentrés de leur éternel périple de lune de miel, et Ruslan se trouvait Dieu savait où, bien qu'elle soupçonnât Stepan d'être au courant. Il était leur conseiller officieux, leur chef occulte. Il savait tout !

Elle contemplait le feu d'un regard absent, tout à sa méditation. Perdre les autres ne l'avait pas vraiment affectée. Elle s'était réjouie pour eux, ravie de leurs romances et de leurs mariages. Ses fringants « tontons » méritaient de trouver le véritable amour dans la nouvelle vie qu'ils s'étaient créée. Mais en toute honnêteté, elle ne se sentait pas aussi généreuse à l'égard de Stepan. Elle n'avait jamais pensé le perdre de cette façon-là… Le jour fatidique où il trouverait quelqu'un.

Ce n'était pas qu'elle ne souhaitât pas que Stepan se marie et fonde une famille à lui. C'était seulement qu'elle ne l'avait jamais imaginé en train de mettre un tel projet à exécution — c'est-à-dire de la quitter, elle.

Qui sait ? Peut-être était-ce déjà fait en secret ?

Qui voyait-il à Londres lorsqu'il n'était pas ici avec eux ? Comment passait-il ses journées ? Ses nuits ? Une jolie Anglaise avait-elle déjà capturé son attention et son cœur ?

Anna soupira. Elle regrettait à présent d'avoir prononcé ces paroles irréfléchies, tout à l'heure au pied de l'escalier. Elles avaient provoqué en elle un flot de pensées aussi nouvelles que déstabilisantes, et elle n'arrivait plus à écarter de son esprit leur désagréable implication : un jour viendrait où Stepan la quitterait vraiment !

Chapitre 2

Il fallait qu'il s'en aille.

Stepan tournait et retournait cette pensée dans sa tête, tout en dégustant l'excellent bœuf rôti servi ce soir-là au souper.

Il pouvait se trouver une maison à lui — peut-être même contacter Preston Worth en lui proposant de louer sa demeure érigée au-dessus des grottes, à Shoreham. Après tout, ne serait-ce pas approprié de se livrer à la contrebande de la vodka depuis le logis d'un officier de la prévention des fraudes ? Le risque-tout en lui aimait cette idée. Mais s'il s'en allait, il dînerait seul, et c'en serait fini de ces délicieux soupers chez Dimitri…

Stepan avala une autre gorgée de vin, un exquis bourgogne bien corsé, et examina la table. Chaque soir, Dimitri et sa femme, Evie, offraient à leurs hôtes réconfort et sécurité, un véritable petit coin de paradis sous forme d'un délicieux repas chaud et d'une agréable conversation avec les invités rameutés alentour.

Stepan réprima un soupir. Chaque détail de ce souper lui rappelait tout ce qui manquerait à sa vie sans Dimitri. Ce n'était pas là le genre de plaisir qu'il pourrait retrouver seul. Il ne possédait pas de famille en dehors de celle de Dimitri, par laquelle il avait été adopté vingt et un ans plus tôt. Depuis l'âge de dix ans, il profitait ainsi du doux rayonnement de ce foyer d'emprunt. S'en éloigner n'était pas une mince affaire. Mais il devait absolument se préoccuper de sa santé mentale !

Ce soir, ce dîner avec la famille du gentilhomme du coin ne dérogeait pas aux habitudes. Peut-être même Stepan l'appréciait-il encore davantage, étant donné le tour qu'avaient pris ses pensées. Mais si partir lui coûtait, rester avait aussi un prix : voir la présence d'Anna-Maria illuminer chaque soir la tablée, devoir constamment se préparer à ses apparitions soudaines, comme celle du hall tout à l'heure, tentation féminine tout soie et sourires descendant l'escalier ou surgissant dans une pièce à n'importe quel moment, inventer des raisons de passer le plus clair de la journée loin de la maison, sachant qu'Anna-Maria, elle, ne se rendait compte de rien…

Stepan remplit de nouveau son verre. Comment aurait-elle pu se rendre compte ? Il avait douze ans de plus qu'elle. Il la connaissait depuis qu'elle était née, l'avait vue s'écorcher les genoux, pleurer quand la grenouille qu'elle avait « adoptée » la veille s'était échappée de son bocal. Il l'avait même vue trépigner de colère, petite fille entêtée de six ans, quand Dimitri avait refusé de la gâter en lui offrant une poupée de porcelaine. Il connaissait le meilleur et le pire de son caractère. Il était comme un frère pour elle, ou peut-être un oncle, exactement comme Nikolaï et les autres. Comment aurait-elle pu remarquer la façon dont il la regardait à présent ?

De l'autre côté de la table, Anna-Maria taquinait le fils du gentilhomme anglais. Ce soir, elle resplendissait dans une robe bleu ciel, un simple cœur en cristal autour du cou et ses cheveux sombres relevés en chignon — coiffure qu'Evie lui permettait cet hiver, avant son départ pour Londres. En face d'elle, le pauvre garçon souriait et rougissait, incapable de détourner les yeux de la radieuse créature qui s'adressait à lui, bien qu'il ne sût visiblement comment se comporter avec elle.

Eh bien, gamin, te voilà complètement perdu, songea Stepan. *Comment s'en étonner ? Moi qui ai connu les femmes les plus sophistiquées de la cour du Kouban, je peine à garder mon sang-froid. Elle est captivante, débordante de vie, passionnée... Bref, elle est dangereuse et ne s'en doute même pas.*

Comme aujourd'hui, dans l'escalier, quand elle l'avait saisi par les revers de sa veste, son corps si près du sien qu'il avait senti sa chaleur, le frôlement de ses seins contre son torse... Anna-Maria le considérait peut-être comme un oncle ou un frère, mais aucun oncle ni aucun frère ne nourrirait de telles pensées !

Stepan prit une longue gorgée de vin, dont le goût semblait s'affiner encore au fil des verres. Ce qu'il ressentait pour Anna-Maria le remplissait de honte. Ce sentiment faisait de lui un hypocrite.

Jusque-là, il s'était toujours considéré comme un avant-gardiste. Il avait été l'un des premiers à protester contre les lois répressives et archaïques du Kouban qui obligeaient les filles à accepter très jeunes des mariages arrangés, sans qu'on leur demande leur avis ni même qu'on leur laisse le choix. Il avait vu des filles de quinze ans unies à des hommes d'une cinquantaine d'années.

Il essayait bien de se convaincre que son rapport à Anna-Maria n'était pas tout à fait pareil. À trente et un ans, il était dans toute la vigueur de l'âge, comme de nombreux Anglais bien nés qui attendaient d'avoir la trentaine pour se marier avec des épouses de dix à douze ans plus jeunes qu'eux. Mais cela ne lui rendait pas la situation plus plaisante pour autant. Oh ! il connaissait bien l'opinion générale : plus la fille était jeune, mieux cela valait dès lors qu'il s'agissait d'engendrer le prochain héritier et de façonner un esprit encore malléable. Seulement il refusait d'évaluer une femme à la même aune qu'une jument poulinière.

Même armé de ces arguments, il se détestait pour

l'attirance qu'il éprouvait. Il aurait été incapable de dire quand ses sentiments envers Anna-Maria avaient changé, quand il s'était intéressé à elle ainsi qu'un homme s'intéresse à une femme qu'il désire. Désormais, il se montrait deux fois plus prudent avec elle, ainsi qu'avec Evie et Dimitri. Que penseraient-ils, s'ils savaient ? Dimitri voulait davantage qu'un prince en exil pour Anna-Maria.

Son ami tendit la main vers la carafe. Chez Dimitri, le service était informel : pas de valets de pied autour de la table, chacun se servait à sa convenance.

— Le vin est excellent, Dimitri Petrovich. Où vous le procurez-vous ?

Dimitri sourit en désignant Stepan d'un geste du menton.

— Stepan a une filière, un vigneron français du nom d'Archambeault, qui le lui envoie par bateau.

M. Archambeault, autrement dit Ruslan Pisarev, ex-révolutionnaire du Kouban, aujourd'hui heureusement marié et propriétaire d'un petit mais très rentable vignoble en Bourgogne…

Le regard de Dimitri rencontra celui de Stepan tandis qu'il nommait leur ami. Ruslan ne souhaitait pas être connu, du moins sous son vrai nom. C'était l'un de leurs secrets, l'un des nombreux liens qui les unissaient depuis des années.

Stepan aimait Dimitri comme un frère. Dimitri lui avait offert une famille quand il n'en possédait pas, partageant son propre père avec lui, et lui donna aussi de l'espoir, à l'époque où il en était encore plus dépourvu. Dimitri lui avait procuré une raison de se battre pour la liberté qu'il appelait de ses vœux. Sans Dimitri, cette aspiration en serait peut-être restée au stade du rêve.

En retour, il avait voué à Dimitri une loyauté inconditionnelle, conduisant sa famille en sécurité en Angleterre et abandonnant pour cela la seule vie qu'il ait connue — une vie riche en privilèges mais dépourvue d'affection. Dimitri lui avait tant donné ! Il ne pouvait l'en récompenser en convoitant sa sœur, sachant à quels sacrifices avait consenti son ami pour élever la jeune femme.

En théorie, Stepan lui aussi désirait le meilleur pour Anna-Maria. À distance, il pourrait supporter l'idée de la savoir à Londres pour la Saison, pourvu qu'il n'en soit pas témoin. Il n'aurait pas à la voir flirter avec les jeunes gandins de Londres comme ce soir alors qu'elle charmait le fils du châtelain. Il n'aurait pas non plus à la voir danser dans les bras de gentilshommes aux titres plus légitimes et pourtant moins honorifiques que le sien.

Oui, mieux valait partir. Mais aurait-il la sagesse de le faire ? Après tout, il échangerait un enfer contre un autre. La seule différence, c'était que le premier contenait Anna-Maria et l'autre non. Difficile de dire lequel était le pire. Peut-être l'enfer ne comportait-il pas divers degrés de souffrance mais seulement différentes interprétations, selon le regard que l'on portait sur lui…

On servit du brandy après le repas, puis il y eut la demi-heure de conversation polie avec les dames, pendant qu'Anna-Maria jouait du pianoforte. L'un dans l'autre, c'était une excellente soirée de campagne, du genre qui d'habitude remplissait Stepan d'une douce satisfaction, une sorte de paix domestique à la fin de ses journées d'aventures. Mais ce soir, il n'était guère d'humeur sociable et il se réjouit de voir partir la famille du châtelain. Anna-Maria referma la porte sur eux peu après dix heures, après avoir gaiement pris congé du fils du gentilhomme et convenu avec lui d'une sortie à cheval dès que la boue aurait un peu séché. Puis elle se retourna, un sourire radieux aux lèvres, une flamme de joie dansant dans ses prunelles d'ambre.

— Soyez prudente avec lui, lui recommanda Stepan d'un ton sévère.

Trop sévère !

Le jaloux en lui voulait effacer ce sourire du visage radieux d'Anna-Maria.

— Vous allez le troubler avec votre hardiesse.

Rayonnante, Anna Maria se tourna vers lui, l'inondant de sa grâce.

— Ma hardiesse ? Que sous-entendez-vous par là, Stepan ?

Oui, que sous-entendait-il ? Qu'elle distribuait trop aisément ses faveurs ? Ce n'était certes pas ce qu'il avait eu l'intention de dire.

— Rien, sinon qu'il est jeune et sans expérience.

— Moi aussi, rétorqua Anna-Maria avec un brin d'aigreur. À mon grand regret !

Et avec un regard de reproche à son frère :

— Je n'ai même pas le droit de sortir à cheval sans escorte !

— La campagne est vaste, Anna, répliqua Dimitri non sans lassitude. On ne sait jamais ce qui peut arriver.

C'était entre eux un débat qui n'en finissait jamais. Dimitri et Anna-Maria s'affrontèrent du regard. Éternelles chamailleries entre frères et sœurs…

Evie intervint en passant son bras sous celui de la jeune fille.

— Anna, venez donc m'aider à préparer le bébé pour la nuit.

Les yeux posés sur elles, Stepan et Dimitri regardèrent les deux jeunes femmes gravir l'escalier. Un tendre sourire se dessina sur le visage de Dimitri, malgré l'exaspération que sa sœur lui faisait ressentir. Combien de fois ce sourire n'avait-il été suivi par cette déclaration : « Regardez-la, cette gamine ! Voilà tout ce que j'aime le plus au monde. »

Mais pas ce soir. Dimitri soupira.

— Plus vite elle partira pour Londres, mieux ce sera. Peut-être aurais-je dû l'y envoyer l'année dernière, même si elle venait tout juste d'arriver en Angleterre.

Stepan secoua la tête, peu désireux d'entendre son ami se remettre en cause.

— Non, elle avait besoin de temps pour s'adapter. Comme nous tous.

— Je voudrais juste prendre des décisions avisées à son sujet. Elle est si impétueuse qu'elle m'inquiète…

Dimitri exprima avec un autre soupir tout ce qu'il redoutait : Anna-Maria s'enfuyant avec le premier homme qui lui proposerait l'aventure, Anna-Maria s'éprenant du premier qui lui donnerait un baiser…

Il haussa les épaules comme pour chasser ses soucis et tourna son attention vers Stepan.

— Tu étais bien distrait ce soir, mon ami. Est-ce que c'est l'hiver qui te déprime, toi aussi ? Les murs t'oppressent ? Encore deux mois et cela ira mieux. Nous partirons tous pour Londres. En peu de semaines, le changement de décor nous apprendra à mieux apprécier Little Westbury.

Stepan toussota.

— En fait, j'envisageais de ne pas vous accompagner en ville. Je pensais rester ici, à Little Westbury. Peut-être même louer la maison de Preston Worth à Shoreham pour quelques mois.

Dimitri parut aussi surpris que déçu.

— Tu veux manquer les débuts d'Anna dans le monde ? C'est impossible, voyons ! Je suis sûr qu'elle compte sur toi pour quelques valses.

— Bah, elle sera entourée de tant de jeunes hommes qu'elle n'aura pas besoin de ma présence, assura Stepan.

Il sourit, dissimulant la peine que lui causait cette pensée. Comme les autres, Anna-Maria allait se lancer dans une nouvelle vie. Et lui serait complètement oublié.

Dimitri éclata de rire.

— C'est bien ce que je crains !

Il frappa l'épaule de Stepan, dans un geste d'amitié fraternelle.

— Elle sera entourée de jeunes fous trépignant d'impatience comme elle à l'idée de goûter à la liberté dans la grande ville. Je comptais sur toi pour être la voix de la sagesse à son oreille, l'aider à ne pas perdre la tête et à se comporter dignement en société.

Stepan poussa un énième soupire. La vie à la campagne avec Anna-Maria était déjà une torture. Mais en fait de tourment, Londres représenterait le niveau supérieur. Décidément, l'enfer comptait beaucoup de cercles !

Il s'engagea dans l'escalier, sauf que Dimitri n'en avait pas terminé.

— Comment vont les affaires ? J'ai entendu dire que le *Lady Frances* était arrivé aujourd'hui. J'espère qu'il n'y a pas eu de problème ?

De toute évidence, son ami cherchait toujours les raisons de la distraction dont il avait fait preuve à table.

Stepan secoua la tête.

— Tout s'est bien passé. Juste un tas de papiers à remplir. J'ai l'impression qu'il y en a un peu plus chaque fois.

Dimitri ricana.

— Dans cette partie du monde, les gens ignorent la paperasserie et font entrer les marchandises en fraude. C'est un sport régional.

Et souriant à Stepan :

— Tu devrais peut-être essayer.

Stepan rit jaune.

— Peut-être.

Avec son accès aux routes menant à Londres, le Sussex de l'Ouest était un repaire de contrebandiers bien connu et on ne pouvait y vivre sans être au courant de la contrebande qui s'y pratiquait. Mais Dimitri ne se doutait pas à quel point il frôlait la vérité.

— Je ne suis pas certain que Preston Worth apprécierait de louer sa maison à un contrebandier.

Cet éventuel conflit moral fit hausser les épaules à Dimitri.

— Bah, cela rendrait les hivers à la campagne plus intéressants !

Oh ! c'est bien le cas ! songea Stepan, qui entreprit de gravir les marches afin de couper court à la conversation.

Dimitri se doutait-il de quelque chose ? Était-ce sa façon à lui d'aborder discrètement le sujet ? Stepan avait fait tout son possible pour garder secrètes ses opérations de contrebande. Ainsi, s'il était découvert, il en supporterait seul les conséquences. Il ne voulait pas qu'un de ses amis soit incriminé ou utilisé contre lui en guise d'instrument de chantage.

Parvenu dans sa chambre, il se dévêtit et s'étendit sur le lit, organisant son emploi du temps du lendemain. Il quitterait la maison très tôt le matin et passerait la journée à surveiller le déchargement du *Frances* dans le port de Shoreham. Puis, sur le chemin du retour, il s'arrêterait aux grottes afin de vérifier où en était la distillation de l'alcool. Tout cela le tiendrait occupé jusque bien après le souper. Loin de la maison, et surtout, loin d'Anna-Maria…

Chapitre 3

Les registres et documents de transport avaient peut-être l'avantage de le retenir loin de la maison, mais Dieu que cette paperasserie pouvait être ennuyeuse !

Stepan se leva de son bureau situé dans l'entrepôt du quai et marcha jusqu'à la fenêtre, seul agrément que possédât la pièce. En dessous de lui, la jetée fourmillait d'activité. Ses hommes transpiraient dans le froid, tirant les coffres contenant la cargaison de la cale vers l'entrepôt, où ils attendraient les chariots qui les transporteraient à Londres.

Il était resté penché sur ses registres pendant des heures. Il ploya sa main engourdie. Son corps réclamait du mouvement. Pourquoi ne descendrait-il pas aider au déchargement ? Cela soulagerait au moins ses muscles.

Il venait juste de prendre cette décision lorsque de légers coups retentirent à la porte.

— Entrez ! répondit Stepan.

La tête de son commis apparut dans l'embrasure. Hésitant, il balaya l'intérieur du regard. Oliver Abernathy était un mince jeune homme craintif, l'un de ses rescapés de Londres, particulièrement doué pour les chiffres.

— Il y a ici des messieurs qui désirent vous voir, milord.

Stepan jeta un coup d'œil à l'agenda resté ouvert sur son bureau.

— Ils n'ont pas rendez-vous.

Évidemment, ils n'en avaient pas eu besoin avec Abernathy, qui laissait tous les visiteurs de passage l'interrompre dans son travail. Le garçon était peut-être un excellent comptable, mais il faisait un piètre gardien.

— L'un d'eux est un officier, milord ! protesta Abernathy, comme si cette fonction allait de pair avec le privilège de venir sans être annoncé.

Il ne semblait pas y avoir d'échappatoire. Étant donné le temps qui venait de s'écouler, ces messieurs avaient déjà dû conclure qu'il se trouvait bien là.

— Très bien, amenez-les ici, soupira Stepan.

Il promena un regard sur la pièce austère avant de se raviser :

— Ou plutôt non. C'est moi qui vais aller à leur rencontre.

Il lança un dernier coup d'œil morose vers la fenêtre. Ce n'était pas aujourd'hui qu'il aiderait au déchargement ! Rajustant son manteau, il se résigna à ce qui promettait d'être un entretien d'affaires.

Tout sourire et avec bonhomie, il serra vigoureusement la main des nouveaux venus.

— Messieurs… À quoi dois-je le plaisir de votre visite ?

Stepan connaissait celui qui portait le manteau bleu — Carlton Turner, l'officier des douanes. L'autre, en uniforme rouge, lui était inconnu.

— Je ne crois pas avoir eu le plaisir de vous rencontrer… capitaine, ajouta-t-il en remarquant le gorgerin sur l'uniforme.

D'autres détails le frappèrent : par exemple, les fines rides autour de la bouche de son interlocuteur, lui conférant une expression de sévérité assortie à celle de son regard sombre. Ce n'était pas là un homme aimable. Cette dureté était-elle simplement le fruit de la vie militaire ou traduisait-elle autre chose de plus profond ?

Turner se livra aux indispensables présentations.

— Altesse, puis-je vous présenter le capitaine Elias Denning ? Capitaine Denning, voici le prince Shevchenko, originaire du Kouban. C'est son navire que vous avez admiré ce matin. Altesse, le capitaine vient d'être affecté à Shoreham et je voulais lui présenter certains des principaux importateurs avec lesquels il devra travailler.

L'habileté de l'entrée en matière n'échappa pas à Stepan, aussitôt sur le qui-vive. Il se souciait peu de Carlton Turner. C'était un homme guindé, toujours à cheval sur le protocole, mais raisonnable derrière sa maniaquerie. Stepan savait comment le prendre. Tant que tout était en ordre en apparence, Turner ne prenait pas la peine de creuser plus profond. L'homme exerçait ses fonctions depuis un certain temps, il connaissait les limites de son autorité. Une connaissance que le capitaine Denning ne semblait pas partager, à première vue.

Stepan désigna la porte d'un geste.

— À cette heure-ci, les discussions d'affaires se marient fort bien avec l'ale et les tourtes à la viande. Puis-je vous inviter tous deux à déjeuner ? Il est midi passé et j'ai l'estomac dans les talons. La taverne en haut de la rue n'est pas très luxueuse, mais la femme du tenancier est une excellente cuisinière.

Puisque les circonstances lui imposaient ce capitaine Denning, mieux valait qu'il en sache davantage sur lui, afin de décider si l'homme représentait ou non une menace. Partager un repas était une occasion de bavarder un peu et d'apprendre à le connaître.

Tout en dégustant une tourte au gibier croustillante, Stepan fit parler le capitaine. L'homme était natif du Derbyshire dans les Midlands de l'Est et c'était le plus jeune fils d'un baron. Il avait combattu contre Napoléon quand il était un tout jeune homme. Mais il s'agissait là de simples faits. L'important, c'était le contexte, et Turner ne tarda pas à le lui fournir. Il se joignit à la conversation, assenant une claque sur l'épaule de Denning.

— Elias a toujours su ce qu'il voulait. En Espagne, il faisait preuve d'une opiniâtreté sans faille, obligeant ses troupes à ne pas céder le terrain et à tenir envers et contre tout.

Ces mots sonnaient comme un compliment, mais la lueur qui traversa le regard de Turner lorsqu'il rencontra celui de Stepan donnait une autre portée à cette remarque. Une mise en garde, peut-être ? Tant qu'il n'en savait pas plus, Stepan la considérerait comme telle. Pour Denning, seul comptait le but. Peu lui importait le prix à payer pour l'atteindre.

Cet homme était désespérément ambitieux. Or, l'action militaire tournait au ralenti ces temps-ci. Pas de guerre à l'horizon… Et donc, pas d'avancement. Les occasions de faire ses preuves étaient devenues rares. Malgré cela, Denning s'accrochait à ses fonctions quand d'autres avaient renoncé et présenté leur démission. L'opinion de Stepan fut bientôt faite. Il avait en face de lui un individu obstiné et rusé qui ne reculerait devant rien pour atteindre son objectif.

S'il ne s'était agi que de cela, Stepan aurait pu s'en accommoder. Il comprenait les officiers, son ami Nikolaï en ayant été un au Kouban. Seulement Denning n'était pas que cela. Le capitaine était bien plus que déterminé. Il était également froid. Sa détermination provenait de son caractère impitoyable et non de son opiniâtreté, ainsi que le prétendait Turner. La différence se lisait là, au coin de ses yeux plissés par un éventail de rides d'expression précoces, dans les deux sillons qui prolongeaient les commissures de ses lèvres. C'était un homme exigeant qui menait son entourage avec la même dureté que celle qu'il s'imposait à lui-même. Peut-être une admirable qualité pour un officier sur le champ de bataille, mais une qualité qui n'en demeurait pas moins dangereuse.

On leur resservit de l'ale et ils achevèrent le contenu de leurs assiettes.

Stepan se permit d'en revenir aux affaires, à présent qu'ils avaient fini de manger.

— Dites-moi en quoi je puis vous être utile, capitaine.

Denning se pencha en arrière sur le banc, s'adossant au mur avec une évidente satisfaction.

— Un contingent de mes hommes et moi-même allons nous installer dans les baraquements de New Barn Lane, afin d'enquêter sur les rumeurs de contrebande et d'agir en conséquence au cas où nous découvririons quoi que ce soit d'illicite. J'espère que vous vous joindrez à nous et seconderez nos efforts, ainsi que les autres importateurs honnêtes de la région.

Il esquissa un sourire froid avant d'ajouter :

— Il n'est guère juste que vous payiez une taxe légale sur vos produits quand d'autres s'en dispensent. Tout le monde devrait être assujetti aux mêmes règles et je suis ici pour obliger tout un chacun à s'y conformer.

Excepté quand ces taxes sont indûment élevées, songea Stepan à part lui.

Ce qui était injuste, c'était que le gouvernement imposât des taxes excessives sur les denrées, rendant leur commerce impossible sauf pour une petite classe de gens fortunés qui pouvaient en assumer les frais. Pour lui, ce n'était pas cela, la liberté du commerce. Le droit de commercer, de faire des affaires et de gagner sa vie devait être ouvert et accessible à tous, pas seulement aux riches.

Il afficha néanmoins un sourire affable. Le temps de s'aliéner le capitaine viendrait bien assez vite.

— Obliger ? Voilà un mot bien menaçant.

Il avait vécu sous le régime d'un tsar qui avait également abusé de ce terme, à son propre détriment en fin de compte — l'autocrate était mort à présent, abattu par ses sujets sur la pelouse devant son palais.

— Bien sûr, la persuasion serait préférable, intervint

Turner. Si vous entendez parler de quoi que ce soit, Altesse, il faudra nous en informer.

Conscient que le capitaine l'observait, Stepan arbora un sourire neutre.

— J'aiderai autant que je le pourrai, déclara-t-il.

Ce qui n'était pas totalement faux. Seulement son pouvoir s'avérerait très limité, voilà tout.

Le capitaine abattit alors ses cartes.

— Parfait. Si vous voyez ou entendez quoi que ce soit que je devrais savoir, envoyez un messager au quartier. J'ai entendu dire que Shoreham était un lieu d'accostage privilégié en raison de la proximité des routes vers Londres. Nous allons donc doubler les patrouilles, ce qui est, je pense, la meilleure façon de surprendre les activités illicites, et nous continuerons à coopérer avec la marine pour surveiller la côte depuis la mer. Avec un peu de chance, nous serons débarrassés des fraudeurs d'ici le mois de mai.

Par la force, bien sûr, songea Stepan. Un peu plus et le capitaine instituait la loi martiale !

— Bonne chance, capitaine, déclara-t-il en toute franchise. Et maintenant, messieurs, si vous voulez bien m'excuser, j'ai des registres qui m'attendent.

Il adressa les politesses d'usage, gardant un ton affable jusqu'au moment où il se retrouva seul dans son bureau. Alors seulement il réfléchit à ce qu'il venait d'apprendre. La tâche qui attendait le capitaine n'avait rien d'enviable, ni pour lui-même ni pour la ville. Shoreham ne réagirait pas favorablement aux méthodes de Denning.

Ici, la contrebande existait depuis des siècles. Il était peu probable que le capitaine en vienne à bout en deux mois. Le Derbyshire, situé bien plus à l'intérieur des terres, n'était pas connu pour ses itinéraires de commerce clandestin. Qu'est-ce qu'un homme de terrain comme le capitaine connaissait de la culture de contrebande ?

Éradiquer les « fraudeurs », comme l'avait dit Denning, équivalait à décimer des villages entiers.

Mais ce n'était pas pour autant qu'il fallait sous-estimer les projets de Denning. Stepan, ce soir-là, devait retrouver Joseph Raleigh dans les grottes de Seacrest. En plus de la distillation, ils allaient devoir planifier les opérations à venir. Si Denning venait à lui confier des informations sur les mouvements de ses troupes, Stepan ne manquerait pas d'en faire bon usage.

La nuit allait être longue.

Qu'est-ce qui pouvait bien retenir un homme dehors à une heure aussi tardive, quand il avait déjà passé la journée entière sur les docks ?

Cette question taraudait Anna-Maria avec une intensité croissante, tandis que s'écoulaient lentement les heures après le souper. Elle avait tâché de tirer les vers du nez à son frère pendant que la famille se détendait près du feu, mais si Dimitri savait quelque chose, il n'en avait pas pipé mot. Après la troisième tentative d'Anna-Maria, son père s'était contenté de lever les yeux brièvement de son journal pour lui adresser un regard sévère.

— Un homme mène ses affaires et cela ne regarde que lui, fit-il de ce ton grondeur qu'elle connaissait trop bien. Une femme se doit de respecter sa vie privée.

Anna avait réprimé un soupir. Son père passait décidément sa vie à la réprimander… quand il daignait lui accorder la moindre attention !

Evie avait adouci ces dures paroles d'un sourire.

— Ne vous inquiétez pas pour Stepan, ma chérie. Il connaît le chemin de la maison, et son cheval aussi.

Anna ne prit pas la peine de détromper Evie, bien qu'elle se sentît un peu penaude. En réalité, ce n'était pas tant le retard de Stepan qui la préoccupait que ses raisons. Si les autres partageaient son inquiétude ou sa curiosité à ce propos, ils ne le montraient pas. Tous se retirèrent à 21 h 30, laissant Anna-Maria seule en bas avec son livre.

Il était bien plus de 23 heures quand elle entendit enfin le cheval de Stepan dans l'allée. D'un geste prompt, elle s'assit et reprit le livre qu'elle avait posé une heure plus tôt pour arpenter le salon. Marcher l'avait tenue éveillée. Si elle avait lu, elle aurait risqué de s'endormir et de manquer le retour de Stepan, ratant ainsi l'occasion de le harceler de questions sur l'emploi du temps de sa journée. Et il aurait gagné ! Elle ne lui donnerait pas la satisfaction de l'emporter sur elle en ténacité.

Choisissant une page au hasard au milieu du volume, elle fit semblant de lire. C'était devenu pour elle un vrai défi quand Stepan n'était pas rentré pour déjeuner et qu'Evie lui avait fait garder son repas au chaud. Preuve que Dimitri et sa femme ignoraient qu'il rentrerait si tard, même si ce fait ne semblait pas les inquiéter…

Anna fit une dernière fois bouffer sa jupe, en entendant un bruit de pas dans le hall. Elle compta dans sa tête : un, deux, trois pas, jusqu'à ce que le retardataire ait franchi le seuil du salon. Au moment voulu, elle leva lentement la tête et prit un air surpris, comme si elle remarquait juste sa présence. Puis elle esquissa un sourire poli.

— Oh ! vous êtes rentré.

Stepan se tenait appuyé au montant de la porte, l'air nettement moins impassible que d'habitude. Ses cheveux étaient mouillés et ébouriffés par sa chevauchée nocturne, sa pèlerine débraillée et ses yeux… Eh bien, ils semblaient plus doux. Au lieu de leur habituelle expression de froideur, ils brillaient tels les reflets argentés de la lune.

— Vous m'avez attendu, Anna-Maria ?

Il sourit. D'ordinaire, il ne souriait jamais si on ne l'y

incitait pas. Et une légère odeur d'alcool flottait autour de lui.

Ce fut alors qu'elle comprit.

— Stepan Shevchenko, vous êtes ivre !

Elle se leva, consternée. Elle l'avait attendu pendant qu'il s'enivrait dehors et Dieu sait quoi d'autre !

— Pas ivre exactement, Anna-Maria. Ce n'est pas le mot que j'emploierais. Plutôt légèrement gris, comme diraient nos amis anglais.

Et avec un large sourire :

— J'ai partagé quelques libations avec l'officier des douanes et son ami, le capitaine Denning. Vous auriez dû voir dans quel état je les ai laissés, *eux* !

— Peut-être, mais ils n'avaient pas à chevaucher une heure dans le noir, le gronda Anna.

Malgré tout, elle se sentait secrètement rassurée. Il avait donc passé la journée à Shoredam, à remplir la paperasserie concernant sa cargaison de bibelots du Kouban et à boire avec les officiers des douanes ! Cela n'expliquait tout de même pas où il allait chaque jour.

— Puisque vous en avez terminé avec les papiers administratifs, vous resterez sans doute à la maison demain, observa-t-elle avec nonchalance.

— Oh ! non, fit-il en décollant son épaule du chambranle.

De toute évidence, il s'apprêtait à monter à l'étage. C'est-à-dire à la quitter…

— Il faut encore que je fasse convoyer la cargaison à Londres, pour la livrer dans les boutiques et chez les acheteurs privés. Je vais être occupé encore pendant des jours. Vous aurez de la chance si vous me voyez demain au dîner.

Anna se rembrunit, affreusement déçue. Les dîners se révélaient bien plus excitants quand Stepan se trouvait là pour discuter politique avec son frère et son père. Cela détournait d'elle l'attention de son père.

Elle fit la moue.

— Tout le plaisir est toujours réservé aux hommes. Je m'ennuie, vous savez. Moi aussi, j'aimerais rester dehors pendant des heures.

Soudainement, son visage s'éclaira à l'idée qui venait de lui traverser l'esprit.

— Emmenez-moi avec vous ! J'ai une bonne écriture. Je peux inscrire les articles pour vous et j'adorerais découvrir toutes ces jolies choses.

Stepan secoua la tête.

— Les docks ne sont pas un endroit pour une jeune fille. Dimitri et votre père ne le permettraient jamais, surtout maintenant que vous allez faire vos débuts dans le monde. D'ailleurs, vous pouvez admirer les jolies choses en question ici, à la maison. Regardez plutôt !

Il fouilla dans la poche de son manteau et en tira un paquet enveloppé de papier brun.

Elle s'en empara, ravie. L'espace d'un instant, elle en oublia presque de lui en vouloir.

— Est-ce pour moi ?

Déballant le paquet, elle souleva le coffret dont le couvercle, délicatement peint dans des tons bleu et lavande, représentait un paysage de lac enneigé en Russie.

Elle eut un sourire ému.

— Cela me rappelle le lac de notre maison d'hiver.

Il était rare qu'elle songeât au Kouban avec nostalgie. Sa vie là-bas avait été… disons, mitigée, tout n'ayant pas été plaisant. Beaucoup de mauvais souvenirs se mêlaient aux bons. Mais la plupart des bons s'étaient passés à l'intérieur de leur domaine d'hiver.

Posant le coffret sur un guéridon, elle leva les yeux vers Stepan. Il lui semblait si grand quand il se tenait ainsi tout près d'elle.

— Vous vous rappelez les parties de patinage ? Le chocolat chaud que nous buvions sur la rive, sorti tout fumant du samovar ?

Dans son enthousiasme, elle lui saisit les mains, le tirant au milieu de la pièce.

— Vous vous rappelez comment vous me faisiez tournoyer ?

Elle virevoltait à présent, l'entraînant avec elle dans le tourbillon de la danse.

— Nous nous penchions en arrière et levions la tête vers le ciel, s'écria-t-elle en riant et joignant le geste à la parole.

Stepan tenta de dégager ses mains.

— Chut, Anna ! Vous allez réveiller toute la maison, la gronda-t-il.

Elle le lâcha et son sourire s'évanouit.

— Vous étiez plus drôle en ce temps, Stepan. Enfin, un peu plus. Vous n'avez jamais été un joyeux drille, je n'irai pas jusqu'à prétendre cela.

Elle aussi pouvait le réprimander, voilà !

Stepan inclina la tête en un salut austère, mi-réprobateur, mi-contrit.

— Nous étions tous beaucoup de choses à cette époque. Mais je vous demande pardon. Je n'avais pas l'intention de gâcher votre plaisir. Bonne nuit, Anna-Maria.

Carrant les épaules, il passa devant elle et sortit de la pièce.

Anna tapa du pied sur le tapis, là où on ne pouvait pas l'entendre. Pourquoi fallait-il qu'elle se montre aussi impulsive ? Elle détestait quand elle agissait ainsi, quand elle faisait fuir Stepan dans son obstination à avoir le dernier mot.

Elle jeta un regard vers le délicieux coffret et le reprit dans ses mains.

— Stepan ! appela-t-elle doucement, l'arrêtant ainsi dans l'escalier.

Elle attendit qu'il se retourne et lui accorde toute son attention.

— Merci pour le cadeau, il est très joli. Je suis désolée…

Elle aurait voulu en dire davantage : désolée de l'obliger ainsi à battre en retraite, de le provoquer constamment…

— Je ne sais pas pourquoi je me comporte ainsi, mentit-elle.

Car en réalité, elle le savait très bien. Elle voulait le provoquer, l'obliger à sortir de sa réserve, dans l'espoir de découvrir ce qui se cachait derrière ce masque. Quant à savoir pourquoi c'était si important pour elle, elle l'ignorait sincèrement.

Stepan hocha la tête.

— Ce sont les petits énervements de l'hiver, Anna-Maria. Rien de plus. Nous sommes tous restés trop longtemps confinés à l'intérieur.

Pas vous ! faillit-elle répliquer. Mais elle se retint à temps. Discuter ne lui apporterait rien.

— Vous êtes sûr que je ne peux pas vous accompagner demain ? Père et Dimitri n'y trouveront rien à redire s'ils savent que vous êtes là pour me protéger.

Ce n'était pas tout à fait vrai, songea-t-elle. Mais Stepan pouvait les persuader, pour peu qu'il le veuille.

C'était bien là le problème. Il ne voulait pas. Ignorant sa requête, il reprit son ascension.

— Je ne crois pas que ce soit une bonne idée, Anna-Maria, déclara-t-il enfin de sa voix calme et sévère.

« Le sortir de sa réserve », se répéta-t-elle avec ironie. Eh bien, c'était réussi !

Anna croisa les bras. Très bien. De toute façon, elle venait d'avoir une meilleure idée. Ce qu'il venait de lui signifier, c'était qu'elle ne pouvait pas venir *avec* lui. Mais le suivre ? Il n'avait pas parlé de cela. Un plan se forma aussitôt dans son esprit. Ce serait relativement facile. Demain, Evie et Dimitri devaient rendre visite à Claire et Jonathon Lashley, pour leur montrer le bébé. Son père irait aussi. Ils partiraient dans la matinée et elle aurait toute la journée à elle. L'occasion rêvée pour une petite aventure, loin de toute surveillance intempestive…

*
* *

Du moins en aurait-il été ainsi, si Stepan s'était vraiment trouvé là où il avait dit qu'il serait, songeait amèrement Anna le lendemain matin.

Trempée et frissonnante après sa longue chevauchée sous la pluie, elle avait atteint les quais de Shoreham… pour découvrir que Stepan brillait par son absence ! Apparemment, personne ne l'avait vu et on ne l'attendait pas non plus.

Et qui se sentait stupide à présent ? Personne d'autre qu'elle !

Debout dans les bureaux d'expédition, elle secoua les gouttes qui perlaient sur son costume en laine d'amazone, tandis qu'elle tâchait de rassembler ses pensées.

Il lui fallait un plan de secours à présent. Elle n'avait guère envie de faire simplement demi-tour pour retourner à la maison. La perspective d'une autre heure de chevauchée dans le crachin n'avait rien de réjouissant, mais elle ne pouvait pas non plus rester plantée là dans ces bureaux sous le regard apitoyé du commis de Stepan, dont le visage avenant reflétait clairement les pensées. De toute évidence, il se demandait quelle sorte de femme elle était pour se hasarder ainsi toute seule sur les docks. C'était on ne peut plus embarrassant.

Anna regrettait de n'avoir pu immédiatement emboîter le pas à Stepan ce matin. Il lui avait été impossible de quitter la maison en même temps que lui — c'est-à-dire au lever du soleil. Mais elle ne s'en était pas souciée sur le moment puisqu'elle croyait savoir que Stepan se rendait sur les quais. Il lui suffisait donc de le suivre un peu plus tard, après le départ d'Evie et de Dimitri. Mais à présent, elle n'avait pas la moindre idée de l'endroit où il se trouvait !

Elle promena un regard curieux autour d'elle, examinant la petite antichambre. Peu de meubles : un poêle, un fauteuil, la table où travaillait l'employé, gardant la porte du bureau privé de Stepan, et une horloge murale au tic-tac sonore.

Elle gratifia le commis d'un sourire éblouissant.

— Je vais attendre un peu, si vous n'y voyez pas d'inconvénient ?

Ce n'était pas vraiment une question. Elle tira le fauteuil près du poêle. Au moins, elle se réchaufferait, et avec un peu de chance, Stepan allait franchir la porte d'un moment à l'autre.

La chaleur lui parut bien agréable. Elle se détendit, tout en cherchant les raisons pour lesquelles Stepan n'était pas arrivé, alors qu'il était parti trois quarts d'heure avant elle. Peut-être avait-il une livraison à faire ? À moins qu'il n'ait été retardé par un incident… Son cheval pouvait avoir perdu un fer et Stepan se trouvait en ce moment dans une forge, quelque part au bord de la route. Pire encore, il était peut-être rentré à la maison et se tenait confortablement assis devant le feu, bien au chaud et au sec. Quelle ironie, tandis qu'elle était elle-même transie et fâchée, avec la perspective d'une heure de trajet à cheval pour regagner la maison !

Et si hier soir il ne lui avait pas dit la vérité ? Peut-être n'avait-il jamais eu l'intention de se rendre sur les quais, après tout !

Plus les minutes s'écoulaient, plus cette dernière possibilité lui semblait gagner en probabilité.

Après avoir attendu là près d'une heure, Anna dut admettre que Stepan ne viendrait pas. Voilà qui piquait sa curiosité tout de même. S'il n'était pas ici, où pouvait-il être allé et pourquoi ne le lui avait-il pas dit ?

Elle quitta son siège et le commis leva les yeux de son registre pour lui lancer un regard suspicieux.

— Pourriez-vous vérifier son agenda, s'il vous plaît ?

demanda-t-elle d'un ton suave. S'il a un quelconque rendez-vous dans la matinée, je pourrai peut-être le croiser à ce moment-là.

Elle appuya sa requête d'un sourire si ravageur que le pauvre jeune homme s'empourpra jusqu'aux oreilles.

Il s'éclaircit la gorge.

— M. Shevchenko est un homme très discret, mademoiselle. Je ne gère pas son carnet de rendez-vous.

Anna décela une réprimande polie dans le ton de sa voix. Est-ce que les larmes se révéleraient plus efficaces avec lui ? Elles exerçaient un pouvoir certain sur Dimitri. Par contre, avec son père, cela ne marchait jamais.

— C'est que je suis venue à cheval de si loin, susurra-t-elle en regardant ses mains. Et maintenant, il va falloir que je m'en retourne sans l'avoir vu.

Le commis parut sincèrement désolé.

— Oh ! mademoiselle, non, ne pleurez pas ! Je... Je peux peut-être jeter un coup d'œil sur son agenda, après tout.

Il disparut en hâte et revint peu de temps après en se tordant les mains.

Mauvais signe, songea Anna.

— Je regrette, mademoiselle, il n'y a aucun rendez-vous dans son carnet pour aujourd'hui. Je vous l'avais dit, nous ne l'attendions pas.

Du moins pas de rendez-vous qu'il ait souhaité noter par écrit ! corrigea Anna à part elle.

À présent, il lui fallait vraiment partir, il ne servait à rien d'attendre. Un regard par la fenêtre lui apprit que le crachin avait cessé. Avec un peu de chance, elle aurait seulement à affronter le froid pendant le trajet de retour. Mais elle avait tellement matière à penser ! Stepan avait un secret. Était-ce une maîtresse cachée ainsi qu'elle l'avait inconsidérément soupçonné ? Ou quelque chose d'autre ?

Un petit sourire s'étira sur ses lèvres tandis qu'elle se dirigeait vers son cheval. Quelle que soit la chose que dissimulait Stepan, il ne voulait pas que l'on soupçonne sa duplicité, c'était évident.

Eh bien, quelqu'un était au courant à présent. Et ce quelqu'un, c'était elle.

Pour une fois, elle détenait un réel moyen de pression sur lui !

Chapitre 4

— Vous avez menti ! s'écria une voix accusatrice.

La démarche lasse et les guêtres boueuses, Stepan s'arrêta net, brusquement tiré de ses pensées. Une lampe s'alluma dans le salon de devant, révélant Anna-Maria penchée sur la flamme tandis qu'elle replaçait le bulbe de verre. Stepan soupira. Son espoir d'échapper à la confrontation s'envola aussitôt.

Lorsqu'il avait remonté l'allée, la maison était sombre et il avait connu un bref moment de soulagement. Dieu merci, il n'aurait pas à affronter Anna-Maria ce soir, il n'aurait pas à la décevoir, ni à lutter contre la tentation qu'elle provoquait en lui.

Car sur ce plan, la soirée de la veille s'était révélée plutôt désastreuse. À la bière qu'il avait ingurgitée au déjeuner avec les officiers s'était ajoutée la dégustation de la vodka qu'il avait dû tester lorsqu'il avait rendu visite aux garçons dans les grottes, et cette griserie l'avait incité à la sentimentalité. Il avait donné à Anna-Maria cette stupide boîte. Le regard de la jeune fille s'était attendri et son corps à lui avait aussitôt réagi.

— À quel sujet ai-je donc menti ? fit-il d'un ton rogue.

Il était tard, plus tard que la veille. Elle aurait dû être au lit à cette heure. Pour être franc, néanmoins, il devait admettre que son soulagement avait été teinté de déception quand il avait vu la maison obscure, tout à l'heure. Quelque chose de pervers en lui *aimait* se chamailler avec elle. Après tout, ce plaisir étrange voilé de culpabilité était tout ce qu'il pouvait partager avec elle.

Elle s'avança vers lui.

— Vous avez menti sur l'endroit où vous alliez aujourd'hui.

Elle observa une pause, le temps de le darder d'un regard inquisiteur.

— Vous n'étiez pas au bureau d'expédition. Mr Abernathy m'a appris que vous n'aviez jamais eu l'intention d'y aller aujourd'hui. Votre agenda était vide.

Elle croisa les bras, le regard brillant d'une amère satisfaction. Elle attendait qu'il proteste. Ou mieux encore, qu'il s'explique. Mais elle avait elle-même ouvert la voie à la contre-offensive.

Stepan arqua un sourcil.

— Vous êtes allée seule à Shoreham après ce que je vous ai dit hier soir ?

Il y avait tant de sujets de blâme et d'inquiétude dans ce simple fait qu'il ne savait par où commencer. Qu'est-ce qui était le plus choquant ? Le fait qu'elle l'ait impudemment « filé », ce qui aurait pu l'amener à découvrir toute l'opération ? Ou qu'elle ait pris un tel risque en voyageant toute seule ? Ou encore qu'Abernathy soit entré dans son bureau et se soit permis de regarder dans son agenda ? Il avait cru son jeune commis au-dessus de tout reproche.

— Avec quoi avez-vous soudoyé Abernathy pour qu'il se glisse dans mon bureau ? Il va falloir que je lui dise un mot, peut-être même que je lui retienne son salaire afin qu'il comprenne la leçon.

— Non ! protesta Anna. Ce n'était pas sa faute.

— Ah bon ? Qu'est-ce qui l'a incité à vérifier l'agenda de son patron ? Vous ne lui avez pas offert de l'argent tout de même ?

Stepan espérait que non. Si Abernathy pouvait être

acheté, c'était une menace pour l'ensemble de son plan. Il lui faudrait congédier le jeune homme.

Son cœur se serra à cette pensée.

Faites que cela n'ait pas été pour de l'argent, pria-t-il. Il ne voulait pas croire qu'il n'existât pas de rédemption pour ces gamins des rues.

Anna-Maria secoua la tête.

— Je n'ai pas d'argent, vous le savez bien.

Il perçut le ressentiment dans sa voix. L'argent était synonyme de liberté, il le savait mieux que quiconque.

— J'ai juste…, commença-t-elle.

Elle détourna les yeux sous son regard sévère.

— Eh bien, qu'avez-vous fait ? la pressa-t-il.

L'étau se desserrait un peu dans sa poitrine, mais il lui faudrait quand même parler à Abernathy de cette faute. C'était trop dangereux, surtout avec le capitaine Denning en ville. On ne pouvait pas tolérer de traîtres, même pour de petites choses.

— Eh bien, je lui ai simplement souri. Comme cela ne marchait pas, je me suis assise dans la salle d'attente pendant une heure, en espérant que vous finiriez par arriver.

Anna-Maria se mordit la lèvre et exhala un soupir.

— À la fin, je me suis impatientée et je… J'ai eu recours aux larmes, admit-elle en hâte. Aussi, c'est votre faute ! Je n'aurais jamais eu besoin de faire cela si vous aviez été là. Vous m'aviez dit que vous aviez de la comptabilité à faire ! ajouta-t-elle avec reproche.

Elle avait la colère tenace, songea Stepan. Dieu vienne en aide à son futur mari s'il s'avisait de la contrarier ! Du moins avait-il fallu une heure à Abernathy pour succomber. C'était à mettre à la défense du jeune homme. Cela en disait long sur sa force de caractère.

— Depuis quand ai-je des comptes à vous rendre, mademoiselle ?

Elle lui coula un long regard, qui eut sur lui un effet dévastateur.

— Depuis que vous refusez de dire où vous étiez et rentrez avec du sable mouillé sur vos bottes ! Ce n'est pas la boue de Little Westbury.

Elle s'approcha de lui. Trop près. Il sentit flotter jusqu'à lui son parfum léger de citron et de lavande. Elle aussi pouvait percevoir son odeur. Se haussant sur la pointe des pieds, elle renifla son cou au-dessous de l'oreille.

— Vent et sel, n'est-ce pas, Stepan ? À moins que je ne me trompe, vous êtes allé au bord de la mer.

Elle pencha la tête, assimilant l'information.

— Vous étiez bien à Shoreham aujourd'hui, mais pas au bureau, accusa-t-elle avec l'aplomb d'un avocat. Ce qui m'amène à conclure que vous vous trouviez avec une femme. Vous avez une liaison !

— Cela ne vous regarde pas, Anna-Maria, rétorqua sèchement Stepan.

Cette petite sorcière ne savait-elle donc pas s'arrêter ? Aucune jeune fille bien élevée n'était censée être au courant de ces choses, et si elle l'était, elle devait feindre l'ignorance. Mais l'obstinée Anna-Maria, campée devant lui avec les mains sur les hanches et le regard flamboyant, semblait pleine de défi. Il aurait aimé la remettre à sa place en lui rétorquant que l'insolence ne lui allait pas, mais le fait était que cela lui allait fort bien. Elle était superbe dans son attitude accusatrice. Trop belle pour le laisser indifférent ! Il se sentait à bout de résistance et sur le point d'exploser après trois mois et demi sous le même toit qu'elle. Une femme ne pouvait pas provoquer un homme de cette façon sans en payer les conséquences…

Il marcha droit vers elle, se rapprochant pour la dominer de sa haute taille, de son regard perçant. Qu'elle y prenne garde ! Il connaissait plus d'un gentleman à Londres qui pousserait la démonstration plus loin à sa place.

Anna-Maria recula d'un pas, les prunelles toujours brillantes, mais visiblement plus méfiante à présent. Parfait. Il *fallait* qu'elle se méfie. Un homme provoqué de la sorte devenait dangereux. Elle avait le dos au mur désormais et ne pouvait battre davantage en retraite. Stepan posa un bras au-dessus de sa tête, le regard intensément fixé sur elle.

— C'est ce que vous vouliez, n'est-ce pas ? Me faire sortir de ce que vous appelez ma « suffisance » ? Venir à bout de ma réserve ?

Son regard se posa sur la bouche de son interlocutrice.

— Eh bien, vous y êtes parvenue, ma chère, et il y a un prix à payer. On ne réveille pas un fauve qui dort !

Il en avait assez d'être traité comme un jouet. Appuyant ses paroles d'un geste, il s'empara des lèvres d'Anna-Maria et y imprima un baiser abrupt. Seulement elle n'était pas prête à accepter la défaite. Il sentit sa bouche vibrer sous la sienne, s'entrouvrant sous la pression de ses lèvres. Le corps de la jeune fille ondulait contre le sien. La main sur sa nuque, il intensifia le baiser, la pressant contre lui avec force tandis qu'il explorait les profondeurs de sa bouche, sa langue goûtant la saveur de la sienne. Quel élixir enivrant c'était que de s'abreuver ainsi à sa hardiesse naïve, à cette curiosité candide qu'il sentait s'éveiller dans ses bras !

Il n'avait pas pensé que le jeu irait aussi loin. Il s'était imaginé qu'elle prendrait peur bien avant, mais la curiosité d'Anna-Maria dépassait sa propre capacité de contrôle sur lui-même. Bientôt, la réponse de son corps ne deviendrait que trop évidente. Anna allait s'en apercevoir et… Bah ! Peut-être valait-il mieux qu'elle mesure l'ampleur des conséquences de son attitude, après tout. Ce n'était pas un jeu inoffensif qu'elle jouait là !

Un cri échappa de ses douces lèvres roses et il s'arrêta dès qu'il la sentit résister. Il s'écarta, rétablissant cette distance qui avait toujours été indispensable entre eux.

Le regard de la jeune fille reflétait la perplexité dans laquelle ce baiser l'avait plongée. Sa chevelure échappée de ses épingles retombait sur ses épaules, ses lèvres étaient gonflées et elle haletait. Elle ressemblait précisément à ce qu'elle était : une belle femme à demi séduite. Si Dimitri entrait en cet instant, il n'y aurait aucune explication à lui donner autre que la vérité : qu'il venait d'embrasser Anna-Maria debout contre le mur du salon. Peu importait qu'il s'y soit senti poussé par des mois de provocation, ou par l'intention malencontreuse d'enseigner à Anna-Maria les points les plus délicats de la conduite à tenir avec les hommes. Ces arguments-là ne tiendraient pas avec Dimitri.

Anna-Maria essuya ses mains tremblantes sur sa jupe. Il lui laissa le temps de reprendre ses esprits. Seconde erreur. La première avait été d'entrer dans son jeu, il le comprenait à présent. Quelque avantage qu'il ait tiré de sa prompte attaque, il fut aussitôt perdu au moment où la jeune fille releva la tête et soutint son regard.

— Pourquoi avez-vous fait cela ? Que pensiez-vous prouver ?

— Vous avez flirté avec moi, Anna-Maria.

Il lui imposa silence d'un geste quand elle tenta de protester :

— Reconnaissez-le ! Vous vous êtes fait les griffes sur moi pendant tout l'hiver. Et pourquoi pas ? Ici, dans les parages, il y a très peu de sociétés masculines convenables pour vous exercer.

Il fut récompensé de ses propos par la légère rougeur qui envahit les joues d'Anna-Maria. La jeune femme n'aimait pas être prise en faute.

— Prenez garde, Anna-Maria. Je ne suis pas un jeune blanc-bec maladroit comme le fils du châtelain, prêt à me laisser mener par le bout du nez parce qu'une jolie fille m'a souri. Ni un gentleman dissolu à la mise élégante mais aux manières plus discutables qui ne se serait pas arrêté ce soir comme je viens de le faire.

Elle plissa les yeux.

— Est-ce votre façon de me dire que je devrais vous remercier pour la démonstration ?

Stepan se renfrogna. Décidément, elle se montrait bien trop impertinente pour une fille qui venait juste de recevoir une leçon !

— C'est ma façon à moi de vous apprendre que le désir représente un pouvoir, une arme à manier, une monnaie d'échange dont n'importe quel homme ou n'importe quelle femme peut se servir. Soyez prudente, Anna-Maria. Vous êtes belle et vous êtes vulnérable. Vous n'êtes pas vraiment consciente du pouvoir que vous détenez par votre seul visage.

Sans parler de son corps, compléta-t-il à part lui. Et de la passion qui vibrait en elle !

Stepan serra les poings contre ses flancs. Cette conversation le mettait terriblement mal à l'aise. Voilà pourquoi les jeunes filles avaient besoin d'une mère. Les mères étaient censées leur enseigner ces leçons-là, pas les oncles d'emprunt. Et surtout pas lui. Que connaissait-il de la famille ? Des mères et des filles et de la préparation au mariage ? Même des pères et des fils, il ignorait tout. Son propre père avait décidé qu'il n'était pas digne de recevoir une éducation convenable.

Anna-Maria lui adressa un sourire ironique.

— Peut-être puis-je y voir un compliment pour moi après tout. Et je vais le prendre ainsi. Je vais faire semblant de croire que vous m'avez qualifiée de belle femme et que ma beauté n'est ni une insulte ni une calamité dont il faut se protéger, ainsi que semble le suggérer mon père.

Et avec un rire sans joie, elle ajouta :

— Vous préféreriez peut-être que je me promène voilée pour ne pas induire les hommes en tentation et les mener à leur perte ?

— J'étais sincère, argua Stepan.

Ce qu'il ne pouvait être, apparemment, sans voir aussitôt ses arguments retournés contre lui ! Il n'avait jamais voulu insinuer qu'Anna fût à blâmer pour le manque de maîtrise et l'intempérance des hommes. Ni de reprendre à son compte les cruelles assertions du père d'Anna-Maria. Certes, il avait une dette de gratitude envers le vieil homme, qui s'était montré bienveillant envers lui, le traitant comme un deuxième fils. Mais il ne pouvait pas non plus fermer les yeux sur la façon dont Cristof traitait sa fille. Depuis des années, Stepan était tourmenté par l'idée que si Anna-Maria avait été un garçon, son père lui aurait pardonné plus aisément la mort de sa mère.

— Je croyais qu'en quittant le Kouban nous avions laissé derrière nous ces sottises d'un autre âge, reprit Anna-Maria. Je pensais que vous étiez pour que les femmes jouissent des mêmes droits que les hommes dans la société.

— C'est toujours ce que je pense, protesta Stepan.

— Sauf quand il s'agit de moi ? fit-elle en dardant sur lui un regard perçant.

Stepan savait reconnaître la défaite quand elle était là : il n'allait pas gagner cette bataille.

— Vous devriez parler de ces choses-là à Evie, marmonna-t-il en reculant, prêt à battre en retraite.

— Evie ne connaît rien à « ces choses-là », rétorqua sèchement la jeune fille. Comment le pourrait-elle ? Elle a été élevée par ses deux parents et a vécu toute sa vie en sécurité à Little Westbury, entourée d'amour. Son père et sa mère y ont veillé, ses amis y ont veillé, et à présent, mon frère y veille aussi. Leur enfant grandira dans les mêmes conditions.

— Baissez la voix, lui recommanda Stepan. Vous allez réveiller la maisonnée.

Il préférait ignorer la note d'envie qu'il avait entendue résonner derrière les paroles d'Anna-Maria. Une envie qu'il connaissait lui-même trop bien. Combien de fois n'avait-il pas pensé la même chose en tenant dans ses bras le bébé de Dimitri ? L'enfant grandirait sans jamais souffrir de manque d'amour, sans jamais douter de sa propre valeur. Il se sentirait toujours accepté.

Ignorant sa requête, Anna-Maria laissa libre cours à sa colère. Peut-être se vengeait-elle ainsi de la leçon qu'il venait de lui infliger.

— Evie n'est pas comme nous. Elle ne sait pas ce que c'est que d'être élevée sans ses parents, sans sa famille, ni d'être considérée comme une nuisance par son propre père.

— Vous aviez Dimitri, lui rappela Stepan.

Il n'appréciait pas que l'on calomnie son ami. Dimitri avait douze ans quand il avait endossé la responsabilité de s'occuper d'une enfant nouveau-née et il n'avait jamais failli à cette tâche.

Il n'aimait pas non plus qu'elle lui rappelle ces douloureuses similitudes entre leurs deux destins.

— Sans mon frère, vous et moi aurions été entièrement seuls, répliqua âprement Anna-Maria. Pourquoi ne voulez-vous pas admettre que nous nous ressemblons tous les deux ? Nous sommes des êtres perdus, entourés de gens qui ont trouvé leur voie.

Ces paroles surprirent Stepan.

— Vous n'êtes pas perdue, Anna-Maria, protesta-t-il. Vous ? Quelle idée !

Était-ce ainsi qu'elle se voyait ? Pas un seul instant il n'aurait imaginé que la pétulante Anna-Maria, chérie par son frère, une fille qui possédait tout, puisse se sentir perdue. Cette seule pensée lui fendait le cœur.

Depuis des années, lui et les autres avaient épaulé Dimitri dans son combat pour protéger Anna-Maria contre les cruautés du monde, contre un père qui ne voulait même pas savoir qu'elle existait parce que sa naissance avait ôté la vie à la femme qu'il aimait.

Qu'elle se sente perdue signifiait que tous leurs efforts n'avaient servi à rien, que ce combat-là avait été vain lui aussi — une lutte où il s'était engagé plus ardemment encore que les autres parce qu'il savait lui-même ce qu'il adviendrait d'elle s'ils ne remportaient pas la victoire. Il était son aîné de douze ans, il avait conscience de ce que c'était que de grandir solitaire, de passer de nourrice en nourrice, de précepteur en précepteur, de valet en valet, avec l'apanage de la richesse et de la sécurité matérielle mais pas la *vraie* sécurité, celle de savoir qu'on est aimé, qu'on possède une famille et un lieu auxquels on appartiendra toujours.

— Ne soyez pas si égocentrique, Stepan ! fit-elle avec un soupir excédé. Vous n'êtes pas le seul à vous sentir perdu, vous savez.

Elle l'écarta pour passer devant lui.

— Il est tard et je vais me coucher à présent. Vous pouvez rester ici et ruminer à loisir sur votre solitude ou Dieu sait quoi d'autre qui vous occupe tant.

Il faillit riposter que s'il était encore debout à cette heure, c'était à cause d'elle. Il se serait couché dès son retour si elle ne l'avait pas attendu là, en embuscade. Bien sûr, son honneur lui interdisait de rejeter toute la faute sur elle pour la transgression qu'il venait de se permettre. Un gentleman digne de ce nom reconnaissait sa responsabilité quand ce genre de faux pas était commis. Il était autant à blâmer qu'elle. Cela faisait des semaines qu'il luttait contre le désir de l'embrasser. Ce qui s'était passé ce soir lui en avait fourni le prétexte.

À présent, ce baiser resterait entre eux pour toujours…

Stepan se servit du brandy de la carafe disposée sur la desserte et attisa le feu, qu'Anna-Maria avait oublié d'entretenir. Puis il s'installa dans un fauteuil, ses pieds bottés appuyés sur le garde-feu. L'incident de ce soir et la rencontre d'hier avec le capitaine Denning le confortaient dans son intention de déménager. Louer la maison de Preston Worth à Shoreham lui semblait de plus en plus une excellente idée. Il avait envoyé un message à Londres deux jours plus tôt, juste après avoir évoqué le sujet avec Dimitri. Avec un peu de chance, il aurait la réponse demain.

La distance n'effacerait pas le baiser, mais elle pourrait en atténuer la portée.

Stepan soupira et avala une longue gorgée. Même le brandy ne réussissait pas à adoucir le goût amer du regret. Il n'aurait jamais dû faire cela. Embrasser la sœur de son meilleur ami ! Bon sang, qu'est-ce qui n'allait pas avec lui ? Pourtant, pendant ces quelques instants, Anna-Maria n'avait plus été à ses yeux la sœur de Dimitri, mais une femme avec sa propre identité et une volonté bien à elle. Elle lui avait rendu son baiser avec une ardeur semblable à la sienne. Peut-être était-ce d'ailleurs pour cela qu'il se sentait coupable. Il aurait dû regretter pleinement ce qu'il avait fait et ce n'était pas le cas. Voilà, il l'admettait. Il ne le regrettait pas *complètement*…

Avec n'importe quelle autre femme, il s'interrogerait désormais sur la suite. À présent qu'ils avaient ouvert les négociations, si l'on pouvait s'exprimer ainsi, quelle serait la prochaine ouverture ? se demanderait-il.

Sauf qu'il s'agissait d'Anna-Maria. Elle n'était pas l'une des femmes sophistiquées de la cour du Kouban. Avec elle, la question de la suite ne se posait pas. Il n'y aurait pas d'« ensuite », sinon de déménager à Seacrest, loin d'elle et de la tentation d'imaginer un possible « après ». Un seul baiser pouvait tout changer, mais seulement s'il laissait la chose se produire. Il ne le permettrait pas !

Il vida son verre, en prise avec sa conscience qui le torturait avec ironie : « Tu pourrais l'embrasser mille fois que cela ne changerait rien. Tu n'as rien à lui offrir. Elle est amour et lumière. Que connais-tu de ces choses ? Elle voudra une famille lorsque son impétuosité se sera calmée. Comment peux-tu espérer être un meilleur père que le tien ne l'a été pour toi, alors que tu n'as rien à proposer ? Elle voudra tout de toi, ton esprit, ton âme et ton corps, jusqu'au moment où elle découvrira l'obscurité qui règne en toi et comprendra que tu ne peux pas être sauvé. Alors c'est elle qui regrettera. Tu ne peux que décevoir une femme comme elle, une femme qui attend davantage qu'un titre sans la moindre signification, une santé compromise et quelques nuits de plaisir d'un homme incapable de lui donner davantage. »

Pour toutes ces raisons, et pour d'autres encore, comme sa loyauté à l'égard de Dimitri, il devait partir. La journée du lendemain s'annonçait difficile. Elle ne serait qu'attente. Et malheureusement, il ne pouvait faire autrement qu'attendre ici : attendre la lettre de Preston. Attendre un message de Joseph Raleigh pour savoir si la vodka était prête à être transportée à Londres. Il ferait mieux de s'inquiéter des fûts que de penser à Anna-Maria !

Les hommes de Denning arrivaient tout juste et étaient en train de s'installer, mais ils n'allaient pas tarder à agir. Les routes principales allaient être surveillées en premier. Dommage que Denning n'ait pas patienté un mois de plus pour faire du zèle. Stepan aurait préféré que le *Skorost* accoste sans les gardes-côtes et l'armée en alerte, mais au moins, le danger lui fournirait matière à réflexion. Demain, il s'occuperait l'esprit en mettant au point une stratégie pour l'arrivée de son bateau.

La matinée ne se déroula pas trop mal, Stepan ayant réussi à se retrancher dans le bureau de Dimitri. Mais Evie avait fait d'autres projets pour lui l'après-midi. Après le déjeuner, elle l'accula littéralement, le priant de servir de cavalier à Anna-Maria pour une leçon de danse au salon.

— Vous êtes le meilleur cavalier qui soit pour la valse, affirma-t-elle simplement.

Pour l'occasion, tous les meubles avaient été repoussés et Evie attendait, assise devant le pianoforte.

Elle adressa un sourire à Stepan.

— Cette danse va faire fureur à Londres pendant la Saison. Anna a besoin de s'entraîner.

— Alors elle devrait danser avec Dimitri, c'est un excellent valseur, tenta d'objecter Stepan.

Il jeta un regard implorant en direction de Dimitri, assis sur un sofa poussé contre le mur et occupé à jouer avec le bébé.

Dimitri leva les yeux en souriant, un doigt emprisonné dans la menotte de l'enfant.

— Impossible, je suis occupé, comme tu peux le voir. En outre, je ne suis pas sûr que les frères et les sœurs apprécient de valser ensemble, ajouta-t-il en faisant la moue.

Anna-Maria pouffa de rire. Pas Stepan. Après ce qui s'était passé la veille au soir dans cette même pièce, il ne trouvait pas du tout drôle cette allusion au côté sensuel de la valse. Comment ne pas repenser ensuite toute la journée à cette danse ?

Les yeux scintillants de malice, Anna-Maria s'avança vers lui et lui prit les mains, l'entraînant au centre de la pièce.

— Bien sûr qu'il va le faire ! Stepan trouve que les leçons sont très importantes pour les jeunes filles. N'est-ce pas, Stepan ?

Son regard brillait, impitoyable. Visiblement, elle cherchait à se venger de la veille. Elle posa une main sur l'épaule de Stepan et attendit, l'autre main en l'air.

— Eh bien, comment faut-il placer celle-ci au juste ?

Stepan émit un léger grognement avant de lui saisir les doigts.

— Vous la mettez dans la mienne, comme ceci.

Elle se plaqua contre lui et il réajusta sa position pour l'éloigner un peu, non sans lui jeter un coup d'œil incendiaire.

— Il doit rester un espace entre nous, sinon les matrones de l'Alma ne vous laisseront plus entrer au club, l'avertit-il d'un ton sévère. Rappelez-vous : quand vous valsez, ce n'est pas seulement votre toilette et votre adresse de danseuse que vous donnez à voir. Votre morale aussi est exposée aux yeux de tous.

Quel prêcheur il faisait ! songea-t-il à part lui. En fait, il aimait valser, il adorait cette impression de littéralement s'envoler. Mais il ne pouvait s'autoriser ce luxe avec Anna-Maria dans ses bras. La tentation serait trop forte.

Elle pinça les lèvres, boudeuse.

— Alors où est le plaisir ? La valse est censée être scandaleuse, non ? C'est du moins ce que je croyais. Mais à vous entendre, on dirait une danse de nonne.

Stepan tourna de nouveau les yeux vers Dimitri, dans l'espoir que son ami aurait changé d'avis et viendrait à son secours. Seulement celui-ci se contenta de hausser les épaules et fit sautiller le bébé en marquant la mesure avec son pied, dès que sa femme eut commencé à jouer la musique.

Le destin jouait avec lui, se dit Stepan. C'était sans doute tout ce qu'il méritait, après son comportement de la veille : un après-midi en enfer. Faire valser Anna-Maria autour du salon et endurer ses remarques à double sens sous le regard de son meilleur ami inconscient de son supplice ! Cela aurait été moins difficile si Anna-Maria avait été une piètre danseuse, si elle lui avait marché sur les orteils ou s'était pris les pieds dans la traîne de sa robe. Cela aurait été moins difficile encore si danser ainsi avec elle ne lui avait pas rappelé les instants où il l'avait tenue, si chaque fois qu'il passait devant *le* mur, il ne s'était pas souvenu de ce qu'ils y avaient fait. Cette fatidique soirée aurait pu bel et bien lui faire détester cette pièce pour toujours ! Et le sourire discret d'Anna-Maria, chaque fois qu'ils frôlaient le mur, lui disait qu'elle aussi se souvenait.

Le salut lui vint sous la forme de Tate apportant le

courrier, bien trop tard, hélas, pour que cela change grand-chose. Le dommage causé par la danse était déjà fait.

Le visage d'Anna-Maria rayonnait de triomphe, tandis qu'ils s'immobilisaient dans un dernier tournoiement.

— Un message pour vous, milord, fit le majordome.

Il présenta le plateau à Dimitri, puis à Stepan.

— Et aussi un pour vous, Lord Stepan.

Stepan brisa le cachet. La missive venait de Londres. Il la parcourut d'un rapide regard et un sourire illumina son visage.

Anna-Maria se haussa sur la pointe des pieds et jeta un œil par-dessus son épaule. Stepan écarta le papier, pendant que Dimitri grondait sa sœur :

— Voyons, Anna, respecte donc un peu sa vie privée, à cet homme !

— Pourquoi ? C'est visiblement une bonne nouvelle, rétorqua Anna, adressant un sourire taquin à Stepan. Vois comme il a l'air content !

— Oui, c'est une bonne nouvelle, confirma Stepan, s'adressant à tous. C'est Preston Worth qui m'écrit. Il est d'accord pour me louer sa maison à Shoreham jusqu'au mois d'août. Je peux m'y installer dès maintenant.

— Août ! se récria Anna-Maria, incrédule. Quel besoin avez-vous d'une maison pendant si longtemps ? Il vous faut être à Londres pour mes débuts, je vous rappelle.

— Je crains que mes affaires ne m'empêchent d'assister à la Saison cette année, répondit Stepan.

Sur ce point-là au moins, il ne mentait pas. Avec le capitaine Denning dans les parages, il ne pouvait guère laisser les gamins tout seuls, sans protection.

Réprouvant visiblement sa décision, Anna-Maria lui lança un regard orageux. Il avait l'impression d'être un goujat. Il était soulagé, certes, mais au détriment d'Anna-Maria.

— Voyons, ma chère, il y aura des centaines de jeunes

gens pour danser avec vous. Je ne vous manquerai pas, vous verrez !

Il jeta un coup d'œil vers la fenêtre, évaluant la lumière. Il restait encore une heure ou deux de jour. S'il partait vite, il pouvait se rendre à Shoreham avant la nuit.

— Pas question ! intervint Evie, devinant ses intentions avant même qu'il ne les exprime.

Et se levant du pianoforte :

— Vous n'allez pas partir ce soir. Nous allons vous donner un dîner d'adieu et vous pourrez vous mettre en route demain matin. C'est le moins que vous puissiez faire pour les serviteurs de Seacrest, qui viennent tout juste d'apprendre votre venue. Il leur faut du temps pour préparer la maison du mieux possible. Ils ne peuvent recevoir un prince sans être prévenus un peu à l'avance.

Evie avait raison, évidemment, dut convenir Stepan. Arriver à l'improviste n'aurait pas été correct pour les domestiques. Il avait tenu jusque-là, il pouvait endurer une nuit de plus à Little Westbury.

Il adressa un sourire à Evie.

— D'accord pour une dernière soirée sous votre toit. Ensuite, je ne vous encombrerai plus et vous pourrez reprendre votre vie normale.

Evie se haussa sur la pointe des pieds et déposa un baiser sur sa joue.

— Jamais de la vie, Stepan ! Tous les amis de Dimitri sont les bienvenus ici, vous le savez. Pour aussi longtemps qu'ils le désirent.

Mais tous les amis de Dimitri n'étaient pas épris de sa sœur, songea Stepan. Si Dimitri savait, sans doute ne lui ferait-il pas aussi bon accueil…

Chapitre 5

Anna-Maria chipotait ses pois, les repoussant au bord de son assiette. La journée qui avait suivi le départ de Stepan s'était fort mal passée et les choses n'avaient cessé d'empirer depuis.

La maison semblait trop tranquille sans la présence de Stepan. La porte d'entrée ne s'ouvrait plus sur lui à l'improviste tandis qu'il revenait de Dieu savait où. Plus la moindre chance de le voir descendre l'allée à cheval, si droit, si agaçant de perfection. Plus de stimulantes prises de bec en perspective. Et pire que tout, plus de baisers dévastateurs !

Depuis qu'il était parti, elle ne pensait plus qu'à ce baiser, plus passionné et excitant qu'elle ne l'aurait jamais cru possible. Son premier baiser ! Est-ce qu'il s'en rendait compte ? Cela avait-il joué un rôle dans son départ si prompt ? Était-ce à cause d'elle qu'il était parti ? L'avait-elle poussé à cela sans le vouloir ?

Le claquement d'une fourchette contre de la porcelaine résonna de l'autre côté de la table.

— Bon sang, ma fille, allez-vous cesser de bouder et manger votre dîner ? fulmina son père, le regard étincelant de colère.

Anna-Maria repoussa une fois de plus ses pois, juste pour le plaisir de le contrarier.

— Ce n'est pas avec des manières pareilles que vous allez pêcher un mari, poursuivit-il. Vous allez nous faire honte à tous à Londres !

— Je ne veux pas *pêcher* de mari, rétorqua-t-elle. Du moins pas maintenant.

Relevant la tête, elle jeta à Dimitri un regard de défi.

— Je veux danser jusqu'à l'aube et boire du champagne. Je veux vivre un peu ! Et puis, qui se soucie que je repousse mes pois ce soir ? Il n'y a personne pour le voir, pas la moindre distraction à des kilomètres à la ronde. On me confine au milieu de nulle part !

Elle se mordit la lèvre en voyant Evie baisser les yeux sur son assiette. Cette fois, elle était allée trop loin et s'était montrée blessante. Little Westbury était la demeure d'Evie, elle y avait ses parents, ses amis, et son mari y travaillait. Evie lui avait toujours fait sentir qu'elle était la bienvenue dans cette demeure.

Son père pointa sa cuillère vers elle.

— Tu es une misérable ingrate, voilà ce que tu es ! Tous les sacrifices que nous avons consentis pour toi…

— Père, cela suffit, coupa Dimitri d'une voix calme, mais avec toute la fermeté du maître de maison.

Il avait toujours joué les pacificateurs, reconnut Anna-Maria. Pas étonnant qu'Evie et lui soient si bien assortis ! Evie aussi était diplomate. *Pas comme moi*, songea Anna-Maria. Parfois, elle se soupçonnait de chercher à provoquer des drames pour rendre la vie plus intéressante. Une fois de plus, elle regretta de ne pas ressembler davantage à son frère, qui s'épanouissait dans l'isolement de la vie campagnarde.

— Je suis désolée, Evie, dit-elle. Je ne voulais pas du tout…

Evie l'interrompit en secouant poliment la tête.

— Il n'y a pas d'offense. Vous êtes jeune et pleine de vie, il est bien normal que vous ayez envie d'animation autour de vous.

Et jetant un coup d'œil à Dimitri :

— Nous pourrions tous effectuer une petite sortie. Pourquoi ne pas organiser quelque chose ? Peut-être passer une journée avec Liam et May avant qu'ils ne retournent en ville ?

Anna-Maria aimait beaucoup May, l'une des plus scandaleuses amies d'Evie, qui avait eu une liaison passionnée avec son mari avant de l'épouser. En fait, lorsque c'était arrivé, May était plus jeune qu'Anna ne l'était maintenant. Mais une journée entière à parler de bébés n'était pas exactement le genre de sortie qu'elle espérait. Elle s'humecta les lèvres, tandis qu'un plan prenait forme dans son esprit.

Elle leva les yeux vers Evie.

— Pourquoi n'irions-nous pas à Shoreham pour voir comment Stepan est installé ? Nous pourrions lui apporter un peu du pain de notre cuisinier et ces biscuits au citron qu'il aime tant. Nous pourrions aussi lui donner des conseils pour sa maison. Il n'a personne pour l'aider à diriger une aussi vaste demeure. Distrait comme il est, les serviteurs ne vont pas tarder à prendre le dessus sur lui, argua-t-elle en toute mauvaise foi.

Il n'y avait rien qu'Evie aimât autant que d'apaiser une crise domestique.

Dimitri parut dubitatif.

— Je ne sais pas. C'est un long trajet pour le bébé.

— Avec un attelage, cela fait seulement une heure de route, peut-être deux. Mais votre voiture est équipée de toutes les commodités possibles. Nous tiendrons le bébé chacun à notre tour et il dormira pendant la plus grande partie du voyage.

Evie trancha la question.

— Voilà qui règle tout, déclara-t-elle en adressant un sourire à Dimitri. Nous allons rendre visite à Stepan pour voir comment il se débrouille.

Elle se leva.

— Anna et moi allons discuter de ce qu'il nous faut emporter, pendant que vous savourez tous les deux votre porto d'après dîner, ajouta-t-elle.

Elle sourit à son beau-père, comme s'il n'avait pas failli gâcher le dîner en question par une dispute.

— Vous êtes trop gentille avec lui, la gronda Anna, lorsqu'elles se retrouvèrent seules dans la salle à manger.

Son bébé à ses pieds et son éternel ouvrage de broderie entre les mains, Evie représentait un parfait tableau de félicité domestique.

— Mais non ! C'est un homme brisé. Il a beaucoup souffert dans sa vie et il mérite notre compassion.

Elle enfila son aiguille, puis gratifia Anna d'un bref sourire.

— Il a souffert, mais la façon dont il vous traite n'en est pas moins inexcusable. Dimitri et moi en sommes tous les deux bien conscients.

Anna-Maria haussa les épaules d'une façon qui se voulait désinvolte.

— J'ai tué la femme qu'il aimait.

Depuis dix-neuf ans, on lui rappelait sans cesse que sa mère était morte en la mettant au monde. Cela n'aurait plus dû l'affecter à présent. Et pourtant…

— Vous n'étiez qu'un bébé, protesta Evie. Ce n'était pas votre faute.

Elle coupa le fil d'un coup de dents, tout en considérant sa belle-sœur.

— Stepan vous manque !

— Il nous manque à tous, rétorqua Anna, faisant mine de s'affairer avec son propre ouvrage, un simple mouchoir.

La maison semblait vide sans lui, c'était un fait. Malgré ses absences répétées, il avait réussi à imprégner l'endroit de sa présence. Son manteau ne se trouvait plus suspendu à la patère près de la porte d'entrée. Et les bottes de Dimitri semblaient bien solitaires sans celles de Stepan à côté…

Anna s'était glissée dans la chambre qu'il avait occupée,

en croyant que cela apaiserait son sentiment de solitude. La pièce semblait littéralement déserte à présent qu'il était parti. Les couvertures bien nettes et sans un pli, le bureau vidé de ses effets personnels… C'était comme s'il n'avait jamais séjourné là.

Elle demeura si longtemps silencieuse qu'Evie la fixa.

— Vous êtes certaine que ce voyage à Shoreham, c'est seulement pour l'aider à s'installer ?

La main d'Anna-Maria s'immobilisa sur son ouvrage.

— L'autre jour, je vous ai regardée valser avec lui, poursuivit Evie.

Anna, cette fois, se figea complètement. L'autre jour. Le jour après le baiser. Qu'est-ce que sa belle-sœur avait bien pu deviner ? Qu'y avait-il eu à voir ? Que d'une certaine façon, à un moment, sa relation avec Stepan avait pris une dimension qu'elle n'arrivait pas à définir ?

— Êtes-vous sûre que votre idée d'aller là-bas n'a rien à voir avec le fait que les quartiers militaires de New Barn soient de nouveau occupés ? reprit Evie avec un clin d'œil complice. Dimitri m'a appris qu'un certain capitaine Denning est arrivé à Shoreham avec toute une compagnie de soldats pour traquer les contrebandiers. Il va y avoir des assemblées et beaucoup de danseurs pour égayer la campagne en attendant le printemps.

Evie pencha la tête, malicieuse.

— Peut-être sera-t-il plus intéressant de faire vos premières armes avec eux plutôt qu'avec le fils du châtelain, en attendant Londres ?

Oh ! ce n'était que cela ? Soulagée par la méprise d'Evie, Anna sourit et s'empressa de renchérir.

— La garnison est une perspective séduisante, en effet, admit-elle.

Ce n'était pas la seule néanmoins, sauf qu'elle ne pouvait guère formuler ses autres raisons, qu'elle n'arrivait d'ailleurs pas vraiment à s'expliquer à elle-même.

Pas quand tant de choses demeuraient irrésolues entre Stepan et elle…

Un simple baiser avait suffi à bouleverser son monde. Tout ce qu'elle savait, c'était qu'elle voulait être auprès de lui, qu'il ait besoin d'elle ou pas. D'où lui venait ce désir ? Elle n'en savait rien. Ce baiser avait fait bien plus que de le tirer, lui, de sa placidité. Il avait aussi ébranlé la sienne à elle — une placidité qui se satisfaisait de l'observer derrière la fenêtre ou de l'autre côté de la table du dîner, une placidité qui trouvait sa satisfaction à le provoquer pour le plaisir. Maintenant qu'elle avait suscité chez lui une réaction, ces prises de bec ne lui suffisaient plus. Loin de résoudre la question, l'épisode n'avait fait qu'accroître son incertitude.

Evie se pencha en avant.

— Savez-vous ce que je vais faire ? Je vais tâcher de persuader Dimitri de vous laisser rester à Shoreham pour aider Stepan. Il lui faut une maîtresse de maison.

Anna secoua la tête avec pessimisme. Ses espoirs s'évanouissaient.

— Comment serait-ce possible ? Dimitri ne veut même pas me laisser sortir à cheval sans escorte, alors vivre avec un homme, vous pensez !

Elle regretta aussitôt son choix de mots. Ils ne disaient que trop à quel point sa vision de Stepan avait changé depuis une semaine.

Ce commentaire lui valut un nouveau coup d'œil appuyé de sa belle-sœur.

— Mais il s'agit de Stepan ! Ce n'est pas comme si vous habitiez sous le toit d'un étranger. Il fait pratiquement partie de la famille.

Presque, mais pas vraiment, rectifia Anna à part elle. On n'embrassait pas ainsi un membre de sa famille. Durant cet hiver, Stepan avait cessé d'être un pilier de son enfance pour se transformer en un être étrangement mystérieux, un homme de chair et de sang avec des émotions profondes qu'il s'efforçait de cacher, et une capacité à ébranler l'univers d'autrui par un seul baiser.

Cette intensité aurait dû effrayer Anna, lui donner envie de fuir, mais au contraire, elle l'attirait. Elle voulait se précipiter vers cette flamme, pour voir où cela la mènerait.

Evie était trop plongée dans l'élaboration de ses plans pour s'apercevoir de sa méprise.

— Vous pourrez emmener Mrs Batten, notre femme de charge. Elle a une sœur à Shoreham et elle appréciera cette occasion de lui rendre visite. Les Worth doivent avoir leur propre gouvernante, aussi Mrs Batten aura-t-elle tout le temps voulu pour garder un œil sur vous. Elle pourra vous apprendre à gérer une maisonnée. Stepan ne dédaignera pas cette assistance, s'il est aussi occupé qu'il le prévoyait.

Evie se mit à rire.

— Les hommes ne se rendent pas compte à quel point ils comptent sur un bon repas chaud à la fin d'une longue journée que lorsque cela vient à leur manquer.

— Bien sûr, murmura Anna.

Hochant la tête, elle reporta son attention sur sa broderie. Son enthousiasme à l'idée d'aller à Shoreham commençait à faiblir. Mrs Batten était une femme très compétente, mais elle ne plaisantait pas sur la morale. Une vraie mégère !

Et puis il y avait la question de savoir jusqu'à quel point Stepan se réjouirait de la voir débarquer à Seacrest sans y avoir été invitée. Surtout quand Evie lui ferait part de son projet de la laisser là-bas indéfiniment — repas chauds ou non à la fin de la journée !

Voilà, c'était chose faite. L'attelage de Dimitri quittait Shoreham avec une voyageuse en moins qu'à l'aller.

Anna-Maria se tenait debout à côté de Stepan, sur les marches de Seacrest, agitant la main pour saluer son frère et sa belle-sœur, et lorsque enfin le véhicule fut hors de vue, un étrange sentiment de solitude s'empara d'elle. C'était absurde, Dimitri et la maison ne se trouvaient guère qu'à une heure de route et elle pouvait s'y rendre à cheval n'importe quand. Pourtant, alors que le crépuscule s'installait, elle avait l'impression que mille kilomètres la séparaient de son foyer.

Stepan n'avait pas semblé spécialement heureux de les revoir. Ou du moins de *la* revoir. Il s'était montré froid et distant depuis leur arrivée. Dimitri et lui s'étaient enfermés ensemble, laissant Evie, Anna et la redoutable Mrs Batten à leurs propres affaires — affaires impliquant une réunion avec tout le personnel domestique, une équipe bien plus fournie que les cinq serviteurs qui secondaient Evie à la maison.

Elles avaient dressé des listes de denrées alimentaires et élaboré les menus de la semaine, inspecté le linge et trouvé la plupart des choses en ordre. L'épouse de Preston dirigeait parfaitement la maison, et si certaines choses demandaient à être réorganisées, c'était uniquement dû à l'arrivée inopinée de Stepan.

— Alors, vous regrettez déjà votre décision de rester ? interrogea Stepan.

C'était la première remarque directe qu'il lui adressait depuis le début de la journée. Il semblait décidé à ignorer non seulement le baiser, mais sa personne elle-même.

Elle secoua la tête.

— Non, je pensais seulement à toutes les fois où j'ai regardé Dimitri s'en aller.

À ce jour, en particulier, où au lieu de revenir il avait envoyé à la place une lettre l'informant qu'il avait décidé d'abandonner son titre, sa vie, et de rester en Angleterre pour y épouser la fille d'un baronnet.

Stepan se trouvait avec elle à cette époque. Dimitri avait chargé Ruslan et lui d'organiser leur départ discret du Kouban. Sauf que le départ en question n'avait pas été si discret en fin de compte. Stepan s'était brusquement retrouvé avec une jeune fille et un vieil homme qu'il fallait amener à bon port, mais aussi un officier de cavalerie grièvement blessé et un poète poursuivi pour diffamation. À aucun instant Stepan ne leur avait fait défaut, quelle que fût la difficulté de sa tâche.

Il soupira.

— Ils finissent tous par s'en aller d'une façon ou d'une autre.

Sans doute pensait-il aux autres : Illarion, Ruslan et Nikolaï. Ils lui manquaient, comprit-elle soudain. Stepan semblait toujours si fort, si stoïque, qu'on imaginait difficilement qu'il puisse éprouver aussi de tels sentiments. Elle aurait dû en savoir quelque chose, non, maintenant qu'il l'avait embrassée ?

Ce baiser l'avait mis à nu lui autant qu'elle. Oui, il éprouvait des sentiments, du désir, de la souffrance. Sous sa carapace, Stepan Shevchenko était humain après tout. Cette découverte aurait dû le rendre moins héroïque à ses yeux, mais il n'en était rien. Cela ne faisait qu'accroître son mystère, lui rappelant à quel point elle ne savait rien de lui et combien il lui restait encore à apprendre.

Stepan désigna d'un geste la porte d'entrée.

À l'intérieur de la maison, un serviteur allumait les lampes. Une chaude lueur les accueillit, dispersant les ombres du crépuscule.

— Venez, Anna-Maria. Le dîner va bientôt être servi. Nous allons pouvoir discuter du guêpier dans lequel vous vous êtes fourrée.

Comprenait-elle qu'en se jetant dans ce fameux guêpier, elle l'y avait mis aussi par conséquent ?

Stepan se versa un autre verre de vin en observant Anna-Maria à la lueur des bougies de la table : les sombres vagues brillantes de ses cheveux, la ligne si fine de son nez, la douce courbe de sa joue, son menton obstiné. C'était une femme superbe, on ne pouvait le nier. Une beauté qui s'accentuait quand un sourire étirait ses lèvres, soulignant leur sensualité…

Et elle souriait en cet instant, tout en désignant l'assiette presque intacte de Stepan.

— Vous n'aimez pas la tourte au gibier ?

Il n'avait avalé que quelques bouchées.

— Au contraire, c'est délicieux.

C'était son meilleur repas depuis qu'il avait quitté la maison de Dimitri et il savait que c'était grâce à Evie et Anna-Maria, qui avaient donné leurs directives au cuisinier. Avant leur arrivée, il avait été trop occupé avec ses bateaux pour accorder la moindre attention à la maison. En conséquence, il n'avait mangé que de la viande froide et du pain, ou bien il avait pris ses repas à la taverne.

Mais il n'allait pas reconnaître cela devant Anna-Maria. C'eût été lui donner raison d'être restée.

Il avala une bouchée de plus pour lui faire plaisir.

— Pourquoi êtes-vous venue, Anna-Maria ? Quelle est la vraie raison ?

Anna-Maria sirota une gorgée de vin et lui lança un regard faussement timide par-dessus le bord de son verre.

— Parce que vous avez besoin de quelqu'un pour s'occuper de vous. Le cuisinier m'a avoué que vous n'aviez pas pris un seul repas correct de la semaine ni laissé la moindre instruction.

Un point pour elle, admit Stepan. Mais elle n'en avait pas moins commis une erreur tactique.

Il émit un petit rire.

— C'est exact, mais vous n'en saviez rien avant votre arrivée.

Et se penchant par-dessus la table :

— Je soupçonne que ce petit voyage était entièrement votre idée. Qu'est-ce qui vous a poussée à quitter Little Westbury, hein ?

Elle le regarda droit dans les yeux.

— Je m'ennuyais. Pourquoi seriez-vous le seul à vous amuser ? Vous avez besoin d'aide. Je peux donner un coup de main pour la maison et les livres de comptes, et en échange vous me conduirez aux assemblées. Je peux m'exercer avec les officiers en poste ici en attendant la Saison.

Dieu vienne en aide aux militaires britanniques ! songea Stepan. Dieu lui vienne en aide à lui-même ! Il n'y avait pas un seul mot dans la déclaration d'Anna-Maria qui ne l'ait fait frissonner. La laisser fouiner dans ses livres et la voir valser à Shoreham avec les hommes qui avaient juré sa perte étaient bien les dernières choses qu'il désirât.

Un jeu mortellement dangereux se mettait en place. Il ne pouvait se permettre de se laisser distraire. Ni lui ni son équipe. Il avait déjà parlé avec Abernathy, lui reprochant sa précédente bévue. Il en avait assez à superviser sans avoir en plus à s'inquiéter de ce qu'Anna-Maria pouvait accidentellement découvrir : l'escalier secret menant aux grottes, des registres oubliés sur un bureau… Il allait lui falloir redoubler de prudence, avec cette cause supplémentaire de distraction.

Chez Dimitri, le seul risque avait été Anna-Maria elle-même quand il rentrait à la maison. Désormais, le risque était partout.

— Eh bien, dites quelque chose ! le pressa-t-elle avec impatience. L'idée n'a pas l'air de vous plaire. Je pensais pourtant que c'était un excellent échange de services.

— Pas moi, répliqua-t-il sans ambages.

S'il parvenait à la vexer, peut-être reviendrait-elle sur sa décision.

— Je ne vous ai pas demandé votre aide, reprit-il. Je me débrouille à ma façon. Et je n'ai pas le temps de vous escorter aux assemblées organisées par les militaires.

Et lui jetant un regard courroucé :

— Dimitri m'a confié la véritable raison pour laquelle vous avez souhaité venir. Vous voulez danser, n'est-ce pas ?

Anna-Maria reposa son verre assez brutalement pour en faire déborder le contenu sur la nappe. De quoi se mêlait Dimitri ? Voilà qu'il la faisait passer pour une coquette sans cervelle !

Furieuse, elle se redressa sur sa chaise, les bras croisés sur la poitrine.

— Vous n'avez pas le temps ou vous ne voulez pas ? Et puisque nous en sommes à nous dire les choses franchement, pourquoi ne m'aimez-vous pas ? Autrefois, vous m'aimiez bien. Du moins, c'était ce que je croyais.

Stepan émit un grognement.

— Bien sûr que si, j'ai de l'affection pour vous, Anna-Maria. Vous savez combien j'aime votre famille, ajouta-t-il, en tâchant de prendre un ton fraternel débonnaire, alors qu'il ne ressentait rien de tout cela.

— Il ne s'agit pas de ma famille mais de moi ! répondit-elle avec défi. Vous m'avez ignorée tout l'hiver. D'abord, je croyais que vous sortiez pour vos affaires, ou pour voir une maîtresse. J'ai pensé cela pendant des mois, mais maintenant j'imagine qu'il y a autre chose. Ou vous ne m'aimez pas… ou je vous fais peur, ajouta-t-elle en dardant sur lui un regard perçant.

À présent, c'était lui qui sentait la moutarde lui monter au nez.

— Peur de vous ? Qu'est-ce qui a pu vous donner une idée pareille ?

C'était ridicule. Il était un contrebandier. À chaque cargaison, il risquait la corde ou la déportation. Il avait fait sortir ses meilleurs amis du Kouban tandis que le tsar avait lancé contre eux un mandat d'arrêt, ce qui était un crime de haute trahison. Alors imaginer qu'il puisse avoir peur d'une jeune femme de dix-neuf ans !

— Vous m'avez embrassée et vous avez pris la fuite.

Vous avez quitté la maison de mon frère en prenant vos jambes à votre cou ! accusa Anna-Maria.

— Je vous ai embrassée pour vous donner une leçon, rien de plus, rétorqua-t-il. N'allez pas y greffer vos fantasmes de jeune fille.

Il refusait d'évoquer ce baiser. Cela avait été une folie de sa part. Il avait trop joué avec le feu.

— Très bien, admettons. Le baiser et votre départ sont de pures coïncidences, fit Anna-Maria, l'observant de ses grands yeux dorés. Si ce n'est pas le baiser qui vous a fait partir si vite, alors c'est Shoreham qui vous attire. Est-ce donc si important pour vous d'être ici ?

Stepan serra les mâchoires. Voilà précisément le genre d'inquisition qu'il souhaitait éviter. Il ne voulait pas la voir fouiner autour de ses intérêts, pas plus qu'il ne voulait de son image obsédante constamment devant les yeux.

Il se leva, excédé.

— Je dois exercer à présent une prérogative de gentleman : la discrétion, afin de préserver la vie privée de toutes les parties concernées, déclara-t-il d'un ton rogue. Si vous voulez bien m'excuser… La journée a été longue et j'ai besoin de me retirer.

En fait, il lui fallait descendre jusqu'aux grottes pour aider Joseph à sortir le dernier des barils de vodka ainsi que d'autres denrées avant que Denning n'ait le temps d'organiser ses troupes.

Anna-Maria se leva à son tour.

— Prérogative ? Discrétion ? Voilà des notions très britanniques, Stepan. Je ne savais pas que vous étiez si féru de l'Angleterre. N'est-ce pas vous qui répétiez que les Anglais pratiquaient le même genre d'oppression que le Kouban, sous d'autres formes ? Vous avez changé. Vous êtes en train de devenir comme *eux* !

Elle s'était exprimée avec une véhémence qui le surprit, crachant presque le dernier mot.

Il se raidit sous l'insulte.

« Eux », cela ne désignait pas les gentlemen anglais, mais une plus large catégorie d'hommes en général — ceux qui se servent de leur pouvoir pour écraser les autres.

— Je suis le même qu'avant, Anna-Maria.

Constant et loyal envers ceux qu'il aimait. Même quand ils exigeaient trop de lui, comme en cet instant.

Il aurait voulu en dire davantage. Se défendre contre cet injuste reproche en expliquant à Anna-Maria qu'il se battait pour la justice et pour la défense des opprimés, qu'en ce moment même une douzaine de garçons dépendaient de lui pour leur survie, pour leur part de justice en ce monde.

Mais il n'avait pas le temps. Joseph l'attendait et il avait du pain sur la planche. Les échanges philosophiques avec Anna-Maria allaient devoir attendre.

— Le changement dont vous parlez est peut-être en vous ! lança-t-il.

Il s'inclina avant de quitter la pièce et regretta ses paroles avant même d'entendre le fracas du cristal contre le mur de la salle à manger.

Chapitre 6

Comment osait-il insinuer que c'était sa faute ?

Agenouillée sur le parquet, une serviette de table à la main, Anna ramassait avec soin les éclats de cristal brisé avant qu'un serviteur ne pénètre dans la pièce et ne découvre sa sottise. Elle n'aurait pas dû lancer son verre, c'était un fait. Pas plus que Stepan n'aurait dû lui parler avec tant de dureté.

Peut-être avait-elle eu tort de s'imposer ici, en fin de compte. Ses motifs n'étaient pas entièrement innocents. Elle était venue pour elle, pour sa satisfaction personnelle, et en agissant ainsi, elle avait rendu Stepan malheureux, même si elle ne parvenait pas à comprendre pourquoi sa présence à Seacrest le dérangeait à ce point.

D'un geste précautionneux, elle enveloppa les morceaux du verre dans la serviette, qu'elle posa sur la table. La brutalité de son propre geste la sidérait. Jamais, de toute sa vie, elle n'avait jeté quoi que ce soit à terre ni brisé délibérément un objet. La violence de sa réaction était éloquente en tout cas. Les paroles de Stepan exerçaient sur elle un effet bien plus profond qu'elle ne l'imaginait. Non pas parce qu'il l'avait accusée d'avoir changé — car cela était vrai, elle avait bel et bien changé. Comment en aurait-il été autrement après son périlleux voyage, après la vie qu'elle avait menée ? Et puis elle prenait de l'âge, c'était une réalité, et il était bien naturel qu'elle change. Prétendre le contraire aurait été se montrer naïve ou dans le déni.

Non, ce qui en disait long, c'était ce que ces paroles révélaient sur Stepan et sur elle, sur eux deux *ensemble*. Après tout ce temps, toutes les années et les aventures qu'ils avaient partagées, ils ne se connaissaient pas du tout. Lui ne connaissait pas la femme qu'elle était en train de devenir, pas plus qu'elle ne connaissait l'homme qu'il était désormais — un homme qui recherchait la solitude, qui préférait garder ses secrets pour lui. C'était à se demander s'ils s'étaient jamais connus le moins du monde.

En dehors de sa réserve et de sa discrétion, que savait-elle du jeune garçon que son frère avait ramené jadis à la maison ? Et lui, que savait-il d'elle ? Connaissait-il ses rêves ? Ses espoirs ? Ses craintes ? Elle n'avait aucune idée de ceux de Stepan. Mais elle pouvait les découvrir.

Oui, songea-t-elle en soupirant, il fallait qu'ils se redécouvrent l'un l'autre, ou qu'ils apprennent à se connaître, peut-être pour la première fois. Elle s'excuserait auprès de lui, mais pas tout de suite. La colère bouillonnait encore trop fort en elle. Elle ferait remplacer le verre aussi, même si elle devait pour cela demander de l'argent à Dimitri. Certes, son frère ne lui refuserait pas, mais cela ne rendait pas la perspective de devoir réclamer plus plaisante pour autant.

Sa frustration se ranima en partie à cette pensée, et des larmes brûlantes lui montèrent aux yeux devant sa propre impuissance. Certaines choses avaient changé, mais pas toutes. Ces changements-là ne dépendaient pas d'elle, apparemment.

Anna-Maria renifla, refoulant ses larmes. Non, elle ne pleurerait pas dans cette maison. Pas quand tout le monde pouvait la voir, quand les serviteurs pouvaient entrer à tout moment ou Stepan revenir de Dieu sait où.

Dehors ! Il fallait qu'elle sorte.

Anna-Maria se dirigea vers la véranda qui s'étendait sur tout l'arrière de la maison avec vue sur l'immensité de l'océan, spectacle magnifique, malgré le mauvais temps que pouvait connaître cette partie de la région. Ici, le vent soufflait avec une force terrible. Ce soir, Anna-Maria appréciait cette violence. Elle agrippa la balustrade de pierre, laissant le vent sécher ses larmes avant qu'elles ne glissent sur ses joues.

Non, ce n'était pas juste ! Elle ne voulait pas demander sans cesse de l'argent à Dimitri, même si elle savait qu'il le lui donnerait. Elle voulait son indépendance économique, de même qu'elle voulait une vie à elle et le pouvoir de prendre ses propres décisions. C'étaient là les promesses que lui avait faites l'Angleterre et qu'elle n'avait pas tenues jusqu'ici.

Deux ans ! Deux ans d'attente et rien n'avait changé. Elle aurait vingt ans le mois prochain, elle serait plus vieille que les débutantes qu'elle rencontrerait à Londres. Cette différence d'âge lui semblait une éternité. Elle avait fui le Kouban pour que sa vie puisse enfin commencer, seulement rien n'avait commencé ! Pire encore, rien n'avait changé. Elle avait été exilée à la campagne et contrainte à une vie qui ne lui rappelait que trop celle qu'elle avait menée au Kouban. Si rien ne se passait de plus, pourquoi s'être donné la peine de partir ? Pourquoi Dimitri avait-il pris la peine de la sauver ?

Dans les moments où la raison reprenait le dessus en elle, elle se rendait bien compte qu'elle n'aurait pas pu rester au Kouban. On l'aurait mariée au fils du pacha et expédiée dans un pays étranger. Sa situation n'aurait pas été meilleure qu'ici si elle était restée au Kouban.

Elle comprenait aussi pourquoi Dimitri avait hésité à la lancer dans la société londonienne. Elle avait eu besoin de temps pour pratiquer l'anglais, apprendre les habitudes de la société britannique et la façon de s'adresser aux gens, parfaire ses manières. Il leur avait aussi fallu s'assurer qu'ils étaient bien en sécurité. Exhiber dans les salles de bal de Londres une princesse en fuite après avoir par deux fois rompu des fiançailles arrangées par le tsar n'aurait guère été prudent, même si son cousin Yulian avait demandé la main de la fille du pacha à la place. Si le Kouban avait voulu la récupérer à ce moment-là, les sbires du tsar n'auraient eu aucun mal à la retrouver.

Mais elle ne craignait plus rien à présent. Le temps et la récente révolution au Kouban avaient changé la donne. Personne ne la rechercherait désormais. De ce point de vue, elle avait gagné sa liberté.

Au fond, elle comprenait l'attitude protectrice de son frère. Sauf que ce soir, elle ne voulait pas être juste. Ce qu'elle voulait, c'était être entièrement libre. Durant ces longues nuits passées dans les montagnes à dormir à la dure, manger de la nourriture froide de peur qu'un feu ne trahisse leur présence, vivre dans la peur d'être découverte et de se réveiller un beau matin pour apprendre que Nikolaï avait succombé à ses blessures, elle n'avait jamais imaginé que l'Angleterre serait ainsi.

Elle avait imaginé que l'Angleterre serait comme la Terre promise, un endroit où elle serait libre de se trouver elle-même, où elle pourrait échapper à l'autorité protectrice de Dimitri et à la censure impitoyable de son père.

Non pas qu'elle eût la moindre idée de ce qu'elle allait faire de cette liberté ! Mais elle voulait explorer toutes les possibilités. Peindre, dessiner ? Pratiquer l'équitation comme Nikolaï ? Écrire comme Ilarion ? Se découvrirait-elle quelque passion jusqu'ici inconnue, une passion bien à elle ?

La nuit où elle s'était enfuie, tout semblait possible. L'espoir l'avait soutenue pendant tout le voyage. Elle ne ressentait plus cela à présent. Elle avait l'impression d'être plus entravée que jamais.

Anna-Maria leva les yeux vers les étoiles. Une fois de plus, elle enviait Stepan et les autres d'être des hommes et la liberté que cela leur conférait. À leur arrivée, ils avaient tous passé quelques mois à Little Westbury avec Dimitri. Mais dès le premier hiver, ils étaient allés humer l'atmosphère de Londres. Seul Stepan était revenu à Little Westbury, et ce soir, elle avait passé sur lui sa frustration, le faisant ainsi payer pour tous les autres. Il ne fallait guère s'attendre à ce qu'il rentre à Seacrest tant qu'elle n'était pas couchée. Elle ne pouvait pas lui en vouloir s'il la fuyait comme la peste.

— Vous allez devoir éviter les grandes routes, observa Stepan, tandis que Joseph et lui achevaient de distiller la vodka brute.

C'était un travail difficile, qui obligeait à soulever de lourds barils, mais Stepan appréciait cette occupation qui le distrayait de ses émotions. Le dîner avec Anna-Maria ne s'était pas bien passé. Il ne voulait pas approfondir pour l'instant, mais il faudrait qu'il s'excuse. Quelle que soit sa frustration, il n'avait pas à lui parler sur ce ton.

— Denning a dû mettre ses hommes en place, leur faisant surveiller les itinéraires les plus connus. Il ne doit pas encore connaître les chemins secondaires.

Avec un peu de chance, le capitaine ne les découvrirait jamais, songea-t-il. Mais cela dépendrait de la loyauté de la population locale envers ses contrebandiers. Il suffisait d'un seul informateur pour briser la chaîne.

Joseph hocha la tête d'un air réfléchi. Lorsqu'il arborait cette expression grave, il paraissait bien plus que ses dix-sept ans.

— Nous y arriverons, assura-t-il. Nous pouvons prendre d'autres gardes. Je connais des gars fiables.

Le rôle des « gardes » consistait à protéger les convoyeurs en cas d'incident.

— Je préfère la discrétion à la force, objecta Stepan.

Un déploiement de force serait bien trop visible. Nos gardes pourraient être traqués et reconnus.

Il ne voulait pas prendre le risque de voir qui que ce soit affronter la pendaison à cause de lui.

Joseph secoua la tête.

— La force peut devenir une nécessité si ce capitaine Denning ne peut pas être raisonné.

— Acheté, tu veux dire ?

Stepan émit un petit rire, tout en ouvrant un nouveau tonneau.

— Il n'a pas l'air du genre corruptible. C'est à mettre à son actif. Un gars très déterminé.

Plus que déterminé, songea-t-il. Malheur à celui qu'il attraperait…

Stepan se leva, s'étira le dos et promena son regard sur la caverne. Les demi-gallons que porteraient les convoyeurs étaient presque pleins et il ne restait plus que quelques barils à distiller. Bientôt, il n'aurait plus d'excuses pour passer tout son temps hors de la maison et éviter ainsi Anna-Maria.

Cependant, pour l'instant, il se faisait tard et il espérait qu'elle s'était couchée.

— Pouvons-nous déménager les gallons demain soir ? Le plus tôt sera le mieux, étant donné les circonstances.

Il aurait préféré utiliser un chariot, mais avec la gadoue hivernale, ajoutée au poids des lourds barils, un attelage s'embourberait avant d'avoir parcouru un seul mile sur ces routes boueuses, devenant ainsi une proie facile pour les douaniers.

— Nous pouvons partir demain soir, confirma Joseph.

Il se frotta le menton.

— Le plus dur sera de sortir de la ville. L'endroit grouille de soldats, même s'ils sont encore désorganisés.

Stepan réfléchit une minute.

— Il faudrait une diversion.

Un lent sourire éclaira son visage.

— Je crois que je sais comment faire d'une pierre deux coups. Nous attendrons une nuit de plus, Joseph, et nous déménagerons la vodka et les épices pendant que les soldats dansent. Une soirée de bienvenue est prévue pour eux vendredi. J'ai été invité, bien sûr, ainsi que les troupes. J'occuperai Denning pendant que les garçons et vous sortirez la cargaison.

Joseph approuva d'un sourire.

— C'est la diversion idéale. Je vais laisser des gardes postés ici ce soir et demain, pour m'assurer que personne ne vient fouiner dans les parages pendant les prochaines trente-six heures.

Il fronça les sourcils.

— Vous avez parlé de « deux coups ». Quel est le deuxième ?

Stepan eut cette fois un sourire amusé.

— Je dois une danse à une dame !

Une dame. Anna-Maria.

Stepan gravit l'escalier menant à la maison. Le vent soufflait en hurlant autour du tunnel de pierre entourant les degrés — cent soixante marches. Il ne pouvait pas nier la réalité. Anna-Maria n'était plus une petite fille avec des nattes, ni l'adolescente aux yeux écarquillés qui avait chevauché devant lui sur sa selle sans une seule plainte pendant l'éprouvant voyage depuis le Kouban. Cette fille-là avait disparu, laissant la place à une jeune femme époustouflante et passionnée, trop volontaire pour son propre bien et trop tentante pour son bien à lui.

En avait-elle conscience ? Sentait-elle le courant qui passait entre eux ? Comprenait-elle que leurs prises de bec ne provenaient pas vraiment de la colère, mais de ce phénomène nébuleux qu'on nommait alchimie, d'une attirance irrésistible ? Ils se testaient l'un l'autre, s'éprouvaient l'un l'autre, comme un cerf pourchasse une biche avant de la prendre. Et Anna-Maria jouait le jeu avec ardeur.

Le faisait-elle délibérément ou non ? C'était une autre question, comme de savoir si elle souhaitait ou non qu'il l'attrape. Elle avait clairement affirmé qu'elle ne désirait pas être attrapée par qui que ce soit, du moins, pas pour le moment. À la lumière de cette déclaration, c'était lui qui devait se montrer responsable, comme toujours. Il devait protéger les rêves d'Anna-Maria, quels qu'ils soient, contre tous ceux qui pourraient les menacer, y compris lui. Y compris elle-même.

Avait-elle songé un seul instant aux conséquences d'un flirt avec lui ? Ou, à sa manière habituelle, s'était-elle lancée tête la première sans une seule pensée pour ce qui pouvait en découler ?

Parvenu au sommet des marches, il observa une pause, la main sur la poignée de la porte, avant d'entrer. Il se sentait coupable de l'avoir laissée si longtemps seule ce soir. Indépendamment de la tension qui régnait entre eux, elle se trouvait là dans une maison étrangère, sans la moindre compagnie. La solitude était quelque chose d'inhabituel pour elle. N'était-ce pas ce qu'elle avait tenté de lui dire ce soir, quand ils se tenaient tous deux sous le porche ? Contrairement à lui, qui n'était que trop habitué à rester seul, Anna-Maria avait toujours été entourée.

Eh bien, il lui faudrait aussi s'excuser pour cela ! Peut-être une petite sortie en ville s'imposait-elle. Et s'il lui achetait des rubans pour ses cheveux, en prévision du bal ? Il s'était concilié ainsi bien des femmes, offrant des cadeaux beaucoup plus coûteux que de simples rubans. Au Kouban, pas de séduction sans bijoux : un joli diadème orné de diamants ou un bracelet de rubis.

Non. Il ne confondrait pas Anna-Maria avec ces femmes. Elles étaient des maîtresses, pas des dames. Le donnant-donnant faisait partie de leur arrangement. Il ne réduirait pas Anna-Maria à cela. Ce qu'elle attendait de lui, c'étaient des échanges sincères, pas des cadeaux.

À l'intérieur, la maison était plongée dans l'obscurité. Seule ou pas, Anna-Maria avait su retrouver le chemin de son lit. Les excuses devraient donc attendre demain matin.

Stepan se leva tôt, décidé à exprimer ses regrets dans les règles. Il déposa l'invitation pour le bal devant l'assiette d'Anna-Maria. Elle ne manquerait pas de la voir quand elle descendrait pour le petit déjeuner. En attendant, il reporta ses obligations matinales.

Il lisait nonchalamment le journal en buvant son café lorsqu'elle descendit. Il leva les yeux vers elle en souriant. Anna-Maria semblait toute fraîche dans sa robe de laine vert pomme bordée de dentelle blanche au col et aux poignets, les cheveux tirés en un chignon impeccable sur la nuque.

Stepan se leva, déterminé à l'accueillir de son mieux. C'était ce que Dimitri attendrait de lui. Ce dernier lui avait confié sa sœur, après tout. Il lui fallait mériter ce privilège.

— Bonjour. Vous avez bien dormi, j'espère ? Je suis désolé que mes affaires m'aient retenu si tard hier soir. C'était inexcusable de ma part pour votre première soirée ici.

— J'ai bien dormi, merci, répondit-elle.

Son regard tomba sur l'invitation.

— Qu'est-ce donc ?

Elle ouvrit l'enveloppe et en parcourut le contenu. Stepan s'attendait à la voir sourire et exploser de joie. Au lieu de cela, elle plissa le front.

— L'assemblée du maire ? Stepan, vous n'avez pas à faire cela !

Secouant la tête, elle reposa l'invitation.

— J'aurais dû rester debout hier soir et vous attendre

afin de m'excuser, ajouta-t-elle en s'asseyant. Je me suis mal comportée et j'ai parlé inconsidérément. Vous avez des responsabilités ici et je me suis imposée pour des motifs égoïstes. Je me sentais frustrée et j'ai passé mon irritation sur vous. Vous n'avez pas à vous faire pardonner.

Il n'avait jamais pensé que des excuses puissent se révéler aussi… renversantes. Ces paroles réduisirent à néant l'image immature qu'il se faisait encore d'elle. C'étaient là les mots d'une femme adulte, consciente de ses actes et maîtresse d'elle-même.

Anna-Maria lui avait toujours semblé belle, mais cette beauté-ci dépassait la simple apparence. Il avait l'impression de la *voir* pour la première fois.

Jusqu'à quel point la connaissait-il ? C'était une sensation à la fois enivrante et dangereuse de s'apercevoir que la jeune fille qu'il avait connue s'était transformée en une femme qu'il lui restait à découvrir — qu'il *voulait* découvrir.

— Alors nous sommes tous les deux pardonnés, murmura-t-il.

Cette révélation le laissait presque sans voix. Le temps parut se figer, tandis qu'ils se regardaient tous les deux par-dessus la table du petit déjeuner. Au bout d'un moment, il s'aperçut enfin que l'assiette d'Anna-Maria était toujours vide. Décidément, il avait oublié ses manières !

— Du café ? lui proposa-t-il.

La normalité entre eux reviendrait avec les petits gestes quotidiens.

Il tendit la main vers le pot pour verser le café.

— Vous avez dit que vous vous sentiez frustrée. Frustrée à quel sujet ?

Il prit l'assiette d'Anna-Maria et la remplit d'œufs et de jambon. Si elle était capable de se comporter en vraie dame, il pouvait bien, lui, jouer les gentlemen. Elle n'était pas seulement la sœur de son ami, elle était aussi une invitée sous son toit, même s'il ne faisait que louer la maison. Les prémices d'un fantasme bien différent s'insinuèrent dans son esprit — le rêve d'une maison à lui et d'une épouse assise à la table du petit déjeuner. Sa demeure, sa femme. Plus de foyer provisoire ou de famille d'emprunt.

Un foyer à lui. Une famille à lui. Autant dire l'impossible…

Elle croisa son regard, visiblement surprise par la question.

— C'est difficile à expliquer, dit-elle. Je ne suis pas sûre de le pouvoir.

Elle disposa sa serviette sur ses genoux en tentant d'esquiver la question, mais il ne le lui permit pas.

— Essayez ! insista-t-il.

Il attendait avec impatience. Quels rêves, quels espoirs allait-elle lui révéler ? Qu'allait-il peut-être apprendre ?

— Je meurs d'envie d'aller à Londres, c'est tout. Il s'est écoulé tant de temps depuis mon arrivée en Angleterre et rien n'a changé. J'ai l'impression d'être à la traîne, laissée pour compte.

Stepan hocha la tête.

— Je me souviens que Nikolaï disait la même chose juste avant de rencontrer Klara.

Pas seulement Nikolaï, songea-t-il. Lui aussi ressentait cela, cette impatience qui vous gagnait à regarder les autres se lancer dans le monde. Il l'éprouvait d'autant plus maintenant que ses amis menaient tous leur propre vie.

Il avait passé des années à se bricoler une famille d'emprunt pour remplir le désert de sa solitude, et à présent, même cela avait disparu. Il ne restait plus personne sur qui veiller, excepté ses gamins dans les grottes. Peut-être était-ce pour cela qu'ils revêtaient tant d'importance pour lui. Il remplissait ainsi le vide de sa vie.

Pourtant Anna-Maria n'avait pas un tel vide à combler, elle.

— Vous êtes entourée de gens qui vous aiment. Votre frère, Nikolaï, Illarion…

Il cita tous les amis de Dimitri en ponctuant ces paroles d'un geste.

— Vous n'êtes pas laissée pour compte.

Chacune des épouses de leurs amis incluait Anna-Maria dans leur cercle quand elles se rendaient visite les unes les autres. Evie, May, Claire et Clara étaient devenues ses amies. Elle avait une fidèle correspondante en la personne de Beatrice Worth. Et elle se montrait une adorable et aimante jeune tante pour tous leurs enfants. Sans nul doute, elle ferait une mère remarquable.

Stepan imagina Anna-Maria avec un enfant aux cheveux sombres pendu à ses jupes, un autre bébé dans les bras, et une étrange émotion lui étreignit le cœur. Il repoussa cette vision, l'excusant comme un vestige de son irréalisable fantasme familial. Cela avait toujours été impossible mais l'était devenu encore davantage maintenant qu'il était contrebandier.

Anna-Maria secoua la tête.

— Ce n'est pas la même chose. Tout le monde a trouvé un moyen de se sentir libre et d'être soi, et moi, je n'en ai aucun. Je ne peux même pas remplacer ce verre que j'ai cassé sans demander de l'argent à mon frère.

Sa voix était teintée d'une légère amertume.

— Vous n'avez pas besoin de lui demander, la rassura Stepan. Je m'arrangerai avec Worth.

Il comprit son erreur avant même qu'elle ne proteste.

— Non, ce n'est pas cela. Je ne veux pas qu'un homme règle quoi que ce soit à ma place. Je veux pouvoir le faire moi-même. Ici, à Shoreham, c'est la première fois que je peux jouir d'un peu de liberté.

— C'est la première fois que vous êtes seule, corrigea-t-il.

— L'un est le prix de l'autre, non ? répondit-elle.

Et dardant sur lui un regard intense :

— C'est le prix que vous avez payé pour *votre* liberté, en tout cas.

L'espace d'un instant, il se sentit mis à nu, comme si elle lisait en lui contre sa volonté. Que ferait-il si elle venait à deviner pourquoi il lui fallait s'isoler ?

La jeune fille parut s'adoucir.

— Même ici je ne suis pas vraiment seule. Je suis avec vous.

De toute évidence, elle ne l'entendait pas dans un sens péjoratif.

— Et le pire, c'est que je ne sais plus ce que cela signifie d'être avec vous.

Elle détourna les yeux, soudain intimidée après son accès de hardiesse.

Stepan cilla.

Avec lui. Si elle savait ce que ces mots provoquaient en lui !

— Vous êtes avec moi comme vous l'avez toujours été, répliqua-t-il enfin.

Un mensonge, bien sûr. Mais comment pouvait-il ouvertement reconnaître le changement survenu entre eux sans bouleverser ce monde fragile auquel ils se raccrochaient tous deux ? Sans décevoir Dimitri, qui comptait sur lui pour veiller sur Anna-Maria ? Et pourtant, il restait curieux. Comment serait-ce si elle était vraiment *avec lui* ? Pour le bien de la jeune fille, il ne pouvait pas la questionner davantage à ce sujet. Elle désirait la liberté et il ne pouvait pas la lui donner. Être avec lui, au contraire, lui ôterait toute chance d'être libre. À la fin, elle ajouterait ce grief à la liste de tout ce qu'elle ne pourrait pas lui pardonner. Elle voulait s'envoler et il devait la laisser faire.

Il s'éclaircit la gorge, tâchant de donner un tour plus léger à la conversation. Ils naviguaient là dans des eaux trop profondes pour lui, où il risquait fort de se noyer.

— En ce qui concerne l'avenir immédiat, j'espère que

cet « avec moi » signifie que vous m'accompagnerez à l'assemblée. Pour ma part, je suis obligé d'y assister. Je suis un importateur estimé dans le coin. J'ai besoin d'une dame à mon côté. Si cela vous tente ?

Elle lui adressa le sourire impertinent qu'il connaissait si bien.

— Eh bien... Si c'est pour vous rendre service, j'irai. Mais...

Elle s'interrompit, appuyant sur le « mais » de façon espiègle.

— Vous me serez redevable !

Stepan hocha la tête.

— Je vous devrai énormément.

Et tirant une bourse de la poche intérieure de sa veste :

— Vous aurez sans doute besoin de quelques colifichets pour ce soir. Dans ce cas, vous pouvez m'accompagner aux docks, et si cela vous convient, prendre l'attelage pour aller visiter les boutiques.

Ce n'était pas vraiment la liberté qu'il lui proposait, bien sûr. Elle allait dépenser son argent à lui et Mrs Batten serait avec elle, mais c'était un début. Anna-Maria n'avait jamais fait de courses seule, il le savait. À Little Westbury, elle était toujours accompagnée d'Evie, de Claire et de leurs amies. Et Little Westbury n'avait pas grand-chose à proposer en fait de boutiques. Shoreham était le port le plus proche de Londres et il lui offrirait un plus large éventail de choix.

Anna-Maria, radieuse, prit la bourse.

— Si cela me convient ? Vous savez parfaitement que oui !

Chapitre 7

Ce soir, elle allait danser !

Relevant sa robe rose d'une main, Anna prit de l'autre celle de Stepan pour descendre de l'attelage, en ayant soin de ne pas poser ses mules dans la boue, une boue qui lui rappelait qu'elle ne se trouvait pas encore à Londres.

Le son dissonant des musiciens accordant leurs instruments filtrait de l'auberge illuminée où se précipitait une foule ravie, les hommes en habit de soirée noir comme Stepan ou en rutilants manteaux rouges d'officiers, les femmes en robes multicolores. Mousselines pastel pour les jeunes filles, nuances plus sombres pour les matrones… Bien sûr, les toilettes manquaient des ornements sophistiqués qu'exigeait la mode de la capitale et la salle de l'auberge n'avait pas la splendeur d'une salle de bal londonienne, mais pour Anna-Maria, c'était parfait !

Elle sentait la main de Stepan fermement posée dans son dos, l'incitant à refréner son enthousiasme tandis qu'elle attendait avec impatience dans la file d'accueil. Elle avait tellement hâte de danser !

Stepan devina son excitation tandis qu'ils avançaient lentement, centimètre par centimètre.

— Bientôt, lui chuchota-t-il à l'oreille.

Il tendit la main vers le carnet de bal qui se balançait au poignet de la jeune fille.

— Puis-je réclamer mes deux danses avant qu'il ne vous en reste plus une seule à accorder ?

Il écrivit son nom pour la première contredanse, puis pour une valse plus tard dans la soirée. Autant ne pas laisser se perdre les leçons d'Evie !

— Regardez, c'est notre tour, fit-il en la poussant en avant.

Le maire était un homme corpulent et un bon vivant, tout comme son épouse. Tous deux se montrèrent extrêmement affables et ravis d'accueillir un prince à leur réception. Ils cajolèrent tant Stepan qu'Anna-Maria eut le plus grand mal à ne pas pouffer de rire. Ne savaient-ils donc pas que c'était tout simplement Stepan ?

Le maire se tourna vers l'homme en habit écarlate qui se tenait à sa gauche.

— Connaissez-vous le capitaine Denning, Altesse ?

— Oui, nous nous sommes déjà rencontrés.

Anna-Maria sentit Stepan se raidir alors qu'il saluait l'homme et se livrait aux présentations appropriées.

— Capitaine, puis-je vous présenter Anna-Maria Petrova, nouvelle venue à Little Westbury ?

Le capitaine saisit la main d'Anna et s'inclina.

— Quel plaisir de vous connaître, mademoiselle. J'espère que vous appréciez l'air marin ?

Son regard s'attarda sur elle un peu trop longtemps pour une simple présentation, et Anna, gênée par cette attention excessive, sentit ses joues s'empourprer. Néanmoins, elle était flattée. Le capitaine était un bel homme dans le genre austère, et il ne manquait pas de prestance ni d'autorité dans son uniforme. Elle sentit la main de Stepan dans son dos. Peut-être avait-il lui aussi perçu la légère inconvenance de ce regard. Il semblait impatient de la faire avancer, mais le capitaine s'était placé de telle sorte que tout mouvement leur était impossible.

— Avant que vous n'entriez, permettez-moi de vous réclamer une danse, mademoiselle.

Charmeur et galant, le capitaine tendit la main vers le carnet de bal. Stepan se raidit derrière la jeune femme. Ce fut seulement après avoir inscrit son nom que Denning s'écarta enfin pour les laisser passer.

— Vous vous êtes montré revêche avec lui, commenta Anna, tandis qu'ils pénétraient dans la salle bondée.

— Il est moins galant qu'il n'y paraît, répondit Stepan à voix basse. Ça ne me plaît pas que vous dansiez avec lui.

Elle le gratifia d'un sourire taquin.

— Allons, ce n'est qu'une seule danse ! Vous n'avez pas à vous inquiéter.

Stepan lui fit faire le tour de la salle en la présentant à ses connaissances, et le carnet de bal de la jeune fille se remplit rapidement. L'attention dont elle était l'objet était flatteuse, admit-elle à part elle. Les hommes s'empressaient de lui réclamer des danses et tout le monde se montrait si courtois — même le capitaine avait été charmant, démentant ainsi les appréhensions de Stepan.

Les musiciens donnèrent le signal du début, appelant ainsi tous les danseurs sur la piste. Stepan s'inclina devant sa compagne.

— C'est notre danse, Anna-Maria.

Il plongea longuement son regard dans le sien, et elle sentit un frisson lui parcourir l'échine. Dans les yeux de Stepan, elle lisait un message. Ce soir, elle était sous sa responsabilité. C'était à lui de l'escorter, de la protéger, bien qu'elle ne sût pas trop ce qu'elle pouvait bien risquer ici, dans la sécurité de la salle de bal.

Ils prirent tous deux leur place à la tête de la colonne de danseurs, tandis que les musiciens commençaient à jouer. Anna-Maria gratifia Stepan d'une révérence et il la salua d'une courbette. Puis ils entrèrent dans la danse, main dans la main, tournant l'un autour de l'autre avec la majestueuse précision qu'exigeaient les figures de la contredanse.

Le regard gris de Stepan la fixait avec intensité.

— Vous êtes superbe ce soir. Je ne crois pas vous l'avoir encore dit. J'aurais dû le faire plus tôt, déclara-t-il avec un sourire.

Anna-Maria sentit son pouls s'accélérer. Dieu, qu'il était séduisant quand il souriait ainsi ! Son visage sévère en était transfiguré. Il semblait jeune tout à coup. Il *était* jeune, se corrigea-t-elle. Stepan n'avait que trente et un ans, après tout. S'ils étaient restés au Kouban, il commencerait juste à prendre sa place officielle à la cour. Mais il était facile de l'oublier quand il se renfrognait.

— Vous devriez sourire plus souvent, lui dit-elle, lorsque la danse les réunit de nouveau. Vous êtes beau quand vous souriez.

— Et vous, vous êtes une fieffée flatteuse, Anna-Maria. Je suis tolérable au moins, j'espère.

— Vous êtes plus que tolérable et vous le savez très bien. Vous êtes le plus bel homme de la salle, uniformes rouges ou pas.

Elle badinait, espiègle, mais l'atmosphère entre eux n'en devint pas moins chargée de tension et elle eut la nette impression qu'elle venait de traverser une ligne qu'elle n'était pas censée franchir. Les yeux gris de Stepan luisaient d'une étrange flamme tandis qu'il exécutait avec elle la dernière figure et la passait à un autre cavalier.

Mais son contact, son regard et ses paroles restèrent imprimés en elle. Elle était plus consciente que jamais de sa présence et son regard glissait irrésistiblement vers lui, même quand elle bavardait avec son nouveau partenaire. Avec ses larges épaules et ses longues jambes parfaitement moulées dans ses habits de soirée sortis tout droit du bon faiseur, Stepan était réellement l'homme le plus séduisant de toute l'assemblée. Son gilet de soie gris argent laissait entrevoir un plastron de chemise d'une blancheur irréprochable et une épingle ornée d'une opale coûteuse, toutefois sans ostentation, maintenait les plis de sa cravate. Oui, Stepan avait belle allure !

Peut-être était-ce tout cela qui la rendait soudain si sensible à son apparence — la nouveauté de sa tenue, sa présence ici, dans la société de Shoreham. Quand l'avait-elle vu en tenue de soirée pour la dernière fois ? Une éternité ! Cela remontait sans doute à l'époque où ils vivaient au Kouban, quand il passait prendre Dimitri à la maison pour le conduire à l'un des bals du palais.

Mais au fond, elle savait bien qu'il ne s'agissait pas seulement de cela. Cette prise de conscience jaillissait d'une source bien plus profonde qu'un simple changement de costume. Elle réalisait soudain que si elle était sienne pour toute la soirée, la réciproque était également vraie. Il était aussi à elle. Il avait ouvert le bal avec elle afin que tous les assistants le comprennent. Ce soir, ils s'appartenaient l'un l'autre, quel que soit le sens de cette situation.

Elle évita d'y réfléchir, craignant de découvrir que cela signifiait fort peu en fin de compte. Au lieu de cela, elle sourit, dansa et rit de tout son cœur. Pas question de gaspiller un seul moment de cette merveilleuse soirée à s'inquiéter de ce qui se passerait quand l'horloge sonnerait minuit et qu'ils redeviendraient le Stepan et l'Anna-Maria de tous les jours — l'homme impassible et l'invitée indésirable…

D'un geste discret, Stepan consulta sa montre de gilet en or. Minuit moins cinq. En cet instant, Joseph Raleigh avait dû mettre en branle la caravane des porteurs de tonneaux et de leurs gardes. Stepan les suivait en pensée sur le sentier qui donnait accès au promontoire de Seacrest, puis sur les petits chemins de campagne contournant Shoreham, jusqu'à l'endroit où ces derniers rejoignaient la grand-route de Londres. Ils ne rencontreraient pas d'obstacle ce soir. Tous les officiers étaient ici, occupés à danser et à impressionner les filles des marchands. Bref, tout marchait parfaitement… À un détail près.

Stepan grimaça en regardant Anna-Maria tournoyer dans les bras du capitaine Denning. Pour sûr, le capitaine ne songeait plus aux contrebandiers en cet instant ! Il ne devait penser qu'à une chose, emmener sa cavalière dans quelque coin discret pour jouir d'un peu d'intimité avec elle ! Denning semblait subjugué par Anna-Maria, et il n'était pas le seul, admit Stepan. Tous les hommes présents dans la salle étaient tombés sous son charme. Lui y compris.

Il avait été captivé dès l'instant où il l'avait vue descendre l'escalier ce soir, la mousseline rose de sa robe évasée froufroutant autour de ses chevilles. La plupart des femmes faisaient trop petite fille en rose pâle, pas Anna-Maria. Cette nuance pastel mettait idéalement en valeur sa chevelure châtain foncé et sa peau aussi douce et transparente qu'une porcelaine. Suspendu autour de son cou par un ruban assorti, un cœur de cristal étincelait, capturant la lumière tandis qu'elle dansait. C'était un bijou simple, mais elle le portait avec élégance, comme s'il était en diamant.

Elle passa de nouveau près de lui, riant à une remarque du capitaine et badinant avec lui, les yeux pétillants de gaieté. Stepan sentit une colère irraisonnée s'emparer de lui. Anna avait beau être la distraction idéale pour détourner l'attention du capitaine, il n'aimait pas l'idée qu'elle soit en train de flirter avec Denning comme elle avait flirté avec lui.

Lui disait-elle à lui aussi qu'il était le plus bel homme de l'assistance et qu'il était superbe quand il souriait ? Allons, allons, se reprit-il non sans honte. Le capitaine ne méritait pas ces attentions, c'était un fait, cependant Anna-Maria, si naturellement vive et enjouée, ne méritait pas non plus une telle sévérité. Ces sentiments n'étaient pas dignes de lui. Sa jalousie était celle d'un homme inquiet et sa réaction influencée par ses préjugés. Après tout, le capitaine était son ennemi juré, un homme dont le zèle risquait de contrarier tous ses projets.

Stepan croisa les bras en se tapotant nerveusement. Cette danse n'en finissait pas. Ce n'était pas juste. Le quadrille qu'il avait dansé avec Anna au début de la soirée s'était terminé si vite !

Enfin, la contredanse s'acheva et les couples quittèrent la piste, tandis que d'autres danseurs prenaient leur place. Cependant, Anna-Maria et le capitaine ne revenaient toujours pas. S'exhortant à la circonspection, Stepan s'interdit d'en tirer des conclusions, ce qui ne l'empêcha pas de partir à la recherche du couple.

Traversant discrètement la salle, il se dirigea vers l'escalier. Dieu merci, la pièce ne comprenait qu'une seule issue.

Parvenu en bas des marches, il demanda au serveur s'il avait vu sortir deux danseurs correspondant à la description qu'il lui en faisait.

L'homme sourit en désignant la cour d'un geste de la tête.

— Oh ! oui ! Le capitaine a dit que la jeune dame avait besoin de prendre l'air.

Stepan le remercia d'un signe avant de gagner la porte. *Maintenant*, il pouvait sauter aux conclusions. Il savait ce que le capitaine avait en tête. Denning était un homme comme les autres et Stepan savait à quoi pensaient les hommes lorsqu'ils tenaient une jolie femme dans leurs bras. Mais Anna-Maria ? À quoi songeait-elle, *elle*, de sortir dans la nuit avec un homme qu'elle connaissait à peine ?

Dehors, il lui fallut un moment pour ajuster sa vue à l'obscurité qui régnait dans la cour. Son cœur battait d'anxiété. Dimitri le tuerait s'il arrivait quoi que ce soit à Anna-Maria ou à sa réputation avant ses débuts à Londres.

Il fouilla la cour du regard et surprit soudain un éclat de lumière dans le coin droit, d'où s'éleva un rire de femme. Merci aux brimborions comme ce petit cœur de cristal qui avaient le mérite de scintiller dans le noir !

Stepan marcha tout droit vers le reflet, sa détermination croissant à chaque pas. Son sang ne fit qu'un tour lorsqu'il vit les mains du capitaine posées sur Anna. Des mains qui, après lui avoir enlacé la taille, voyageaient à présent vers son cou…

— Veuillez vous éloigner de cette jeune femme, monsieur. Elle est sous ma protection.

Requête qu'il n'avait pas l'intention de répéter, songea-t-il en serrant les dents. S'il devait la formuler une seconde fois, ce serait avec ses poings.

— Stepan !

Surprise par l'intrusion, Anna-Maria s'écarta du capitaine et eut le bon goût de paraître un peu honteuse — pas assez toutefois selon Stepan, bien conscient que le capitaine ne l'avait pas exactement forcée à accepter ses attentions.

— J'espère que vous allez mieux ? s'enquit-il pour sauver la face. L'aubergiste m'a dit que vous souhaitiez prendre l'air.

— Je vais très bien, répliqua sèchement Anna-Maria en s'avançant vers lui.

Parfait. Plus elle s'éloignerait du capitaine, mieux ce serait.

Denning jeta à Stepan un regard sournois.

— Mille excuses, je ne voulais pas la garder dehors trop longtemps.

Il gratifia Anna-Maria d'une brève courbette avant d'ajouter :

— Votre serviteur, mademoiselle. Si vous voulez bien m'excuser, je vais prendre congé.

Resté seul dans le noir avec Anna-Maria, Stepan laissa éclater sa colère.

— À quoi songiez-vous ? gronda-t-il en s'efforçant de ne pas trop hausser la voix.

— C'est à vous qu'il faut demander cela. Je n'avais nul besoin qu'on vienne à mon secours !

— Oh ! si ! Il promenait ses mains partout sur vous. Dieu sait ce qu'il aurait essayé de faire si vous étiez restés là quelques instants de plus.

Voilà bien ce qu'il avait redouté quand cette jeune inconsciente avait débarqué chez lui, avide de rencontrer des gens et de danser !

Anna-Maria prit un air excessivement choqué.

— Il aurait peut-être essayé de m'embrasser, qu'en pensez-vous ? Un baiser ! Seigneur, mais c'est le pire crime qu'on puisse imaginer ! Il n'y a que les plus vils des hommes qui puissent ainsi dérober des baisers. Oh ! mon Dieu, quelle dépravation !

— Arrêtez ! siffla Stepan. Vous vous moquez de moi.

— Eh bien, oui, rétorqua-t-elle avec calme. Nous sommes sortis prendre l'air parce que c'est moi qui le lui ai demandé. J'avais un peu le vertige à l'intérieur, avec cette chaleur. Et oui, il aurait fort bien pu m'embrasser, mais je n'en aurais pas fait une histoire.

— Moi, si ! Vous ne pouvez pas embrasser ainsi les hommes, Anna-Maria, vous le savez très bien. On n'aurait pas toléré cela au Kouban, pas plus qu'ici. Les filles qu'on surprend en train d'embrasser un monsieur risquent fort de se retrouver mariées sous peu, avec ou sans leur consentement !

Anna-Maria ricana.

— J'ai du mal à croire qu'une jeune fille qui vole un baiser dans le noir puisse se trouver fatalement compromise.

— Eh bien, détrompez-vous !

Anna poussa un soupir.

— Rien n'a changé alors, à part la distance. L'Angleterre n'est pas différente du Kouban. Sauf pour les hommes peut-être…

Stepan soupira profondément. Il ne voulait pas continuer cette discussion ici avec elle, au milieu d'une cour d'auberge à minuit. Des bribes de musique parvenaient jusqu'à eux, lui rappelant ce qu'il désirait vraiment — retourner à l'intérieur et valser avec Anna-Maria. Il avait assez fait de zèle pour ce soir et tenta une volte-face.

— Voilà notre signal, Anna-Maria. Pouvons-nous oublier ces sottises et regagner la salle ? Cette danse est la mienne, je crois, ajouta-t-il en lui souriant.

Mais Anna ne l'entendait pas ainsi.

— Non, fit-elle d'un ton sans réplique. Faites avancer l'équipage, je veux rentrer à la maison. Vous ne pouvez pas être quitte avec moi si aisément. Vous pensez que tout ce que vous avez à faire, c'est d'agiter un joli cadeau sous mon nez pour que je vous pardonne ?

Stepan savait reconnaître quand une bataille était perdue. D'accord, il n'y aurait pas de valse. Il connaissait assez Anna-Maria pour savoir qu'elle ne baissait pas les armes quand elle avait quelque chose sur le cœur. Mieux valait entendre ce qu'elle avait à dire dans l'intimité de la voiture plutôt qu'ici, dehors, où elle provoquerait une scène dont il aurait peut-être à s'expliquer ensuite devant Dimitri.

Il fit signe au cocher d'avancer l'attelage.

— Vous amadouer ? Je n'ai jamais pensé que ce serait aussi simple, Anna-Maria.

Simple ? Elle était exactement le contraire. Aussi complexe que le cœur de cristal qu'elle portait autour du cou, avec ses multiples facettes changeant sous la lumière. Elle lui coupait le souffle par sa grâce, ses sourires, mais aussi ses colères, ses emportements passionnés.

Anna resta silencieuse, tandis qu'il l'aidait à monter en voiture. Eh bien, qu'elle se taise, songea-t-il avec aigreur. Ce n'était pas lui qui romprait le silence. Il la laisserait volontiers à ses pensées, n'ayant pas la moindre envie de lui servir de bouc émissaire. Ce qui la tourmentait allait bien au-delà de l'incident de ce soir. Qu'y pouvait-il si elle étouffait dans la vie surprotégée que lui imposait son frère ?

Le coupé s'ébranla et Anna-Maria passa aussitôt à l'attaque. Stepan comprit qu'il n'allait pas s'en tirer si aisément.

— Seriez-vous le seul à avoir le droit de m'embrasser, par hasard ?

Il toussota, gêné.

— Quelle question est-ce là ?

— Une question qui demande une réponse, comme la plupart des questions !

Elle avait beau se tenir à quelque distance, il sentait la colère qui émanait d'elle.

— Je vous ai embrassée pour vous donner une leçon. Pour vous apprendre à ne pas me provoquer ! lui rappela-t-il sèchement.

Oh ! Seigneur, pourquoi éprouvait-elle le besoin de remettre ce baiser sur le tapis ?

— Vous me traitez comme Dimitri ! protesta-t-elle. Comme si j'étais encore une petite fille !

Stepan perdit son sang-froid.

— Allons donc ! Personne dans cette salle de bal n'a pensé à vous ce soir comme à une petite fille, je peux vous l'assurer.

Surtout pas lui. Elle l'avait torturé à danser ainsi, tout miel et tout sourire, dans les bras d'autres hommes, à les faire rire, à se rendre désirable. Elle n'avait pas la moindre idée de l'effet qu'elle produisait sur eux. Sur lui. Elle flirtait sans même le vouloir, avec ses yeux, son sourire, en effleurant d'un geste inconscient la manche d'un gentilhomme. D'ailleurs, il faudrait qu'il la mette en garde à ce sujet. Elle touchait ses interlocuteurs beaucoup trop souvent au cours de la conversation. Les hommes aimaient peut-être cela, mais les mauvaises langues de Londres apprécieraient moins. Les cancans venimeux iraient bon train.

Il sentit la main de la jeune fille se poser sur son bras.

— Cette constatation vous inclut-elle, Stepan ? Je ne suis pas une petite fille pour vous ?

Stepan se raidit.

— Pourquoi ? Quelle importance cela peut-il avoir ? Il était sur le qui-vive à présent. Anna-Maria se déplaçait vers lui dans la pénombre de l'habitacle, quittant son siège pour rejoindre le sien.

Ou plutôt pour ses genoux…

— Que… Que faites-vous ?

— J'ai fait les comptes, et d'après mes estimations, vous m'êtes redevable, je crois.

Ah, oui. Les stupides propos qu'il lui avait tenus au petit déjeuner. Jamais il n'aurait dû proférer ces fadaises. Au moment même où il les avait prononcées, il avait su qu'il les regretterait.

Malgré lui, son regard se posa sur les lèvres de la jeune femme.

— Que voulez-vous, Anna ?

Sa voix s'éraillait, rauque et profonde.

Elle s'agita sur ses genoux, levant les bras pour l'enlacer.

— Un baiser. Puisque vous êtes le seul homme autorisé à m'embrasser…

Chapitre 8

Anna se pencha vers lui, le corps parcouru d'un délicieux frisson. Une ultime pensée lui traversa l'esprit avant que les lèvres de Stepan ne s'emparent des siennes : elle avait peut-être réclamé ce baiser, mais c'était lui qui l'avait initié, en parfait accord avec elle.

Déjà, sa bouche se pressait sur la sienne, exigeante et brutale, et elle lui répondit avec la même ardeur, chacun d'eux revendiquant sans doute sa récompense pour une soirée qui leur avait apporté autant de mises à l'épreuve que de plaisir. Elle, cherchant à prouver qu'elle n'était plus une petite fille, et lui… Quoi ? Que cherchait-il à démontrer ? Elle n'en avait pas la moindre idée, mais quoi que ce soit, il ne s'y livrait pas à moitié. Jamais baiser n'avait été aussi fougueux, aussi passionné…

Elle gémit, tandis qu'il posait une main au creux de sa gorge et laissait descendre sa bouche le long de son cou, aspirant sa peau délicate jusqu'à lui arracher un léger cri. Un suçon, une morsure. Elle n'avait jamais imaginé que cela était possible, se marquer l'un l'autre de cette façon, et elle trouva l'expérience démesurément excitante.

Elle suivit l'exemple de Stepan et s'attaqua au lobe de son oreille. Il poussa un gémissement tandis qu'elle le mordillait, testant son propre pouvoir. Cependant, il ne la laissa pas poursuivre longtemps l'expérience. Déjà, ses mains glissaient sur le corsage de soie, épousant les contours de ses seins enveloppés de mousseline. Il les pressa, les caressa du pouce en une délicieuse et frustrante caresse. Aussi intime que soit ce geste, c'était loin, bien loin d'être assez au goût d'Anna-Maria…

Tenant le visage de Stepan entre ses mains, elle s'empara de sa bouche et tâtonna pour dénouer sa cravate, dévoilant un petit morceau de peau. Elle déposa un baiser sur ce triangle nu. Si seulement ils étaient ainsi tous les deux, entièrement dévêtus, si les mains de Stepan pouvaient caresser vraiment sa chair, pas seulement ses contours à travers la mousseline et le coton… Ce qu'ils étaient en train de faire semblait un si pauvre substitut de ce qu'ils auraient pu vivre !

Les mains de Stepan se refermèrent sur ses seins et elle se mit à trembler, saisie d'une délicieuse langueur. Avec un soupir de plaisir, elle se laissa aller contre lui, la douceur de son corps contre la dureté du sien, dont elle sentait la tangible virilité contre sa cuisse. Leur ardent affrontement du début s'était transformé en un duel plus profond et plus sombre, bien plus enivrant qu'un simple règlement de comptes après leur dispute. Ils étaient au-delà du jeu désormais. Non, elle n'était plus une petite fille dans cet espace dangereux où ils se mouvaient à présent, leurs bouches pressées l'une contre l'autre, leurs mains explorant tout ce qu'elles pouvaient atteindre à travers les épaisseurs de lainage et de soie.

Anna se serait volontiers attardée dans la sensuelle obscurité de la voiture si l'attelage, avec une secousse, n'avait fait halte devant la maison, rompant l'enchantement. Le trajet de retour lui avait semblé bien plus court que l'aller.

Stepan la repoussa pour descendre le premier, lui laissant ainsi le temps de se composer une attitude. C'était gentil de sa part, mais totalement inutile, songea Anna. Sa contenance était définitivement perdue. Il ne lui était plus possible de retrouver sa dignité, mais elle pouvait au moins rajuster ses vêtements et donner l'illusion d'un calme qu'elle était loin de ressentir.

Lorsqu'elle fut prête, Stepan l'aida à descendre. Elle lui envia son aplomb. Son visage ne laissait rien deviner, sous son habituelle impassibilité. Ses yeux seuls, où brillait une sombre flamme, pouvaient laisser soupçonner en lui des sentiments plus tumultueux. Nul n'aurait pu deviner que quelques instants plus tôt il se pressait contre elle avec toute l'évidence d'un désir exacerbé, les mains sur ses seins et aussi pantelant qu'elle, à deux doigts de perdre complètement la tête.

Plongeant un regard brûlant dans le sien, il effleura le cœur de cristal suspendu à son cou, lui rappelant l'espace d'une seconde de plus intimes caresses.

— Vous devriez avoir des perles, chuchota-t-il d'une voix rauque, avec une sensualité qui la fit fondre de nouveau. Pas un simple colifichet au bout d'un ruban…

Elle crut presque qu'il allait l'embrasser là, devant le cocher. Mais il recula avant de s'incliner devant elle.

— Veuillez me pardonner si je ne vous reconduis pas à l'intérieur, mais j'ai encore à faire.

Il remonta dans le coupé, donna le signal du départ au cocher. Et hop, disparu ! À minuit. Pour aller faire Dieu sait quoi, la laissant seule dans l'allée. Après *cela* !

Anna-Maria resserra son châle autour de ses épaules, laissant à son esprit le temps d'assimiler ce qui venait de se passer. Il l'avait embrassée follement. Il avait fait bien plus que l'embrasser. Il l'avait touchée, caressée, et elle lui avait rendu la pareille. Puis il l'avait déposée là et s'était éloigné comme si tout cela n'avait aucune importance. Pour faire quoi ? Pour aller voir qui ?

Une sensation de froid pénétra son corps encore brûlant d'excitation. L'avait-il laissée pour aller retrouver une maîtresse ? Peut-être la femme avec laquelle il avait passé ces longues journées d'hiver quand il s'absentait de chez Dimitri ?

Cette pensée la rendait malade. Elle se sentait fébrile et glacée à la fois. Elle pressa ses mains sur ses joues, osant à peine croire que Stepan puisse être capable de cela — l'embrasser et la quitter ensuite pour rejoindre une autre dans son lit. Pourtant, où serait-il allé à cette heure, si ce n'était pas pour retrouver une maîtresse ? À moins qu'il ne veuille simplement se laisser, *leur* laisser à tous deux un peu de temps ? Dieu savait que ce qui était arrivé ce soir méritait réflexion.

Anna gravit les marches qui donnaient accès à la porte d'entrée. Il faisait délicieusement chaud à l'intérieur. Perdue dans sa méditation, elle se dirigea vers sa chambre. Ses pensées tournaient toutes autour de Stepan. La maîtresse fantôme avait disparu, éclipsée par les images obsédantes de Stepan et elle tels qu'ils s'étaient comportés ce soir, tantôt agressifs l'un envers l'autre, tantôt incroyablement sensuels.

Arrivée dans sa chambre, elle alluma la lampe et commença à se déshabiller. Ce soir, Stepan s'était montré jaloux du capitaine. Le ton de sa voix en témoignait, quand il s'était précipité vers eux dans la cour de l'auberge. Il ne s'exprimait pas comme un frère protégeant sa sœur, mais comme un homme défendant l'honneur d'une femme.

Qu'avait-il dit ensuite ?

« Personne dans cette salle de bal n'a pensé à vous ce soir comme à une petite fille. »

Et juste à l'instant, dans l'allée :

« Vous méritez de porter des perles… »

Les premiers bijoux d'une jeune femme, ceux qui marquaient la transition entre la salle de classe et les débuts dans la société, quand elle cessait d'être considérée comme une gamine…

Au Kouban, on offrait des perles à une fille lorsqu'elle

commençait à relever ses cheveux lors des occasions un peu formelles. Un rite de passage féminin.

Parmi les mots prononcés ce soir, peut-être étaient-ce ceux-là qui l'avaient le plus touchée. Stepan avait vu en elle une femme. Il l'avait traitée comme une femme, caressée comme une femme.

Elle défit à tâtons les lacets de sa robe rose et le vêtement glissa sur le sol, la laissant en chemise. La lueur de la lampe révéla ses mamelons à travers l'étoffe, avec le rose foncé des aréoles. Il l'avait touchée là. D'un geste hésitant, elle posa les mains sur ses seins, retraçant la caresse de Stepan. Elle les souleva et les enserra dans ses paumes, effleurant du pouce leurs tendres extrémités, encore si sensibles. Ce soir, elle avait réagi au toucher de Stepan comme une femme réagit à un homme.

Cette prise de conscience l'obligea à examiner l'autre aspect de la question. Elle réfléchit, tout en faisant glisser sa chemise de nuit par-dessus sa tête. Ce soir, elle avait vu l'homme en Stepan. Ce soir, ils n'avaient plus été des amis d'enfance. Fini, le rôle de frère qu'il avait joué, avec toutes ses contraintes. Il n'y avait rien eu de fraternel dans son attitude. Tout cela avait été remplacé par autre chose.

Une autre interrogation en découlait : que signifiait ce qui s'était passé ce soir ? C'était là un écho de leur conversation du matin, au petit déjeuner. Qu'est-ce que cela impliquait d'être avec lui ? Qu'étaient-ils l'un pour l'autre si leur ancienne relation n'était plus d'actualité ? Quel nouveau rôle devaient-ils assumer ?

Anna-Maria s'enfouit dans la chaleur des couvertures et éteignit la lampe. C'étaient là des pensées pour un autre jour. Répondre à l'une de ces questions ne ferait qu'en amener une autre, elle le savait. Pour ce soir, il lui suffisait amplement de revivre les découvertes qu'elle avait pu faire en ces instants de folie, des découvertes sur lui, sur elle. Ce serait là de plaisantes images à évoquer avant de s'endormir.

Elle n'éprouvait qu'un regret : qu'ils n'aient pas pu avoir leur valse !

Il aurait dû valser avec elle, oh oui !

Stepan s'appuya contre les coussins de la banquette, tourmenté par le regret et le désir qui taraudait son corps insatisfait. S'il avait valsé avec Anna-Maria, s'il était retourné dans la salle avec elle, rien de tout ceci ne serait arrivé. Il ne se retrouverait pas seul dans cet attelage après minuit, avec une érection qui ne semblait pas près de se calmer. Il n'aurait pas été non plus enfermé dans cette voiture avec Anna-Maria, la bouche contre la sienne, les lèvres égarées sur sa gorge, les mains sur ses seins et son corps pressé contre le sien. Le seul souvenir de ces instants brûlants suffisait à entretenir son inconfortable excitation.

Il n'aurait pas dû l'embrasser, pas après le désastre qui avait suivi leur premier baiser. Il n'aurait pas dû la toucher, mais cette évidence s'était dissipée dans la violence de leur affrontement. Puis leur duel s'était transformé en complicité, quand ils n'avaient plus cherché qu'à se donner du plaisir.

Il aurait souhaité pouvoir se dire qu'il n'avait pas aimé cela, qu'il n'avait agi que pour son bien à elle, pour lui donner une nouvelle leçon sur les conséquences de ses actes. Mais c'eût été un mensonge. Il avait adoré. Il avait savouré la caresse des mains d'Anna-Maria sur son visage, la façon dont elle lui avait mordillé l'oreille, l'ardeur qu'il avait sentie s'éveiller et croître en elle. Il existait tant d'autres caresses qu'il pourrait lui apprendre…

Non, se reprit-il. Il n'y en aurait plus d'autres. Il ne pouvait pas prendre ce risque. Encore un épisode de ce genre et il lui faudrait énoncer clairement ses intentions — des intentions dont il n'était pas très sûr lui-même.

Que signifiait son attirance pour Anna-Maria ? Où allait-elle les mener ? Ou plutôt, où *pouvait*-elle les mener ?

Anna-Maria méritait mieux que lui. Il n'avait pas de famille à lui offrir. Il ne savait même pas s'il avait de l'amour — de l'amour véritable — à lui donner. Était-il seulement capable d'aimer ? Comment l'aurait-il pu quand il ne se connaissait pas lui-même ?

C'étaient là des pensées dégrisantes et elles le calmèrent aussitôt. Il n'avait pas à poursuivre Anna-Maria de ses assiduités quand il n'avait rien de plus à lui donner qu'aux autres femmes qu'il avait connues — une aventure, quelques nuits, quelques mois de coucheries avec un homme seulement capable de procurer du plaisir. Anna-Maria n'était pas faite pour un amant de passage. Il lui fallait un mari, le seul rôle qu'il ne pourrait jamais endosser.

L'attelage fit halte au bord de la falaise et Stepan descendit, une lanterne à la main. Il promena un regard à l'entour en sifflant le signal convenu, semblable au cri de la mouette rieuse. Il eut le temps de s'inquiéter avant que Joseph apparaisse enfin dans l'obscurité. Soulagé de le voir sain et sauf, Stepan posa une main sur son épaule frêle.

— Comment cela s'est-il passé ? La vodka est partie ?

Joseph sourit dans le noir.

— Oh ! oui.

— Et les autres ? Tout va bien pour eux ?

— Ils doivent se trouver à mi-chemin vers Londres.

Ce qui signifiait qu'ils étaient en sécurité mais pas encore tirés d'affaire, et c'était le mieux qu'on pouvait espérer pour le moment. Au moins se trouvaient-ils hors de portée du capitaine Denning.

Stepan hocha la tête, un poids de moins sur le cœur. Peut-être ressentait-il la même chose qu'un père qui vient de laisser son enfant découvrir le vaste monde et ne peut plus rien pour le protéger.

— Très bien, fit-il en lâchant l'épaule de Joseph. Tu

as fait du bon travail. Veux-tu que je te dépose quelque part ? ajouta-t-il en désignant l'attelage.

Il était trop tard pour laisser Joseph marcher dans la nuit. Il ne savait même pas où le jeune homme avait dormi ces derniers jours.

Joseph secoua la tête.

— Non, je vais redescendre dans la grotte et piquer un petit somme. Les autres gars et moi avons des couvertures et c'est assez confortable.

Stepan cilla. Ainsi, ils dormaient en bas ? Et lui qui n'en avait rien su ! Il songea aux parois humides de la grotte et craignit de ne pas avoir la même notion du confort que Joseph. Il se promit d'enquêter auprès des pêcheurs locaux susceptibles d'embaucher un ou deux aides en échange du gîte et du couvert. Ce serait une solution pour ces garçons. Sa propre expérience ne lui avait que trop appris qu'un adolescent avait sa fierté. Après tout, il n'y avait pas si longtemps qu'il avait eu l'âge de Joseph.

Joseph et les autres n'acceptaient pas la charité, ils voulaient travailler pour gagner leur vie.

En attendant, il leur ferait descendre des couvertures supplémentaires, des oreillers et un repas chaud. Et il prendrait des arrangements pour que Joseph dorme dans l'écurie avec les lads. Cette solution ne pourrait malheureusement pas être permanente, mais cela irait pour un temps.

Stepan sortit de l'argent de sa poche.

— Puisque vous travaillez jour et nuit à présent pour garder nos marchandises, il vous faut des paillasses. Voici de quoi en acheter.

Il avait choisi ses mots avec soin, afin que les garçons ne prennent pas ce présent pour une aumône.

— Si les gars ont besoin d'autre chose, fais-le-moi savoir. Des vêtements, des chaussures, ou quoi que ce soit d'autre.

Il éprouva un sentiment de satisfaction en voyant Joseph

accepter l'argent avec un hochement de tête. Qui sait ? Peut-être était-ce aussi là ce qu'éprouvait un père, quand il pouvait aider son enfant. Voilà ce qu'il ne saurait jamais.

Être père, c'était le deuxième rôle qu'il n'endosserait jamais.

D'un geste brutal, Elias Denning reposa le rapport sur son bureau. Le claquement du papier sur le bois ne le soulagea pas autant que l'aurait fait un bon coup de poing. L'image de Stepan Shevchenko lui traversa furtivement l'esprit, comme une cible idéale pour un direct à la mâchoire. Il n'avait pas apprécié de voir son aparté avec la délicieuse Anna-Maria Petrova interrompu par un homme qui l'avait traité comme un blanc-bec et non comme un militaire détenteur d'une autorité certainement plus réelle que le titre purement honorifique de prince Shevchenko.

Rien ne s'était produit, en fait. La jeune personne s'était véritablement trouvée mal dans l'air surchauffé de la salle. Mais peut-être aurait-il pu se passer quelque chose ensuite, quand elle s'était sentie mieux. Il n'aurait pas hésité à profiter un peu de la situation…

Depuis le début, il éprouvait de l'aversion pour ce Shevshenko qui se targuait d'être un prince. Prince de quoi ? L'homme n'avait pas de pays, du moins pas de pays qui veuille le reconnaître, d'après ce que Denning avait entendu dire. Ici, en Angleterre, il n'était rien d'autre qu'un commerçant, un importateur. Denning détestait être obligé d'entretenir des rapports avec cet étranger, cet immigrant. Car c'était tout ce qu'il était finalement, si l'on faisait abstraction de son titre. Denning percevait fort bien le léger accent sous l'anglais châtié du monsieur. Comment ce Shevchenko osait-il se donner de tels airs et se comporter comme s'il était l'égal d'un Anglais ?

Où étaient les Russes à Waterloo, hein ? Napoléon

avait mis la Russie à feu et à sang, la laissant exsangue. C'étaient les Anglais qui avaient remporté la victoire pour toute l'Europe. Et voilà que ce Shevchenko venait parader parmi eux, obligeant les hommes de bien à les respecter, lui et sa jolie catin !

Mademoiselle Anna Petrova ? Hum… Il se demandait ce qu'il pouvait bien y avoir d'innocent chez cette jeune femme. Dans la cour de l'auberge, il avait été sur le point de découvrir ce qui se cachait derrière ces jolis yeux dorés et ce joli corps, quand Shevchenko avait fait irruption.

Dans d'autres circonstances, il aurait réglé son compte à ce prince de pacotille avant de prendre son plaisir avec Anna Petrova. Avec un corps pareil, elle devait être une sacrée partenaire au lit, consentante ou pas ! Mais la mission de Denning l'avait contraint à en rester là et à présenter platement ses excuses. Son succès et son éventuelle promotion dépendaient des relations qu'il établirait avec des hommes tels que ce Shevchenko, pour qui le commerce représentait un gagne-pain.

Denning soupira. Plus il en apprenait sur sa mission, plus elle lui semblait impossible à accomplir.

Il jeta un regard dégoûté au rapport qui témoignait de son premier échec, même si personne ne lui en faisait porter la faute.

Une bande de contrebandiers avait convoyé d'importantes quantités d'alcool et de paquets d'épices la nuit du bal. Tandis qu'il dansait avec la charmante Anna-Maria et lui contait fleurette, les contrebandiers avaient fait leur travail. Et sur la grand-route encore ! Du moins le supposait-il. Personne ne les avait vus, mais la promptitude avec laquelle les denrées avaient atteint Londres semblait indiquer que les délinquants n'avaient pas dû traîner sur de petites routes boueuses et que cette expédition avait été soigneusement préparée.

Cela ne lui plaisait pas du tout. La vitesse à laquelle s'était effectuée l'opération laissait supposer que quelqu'un avait attendu le soir de l'assemblée et s'était servi du bal pour couvrir l'expédition. Bref, qu'on avait délibérément voulu le ridiculiser devant toute la ville !

Une centaine d'hypothèses désagréables pouvaient en découler. Et si *toute* la ville savait ? Si tout le monde était dans le coup, à commencer par le maire ? Si tous ceux qui lui avaient serré la main en le regardant dans les yeux s'étaient en fait moqués de lui derrière son dos ? Une telle insulte à un officier ne pouvait être tolérée !

Il fallait que Shoreham soit châtié, immédiatement. Même si les soupçons n'étaient pas fondés, une punition aussi prompte que sévère servirait au moins d'avertissement. Shoreham devait comprendre qui était le maître à présent, et ce n'était pas le maire. C'était lui, le capitaine Elias Denning. Et personne ne rirait une deuxième fois à ses dépens !

— Lieutenant ! beugla-t-il, laissant libre court à sa colère.

Un jeune homme aux joues cramoisies se précipita dans la pièce et le salua, très raide.

— Oui, monsieur !

Voilà ce qu'appréciait Denning : une prompte manifestation de respect.

— Organise-moi une réunion avec mes officiers à 10 heures ce matin. Ensuite, à 13 heures, je rencontrerai les principaux marchands et importateurs de la ville afin de les informer de mes décisions.

Ce qui incluait Stepan Shevchenko… Il goûterait un petit plaisir personnel à avoir le dessus sur lui cette fois, lorsqu'il énoncerait ses édits. Les importateurs allaient sans doute faire un peu la grimace devant les sanctions qu'il allait devoir infliger, mais celles-ci prendraient fin plus vite s'ils acceptaient de dénoncer ceux qui contournaient la loi et leur volaient ainsi leurs profits légitimes.

— Ah, lieutenant… Il me faut aussi une liste de tous

les réseaux de contrebandiers connus pour opérer en dehors de Shoreham.

La journée s'annonçait chargée. Il lui fallait mettre en place un blocus sur le port, installer des points de contrôle le long des routes principales, dépouiller le maire de son autorité.

Et ce n'était qu'un début !

Chapitre 9

Le pire était en train de se produire devant lui et il devait rester assis à cette table en feignant l'indifférence ! C'était grave pourtant, et pas seulement pour lui, mais pour tous les autres participants.

Stepan jeta un coup d'œil furtif à chacun de ses compagnons, tous de riches importateurs qui comptaient sur le « commerce libre » de la côte pour gagner de l'argent. Comme lui, tous se comportaient comme si le blocus du port de Shoreham ne revêtait aucune importance et comme s'ils assistaient à une simple réunion informelle.

Stepan remua sur son siège. Bien entendu, Denning n'appelait pas cela un blocus. Un blocus impliquait une action militaire, dans un climat de guerre. Denning parlait plutôt de « réglementation maritime » et « envoyer des agents aborder un bateau pendant qu'il se trouvait encore en mer pour procéder au contrôle et collecter les droits de douane » s'accompagnait de mots tels qu'*efficacité*, *opportunité* et *personnalisation*. En arrivant au port, aucun propriétaire de navire n'aurait plus à attendre un officier de douanes débordé, à un moment où il avait mieux à faire que de la paperasserie, prétendait Denning.

Stepan n'était pas dupe, et il doutait qu'aucun des autres le soit à cette table. « Contrôler » signifiait fouiller les bateaux, enfoncer des baïonnettes dans les paquets et les plonger dans les barils, à la recherche de denrées illégalement importées.

— Messieurs, je vous ferai économiser du temps et de l'argent, conclut Denning, avec sur les lèvres un sourire qui n'atteignait pas ses yeux.

Ses interlocuteurs lui sourirent également. L'échange demeurait très courtois en apparence. Pourtant chacun savait ce qu'il en était réellement. Les forces militaires britanniques, en la personne du capitaine Denning, avaient déclaré la guerre aux contrebandiers de Shoreham.

On voulait faire d'eux un exemple. Il existait d'autres centres de contrebande sur la côte, du Sussex au Kent, mais Shoreham était l'un des plus actifs, en raison de sa proximité de Londres. Si Denning parvenait à démanteler le trafic à Shoreham, cela enverrait un message fort aux autres places moins bien situées, à savoir que le jeu ne valait plus le risque encouru. Cela vaudrait aussi à Denning une promotion, ce qui n'était pas facile à obtenir en temps de paix.

Stepan observa de nouveau le capitaine. Ses premières impressions, celles qu'il avait ressenties lors de leur déjeuner à la taverne, se trouvaient confirmées. Denning était froidement ambitieux. La fin de la guerre n'avait pas stoppé son ascension, mais elle l'avait inexorablement freinée. Le grade de capitaine était médiocre et Denning avait déjà la trentaine, si ce n'était plus. Il avait perdu beaucoup de temps. Peut-être trop. L'armée était faite pour les jeunes gens. Les hommes n'y restaient pas pour la vie, sauf quand aucun meilleur choix ne s'offrait à eux. Les fils de nobles vendaient leur charge lorsque venait pour eux le moment de se marier et de s'établir. Ceux qui ne pouvaient pas le faire, en revanche…

Ce qui signifiait que le capitaine Denning se montrerait impitoyable.

— Messieurs, si vous n'avez pas d'autres questions, nous allons passer à un autre sujet. Un sujet fort déplaisant, précisa Denning en prenant un siège au bout de la table. Il m'a été rapporté que la nuit du bal, une cargaison d'alcool et d'épices a été illégalement convoyée à Londres par nos routes, sans que leur propriétaire ne se soit acquitté des droits de douane. Cet acte est une insulte à vous tous, qui payez honnêtement vos taxes. Si vous avez la moindre idée de l'identité du coupable, ou si vous détenez une information concernant de telles activités, je vous serais fort obligé de m'en faire part.

C'était là une tentative pour les diviser et les conquérir. Heureusement, Stepan n'avait pipé mot à personne de son commerce « annexe ». Toutefois, cela l'ennuyait de ne pas savoir s'il pouvait faire confiance à ses camarades de réunion. Le défendraient-ils le cas échéant ? Ou au contraire, se retourneraient-ils contre lui, en tant qu'étranger et dernier arrivé en ville ? Avec le *Skorost* en mer et aucun moyen de communiquer avec lui, le moment était sacrément mal choisi pour vérifier laquelle des deux hypothèses était la bonne.

La réunion s'acheva et la pièce commença à se vider.

Denning arrêta Stepan au moment où il allait sortir.

— Puis-je vous dire quelques mots, Altesse ?

— Bien sûr, répondit poliment Stepan. Que puis-je pour vous ?

Il avait répondu de sa voix de courtisan, le ton qu'il avait dû adopter jadis pour survivre à la cour du Kouban, où chaque parole et chaque geste étaient sans cesse disséqués au cas où ils auraient dissimulé des intentions malveillantes.

— Je voudrais vous demander la permission de rendre visite à Mlle Anna-Maria Petrova. Votre cousine, je crois ? Pardonnez-moi, je ne connais pas exactement votre lien de parenté, mais il semble que c'est à vous que je dois m'adresser en la circonstance.

Stepan devina parfaitement le sens caché de la question. Denning le testait.

— Elle n'est pas ma cousine. Il n'existe pas de lien de sang entre nous. Mais elle est comme une sœur pour moi.

Ces mots résonnaient étrangement après l'épisode de la veille au soir dans la voiture. Il n'y avait absolument rien eu de fraternel dans cette scène !

— Son frère est mon meilleur ami, poursuivit-il. Elle a proposé de tenir ma maison pendant mon séjour ici.

Denning joua nonchalamment avec la plume posée devant lui.

— C'est très noble de votre part de l'accueillir. Je n'ai pas de sœurs, mais si j'en avais, j'apprécierais sans nul doute de tels sentiments de la part d'un ami. Pas vous ? Vous avez des sœurs, peut-être ?

— Je n'ai personne, capitaine, répliqua Stepan d'un ton sec.

Mieux valait que le capitaine sache d'emblée qu'il était seul et qu'il n'existait aucun moyen de pression sur lui à ce niveau. Cet échange le mettait aussi mal à l'aise que la perspective de voir Denning rendre visite à Anna-Maria.

Cessant de jouer avec sa plume, le capitaine releva la tête et le regarda, une lueur malicieuse dans ses yeux sombres.

— Personne, sauf Anna-Maria Petrova et son frère. Peut-être pourrions-nous avoir un entretien privé, vous et moi, à l'occasion de ma visite.

Ce n'était pas vraiment une question.

— Nous avons beaucoup de choses en commun, Altesse. Vous et moi sommes tous deux loin de chez nous, dans un lieu étranger. Nous sommes des nouveaux venus, fit-il avec un sourire ironique. Vous peut-être un peu moins que moi, car vous êtes depuis plus longtemps à Shoreham, si je ne me trompe.

Stepan ne voulait rien avoir en commun avec cet homme, cependant il parvint à maîtriser son irritation. Denning était son ennemi et l'aurait été même s'il n'avait pas manifesté d'intérêt pour Anna-Maria. Il ne pouvait pas laisser la jalousie détourner sa colère ni lui faire oublier ses priorités. Il devait protéger son réseau de contrebande. Sa cargaison la plus importante était sur le point d'arriver. Il comptait sur cet argent pour les garçons, pour la bonne cause. Tant de gens comptaient dessus, pas seulement pour l'argent, mais pour leur avenir.

— Oui, Seacrest appartient à Preston Worth, l'un de mes amis, qui se trouve actuellement à Londres.

Une lueur traversa le regard du capitaine.

— Oh ! oui, Worth est un agent de prévention civil. Il a été l'un des acteurs de l'affaire Roan il y a deux ans, si mes souvenirs sont bons.

Denning émit un léger sifflement.

— Pff… Dommage que cette histoire se soit terminée ainsi. J'aurais descendu le lascar à sa place. Un procès, c'était bien trop bon pour un type comme ce Roan.

Il se redressa et saisit son chapeau, se disposant à prendre congé.

— Au revoir, Altesse. Je viendrai chez vous demain à 13 heures. Anna-Maria Petrova est une jeune personne remarquable, je trouve.

C'était ce que Stepan avait craint. Recevoir son ennemi dans sa maison était bien la dernière chose dont il avait besoin. Un homme qui risquait de ruiner toutes ses entreprises rendant visite à la femme pour laquelle il éprouvait lui-même… des sentiments plutôt intenses, même s'il devait les tenir la plupart du temps sous le boisseau.

Intenses… Hum. Il devait prendre garde aux mots qu'il employait. Nommer ces sentiments les rendait réels, l'obligeait à les reconnaître. Une toquade, cela pouvait encore passer. En pincer pour quelqu'un impliquait que l'on n'attende pas forcément de réciprocité, que l'histoire risquait de s'achever avant même d'avoir vraiment commencé. Les relations impossibles, sans espoir, il pouvait très bien faire avec. Il avait fait avec toute sa vie. C'était un processus habituel pour lui. Ce qui n'était pas « habituel », c'était l'espoir et la passion qui l'avaient embrasé, lorsqu'il avait embrassé Anna-Maria. La façon dont cette flamme précieuse s'était intensifiée quand son corps à elle avait répondu au sien et s'était pressé contre lui, réclamant davantage encore. Et ce « davantage », Dieu savait qu'il désirait le lui donner ! Mais cela ne ferait que les détruire tous deux à la fin.

Anna-Maria était jeune, impétueuse. Peut-être croyait-elle attendre plus de lui, mais elle ne le connaissait pas vraiment, elle s'imaginait seulement le connaître. Quand elle saurait la vérité à son sujet, elle regretterait d'avoir cédé. Il fallait empêcher cela d'arriver.

Et pour servir ce but, c'était à lui de prendre des décisions. Pour eux deux. Et pour leur bien à chacun.

Anna-Maria souriait, cachant sa consternation. Un homme lui rendait visite, un séduisant officier vêtu d'un uniforme rouge avec des boutons de cuivre poli, un gorgerin rutilant, et voilà qu'elle ne parvenait même pas à se concentrer sur les propos qu'il lui tenait !

Par contre, elle percevait très bien les plus légers mouvements de Stepan. Il lui suffisait de bouger imperceptiblement sur son siège pour capter ses plus infimes changements d'expression. Quelle ironie que le seul homme dans la pièce qui ne désirait pas son attention soit le seul qui l'obtînt sans effort !

Le capitaine Denning dissertait sur les falaises de Shoreham et l'ère glaciaire, essayant de paraître cultivé, ce qu'il était peut-être vraiment, elle ne savait pas. Elle aurait pourtant dû savoir. Depuis son arrivée, il avait fait de son mieux pour engager le dialogue avec elle. Il avait apporté des chocolats et visiblement pris grand soin de son apparence. Il désirait qu'elle s'intéresse à lui, ce que Stepan pour sa part ne souhaitait pas, de toute évidence.

L'épisode dans la voiture remontait à deux jours et il faisait comme si rien ne s'était passé, exactement comme après leur baiser dans le salon de Dimitri.

Comme chez Dimitri, il avait choisi de s'absenter de la maison, excepté pour la visite du capitaine. Il s'était déjà envolé lorsqu'elle descendait le matin prendre son petit déjeuner et il rentrait le soir longtemps après le dîner. Cela n'aurait pas dû la surprendre. C'était ainsi qu'il avait toujours agi. Sauf qu'à présent, il ne cessait de foudroyer le capitaine des yeux, comme si son regard avait le pouvoir de chasser le visiteur de la pièce !

Cela la décida. Un début de rébellion s'éveillait en elle. Si Stepan voulait que Denning s'en aille, eh bien, elle allait s'arranger pour qu'il reste. Elle avait besoin de compagnie, d'un peu d'excitation. Et le capitaine Denning était prêt à les lui donner.

— Avez-vous vu le reste de la maison, capitaine ? C'est tout à fait grandiose. Je serais ravie de vous la faire visiter, proposa-t-elle, lorsque Denning eut achevé son exposé sur les falaises de calcaire.

Du coin de l'œil, elle vit un muscle tressauter dans la joue de Stepan. Eh bien, tant mieux. S'il avait l'intention de se comporter comme si les baisers brûlants dans la voiture n'avaient jamais eu lieu, elle en ferait autant. Elle flirterait avec qui elle voudrait, que cela lui plaise ou non.

— La visite vous enchantera, reprit-elle. Venez voir la véranda. La vue y est à couper le souffle.

Le capitaine sourit, se leva et lui offrit le bras. Il ne fit pas mine d'inviter Stepan à les accompagner et Anna-Maria s'en abstint de même.

Le capitaine lui ouvrit la porte et elle sentit peser sur elle le regard furieux de Stepan, tandis qu'elle franchissait le seuil. Parfait. Elle était décidée à l'ignorer, puisque c'était là le traitement qu'il avait choisi de lui réserver.

C'était malheureusement plus facile à dire qu'à faire. Lorsque le tour de la maison fut achevé et que le capitaine, ayant épuisé tous les prétextes pour prolonger sa visite, eut pris congé à contrecœur, Anna constata que le fait de quitter la pièce n'avait pas suffi à bannir Stepan de ses pensées. Tout le temps qu'elle avait passé à conduire le visiteur à travers la maison, son image n'avait pas quitté son esprit. Elle avait peut-être eu de bonnes raisons de l'abandonner ainsi, mais il allait être furieux et elle allait devoir en subir les conséquences.

Celles-ci ne se firent pas attendre. La porte d'entrée s'était à peine refermée que Stepan, la mâchoire contractée, débarqua et lui fit part de sa décision.

— Je ne veux plus revoir cet homme ici. Tenez-vous à distance de lui. Est-ce clair ?

Anna se retourna vivement pour lui faire face.

— Je ne l'ai pas invité !

— Peut-être, mais vous l'avez encouragé. À présent, il va vouloir revenir.

Elle sentit la colère monter en elle.

— J'ai seulement été polie. Je ne l'ai pas encouragé.

— Allons donc ! C'est bien vous qui lui avez proposé de lui faire visiter la maison.

— Une parfaite solution de rechange quand on ne peut pas se promener dans les jardins à cause du temps peu clément. Au cas où vous ne l'auriez pas remarqué, le printemps n'est pas encore arrivé. Je ne pouvais guère lui montrer des rosiers sans fleurs. Et nous ne pouvions pas non plus rester au salon, avec vous qui ne cessiez de le fusiller du regard !

Elle se tut, le temps de se reprendre. Elle n'avait rien fait de mal et n'avait pas à se défendre. Si quelqu'un avait des questions à poser, c'était elle.

— Pourquoi n'aimez-vous pas le capitaine Denning ? Vous le connaissez à peine.

— Ce n'est pas votre affaire, Anna-Maria. Je ne veux pas de lui ici, c'est tout. Et je ne veux pas qu'il vous tourne autour.

Anna-Maria croisa les bras sur sa poitrine.

— Vous ne pouvez pas avoir le beurre et l'argent du beurre, Stepan. Vous ne pouvez pas m'embrasser follement un soir et le lendemain me traiter comme une petite fille. Ce n'est pas correct. J'ai été protégée trop longtemps. J'en ai assez à présent, à moins que vous ne me donniez une excellente raison de penser le contraire.

Le regard de Stepan tourna à l'orage.

— Il ne s'agit pas de baisers cette fois, Anna-Maria.

Elle étouffa un ricanement.

— Allons donc ! fit-elle d'une voix basse et provocante, parodiant Stepan. Vous m'avez embrassée à deux reprises et vous avez pris la fuite à chaque fois.

Et le défiant du regard, elle ajouta :

— Auriez-vous peur de moi, Stepan ? Peur de ce que je vous fais ressentir ? Parce que moi, j'ai peur de ce que *vous* me faites ressentir. Je brûle et je frissonne à la fois chaque fois que vous me touchez, et pourtant mon corps en réclame davantage. Jamais personne ne m'a bouleversée ainsi. Je ne me doutais même pas que deux êtres pouvaient produire cet effet-là l'une sur l'autre.

Voilà, c'était dit. Elle se sentait nue et vulnérable à présent, mais elle voulait le pousser à bout, l'inciter à se livrer, lui aussi, et la meilleure façon d'y parvenir, c'était sans doute de lui montrer l'exemple. Peut-être, s'il voyait qu'il n'était pas le seul à ne plus savoir où il en était avec ces sentiments si nouveaux, si surprenants, se détendrait-il enfin.

Mais les espoirs d'Anna furent déçus.

— Ce que vous éprouvez n'est rien d'autre qu'une toquade de jeune fille. C'est tout à fait naturel et cela disparaîtra tout seul. Ce qui s'est passé l'autre soir n'aurait pas dû arriver. Nous étions tous deux en colère et nous avons exprimé nos émotions de la mauvaise façon. Vous vous êtes méprise sur votre émoi et j'aurais dû vous arrêter. Ce qui est arrivé ensuite est entièrement ma faute. Quant au capitaine, croyez-moi quand je vous dis qu'il y a là des choses en jeu dont vous n'avez pas la moindre idée. S'il vous plaît, ne vous en mêlez pas et ne me provoquez pas sur ce point ! Si vous êtes incapable de respecter mes décisions, je vais être obligé de vous demander respectueusement de quitter cette maison et de retourner à Little Westbury.

Sur ces mots, il tourna les talons et quitta la pièce.

Grand Dieu ! Nauséeuse, Anna pressa une main sur son estomac, avec l'impression que le vestibule tournait autour d'elle. Elle venait de mettre son cœur à nu devant lui — un cœur de gamine immature, s'il fallait en croire Stepan — et il l'avait dédaignée.

Jusqu'à cet instant, elle n'avait pas compris à quel point elle s'attendait peu à un tel résultat. Dans les profondeurs de son âme, là où se dissimulaient les vérités inaltérables de sa vie, elle n'avait jamais pensé susciter une réponse aussi glaciale.

Stepan, qui avait toujours été son rempart contre le monde, un point de repère constant dans sa vie, la rejetait. Rien ne l'avait jamais blessée à ce point.

Ce fut cette douleur qui sema le doute en elle, dès que son malaise physique s'estompa. Non, ce n'était pas possible. Stepan ne lui causerait jamais la moindre peine. Il ne lui voulait aucun mal. C'était là une vérité absolue sur laquelle elle aurait parié sa vie.

Mais alors, quel sens donner à ce qu'il venait de faire ? Aux mots qu'il avait prononcés ?

Peu à peu, la raison reprit le dessus, la forçant à se poser une brûlante question. Que lui cachait-il ? Ou plutôt, de quoi essayait-il de la protéger ? Ce devait être incroyablement dangereux pour qu'il en vienne à de telles extrémités. Il la repoussait sans ménagement. Eh bien, elle aussi pouvait en arriver à de telles extrémités. Elle ferait ce qu'il fallait pour savoir de quoi il retournait. Et quand elle saurait, elle ferait en sorte que Stepan soit protégé lui aussi. Et qu'il ne soit pas seul face à l'adversité…

Chapitre 10

Difficile de protéger quelqu'un qui n'était pas là, et encore plus difficile de découvrir ses secrets en son absence !

Hier soir, il lui avait été impossible d'interroger Stepan, qui n'était pas rentré pour le dîner. Il n'avait pas donné signe de vie non plus durant la soirée, si bien qu'elle avait dû finalement renoncer à l'attendre et monter se coucher. Oh ! elle n'avait pas abandonné de gaieté de cœur. Elle avait passé les heures qui avaient suivi le dîner à le chercher, mais il semblait s'être littéralement volatilisé. Ce qui inquiétait le plus Anna-Maria, c'était le fait que son cheval fût toujours à l'écurie et le coupé dans la ruelle qui y donnait accès.

Rien ne semblait anormal excepté l'absence de Stepan, ce qui suscitait en elle toutes sortes de craintes. Où qu'il se soit rendu, il n'y était allé ni à cheval ni en voiture. Il était parti à pied. Une centaine d'affreuses suppositions avaient trotté dans la tête de la jeune femme, tandis qu'elle s'était préparée pour la nuit. Seacrest se trouvait à l'écart de tout, comme la plupart des domaines situés hors de la ville. Il n'y avait rien alentour que de vastes superficies, qui, dans le cas de Seacrest, incluaient les falaises et la mer.

Stepan était furieux lorsqu'il était sorti en trombe du vestibule pour aller Dieu sait où. Il faisait jour lorsqu'il était parti, mais l'obscurité tombait encore tôt à cette époque de l'année.

Était-il allé trop loin pour pouvoir regagner la maison avant la nuit ?

Avait-il trébuché dans le noir et était-il tombé ? S'était-il foulé la cheville ? Ou plus sérieusement blessé en se prenant le pied dans un terrier de lapin ? Une fracture peut-être ?

Pourtant, Anna avait du mal à imaginer Stepan victime d'accidents aussi stupides. Il avait le pied sûr et un corps athlétique. Au Kouban, il passait son temps dehors, accaparé par de mystérieuses occupations. Même alors elle n'avait pas la moindre idée de ce qui le retenait ainsi, seulement elle était trop jeune à l'époque pour se poser des questions.

Par contre, elle se souvenait bien de lui pendant leur périple, si agile dans les montagnes. Elle n'avait pas oublié l'épreuve la plus redoutable du trajet, lorsque la route s'était transformée en un passage étroit et dangereux, avec les rochers d'un côté et rien de l'autre, juste une pente abrupte descendant à pic vers le ruban argenté de la rivière très loin en contrebas. Nikolaï et lui avaient fait passer les chevaux l'un après l'autre, refaisant encore et encore le périlleux chemin. Puis enfin, Stepan était revenu la chercher.

Elle n'avait pas bougé, pétrifiée. Son père et les autres s'étaient déjà trouvés en sécurité de l'autre côté, là où le sentier s'élargissait de nouveau. Stepan l'avait prise par la main, avait plongé son regard argenté dans le sien et chuchoté de cette voix grave et basse, si semblable à celle qu'il avait prise hier avant de l'embrasser :

— Vingt pas, Anna-Maria. Vous avez vingt pas à faire, c'est tout. Et ensuite, vous serez libre.

Il lui avait attaché une corde autour de la taille et avait enroulé l'autre bout autour de ses propres hanches, les liant ainsi l'un à l'autre.

— Je ne vous laisserai pas tomber, avait-il promis.

C'était ainsi, sans rien d'autre pour la soutenir que ces mots, l'assurance dans son regard et la résistance d'un épais cordon de chanvre, qu'elle avait traversé le vertigineux passage.

Ce Stepan-là ne pouvait pas trébucher contre un terrier et rester là, impuissant. Alors où était-il ?

Où qu'il fût allé, il était rentré en tout cas et de nouveau reparti, car au petit déjeuner, elle trouva un mot posé contre son assiette. Le soulagement et la déception se mêlèrent en elle. Il ne lui était rien arrivé, Dieu merci. Elle s'était inquiétée pour rien. Mais il était encore absent.

Anna-Maria ouvrit le message. Il ne contenait que deux lignes tracées de la ferme écriture de Stepan. Elle esquissa une moue. Jetées en hâte sur le papier, ces instructions ne constituaient même pas des phrases complètes :

Parti à Londres pour affaires. Emmenez Joseph, le nouveau groom, si vous désirez sortir.

Les affaires. Anna-Maria était lasse de ce mot. Stepan s'en servait toujours pour excuser ses absences répétées. Elle aurait bien voulu savoir quelles étaient ces fameuses affaires qui lui prenaient tant de temps. Si seulement elle pouvait se livrer elle aussi à une véritable activité, quelque chose qui la tiendrait occupée pendant la journée. Et aussi pendant la nuit, puisque, apparemment, c'était possible !

Elle beurra ses toasts, songeuse. À quoi son frère et les autres croyaient-ils qu'elle allait passer ses journées, quand cette période d'attente serait terminée et qu'elle habiterait Londres ? S'imaginaient-ils vraiment qu'elle allait changer d'avis à propos du mariage et d'un éventuel mari ? Elle n'en voulait pas, du moins pas pour le moment. Ce qu'elle souhaitait, c'était s'adonner à quelque chose d'intéressant.

Les hommes de son entourage se consacraient à la politique, plongés dans les intrigues jusqu'au cou en dépit de leur dévouement à leur famille et à leurs épouses. Leur vie ne s'était pas arrêtée avec le mariage. Pourquoi serait-ce différent pour elle ?

Croyaient-ils qu'elle n'écoutait pas quand Dimitri et son père, à table, discutaient du contenu des dernières lettres de Nikolaï et des autres ? Elle savait parfaitement que Nikolaï soutenait l'Union du salut et que son beau-père essayait de fomenter une révolution de palais à Saint-Pétersbourg.

Elle n'ignorait pas non plus qu'au mois d'août dernier Ruslan avait hébergé à Londres une femme qui prétendait être la seule survivante de la famille royale après le saccage du palais d'été, lors d'un coup d'État. Ruslan était retourné au Kouban pour participer jusqu'au bout à la révolution — une révolution qui avait apporté la liberté à Anna-Maria et à d'autres femmes comme elle. Les archaïques lois sur le mariage, qui obligeaient une jeune fille à se marier conformément à la volonté de sa famille et à celle du tsar, étaient désormais de l'histoire ancienne.

Anna-Maria mâcha pensivement son toast. Elle se sentait vraiment jalouse de Ruslan, qui récoltait le fruit de ses efforts et pouvait participer à une action aussi riche de sens. Elle mourait d'envie d'en faire autant. Il y avait tant d'injustices dans le monde ! Elle l'avait bien vu pendant son voyage depuis le Kouban, quand pour la première fois elle était allée plus loin que le trajet annuel entre le palais familial au bord du lac et leur extravagante demeure citadine. Cela avait éveillé en elle la conscience aiguë des privilèges qui lui étaient échus par le hasard de la naissance.

Bien sûr, en grandissant, elle avait rencontré ses propres

problèmes, entre un père qui ne pouvait pas supporter de la voir et la perspective d'un mariage à l'étranger qui l'éloignerait de chez elle pour toujours... Mais d'un autre côté, elle n'avait jamais manqué de rien, ni d'un toit, ni de nourriture, ni de vêtements. Et elle avait Dimitri. Elle n'était pas seule, elle n'était pas sans espoir comme ces gamins des rues à Marseille, qui lui avaient mendié des piécettes et jusqu'aux moindres croûtes de pain.

Le cœur déchiré de compassion, elle avait vidé ses poches pour eux jusqu'à ce que Stepan intervienne, détachant gentiment les petites mains sales qui agrippaient sa jupe. Ouvrant sa bourse, il en avait distribué le contenu aux enfants avant de les disperser.

Elle aurait dû tous les prendre avec elle !

— Et qu'en auriez-vous fait ? avait objecté Stepan en riant. Je ne crois pas que la maison de Dimitri soit assez grande pour les accueillir tous.

Anna-Maria avait levé les yeux vers lui.

— Mais son cœur, lui, est assez grand.

En souriant, Stepan l'avait prise par la main et ramenée vers le bateau.

— Et le vôtre aussi, ma chère. Ne vous inquiétez pas. Là où nous allons, il se trouvera d'autres pauvres orphelins dont vous pourrez vous occuper.

Sauf que ceux-là, elle n'avait pas eu l'occasion de les rencontrer.

Anna prit une autre tranche de pain. Little Westbury se trouvait dans une partie relativement riche du Sussex, et même si cela n'avait pas été le cas, la cité n'en aurait pas moins accueilli tous ceux qui avaient besoin d'aide ou de travail.

Bien entendu, Anna-Maria aidait Evie à distribuer des paniers aux métayers et elles confectionnaient couvertures et chaussettes pour le cercle de charité des dames de la paroisse, mais ces efforts lui semblaient trop insuffisants.

Elle ne savait jamais à qui allaient ses chaussettes ni à qui ses couvertures apporteraient un peu de chaleur.

Une chose était certaine : elle ne pouvait rester là à manger des toasts toute la journée en souhaitant une vie différente. Aujourd'hui, elle avait la maison tout entière à sa disposition. Peut-être que si elle se livrait à des recherches approfondies découvrirait-elle en quoi consistaient les « affaires » de Stepan. Certains appelleraient sûrement cela de l'espionnage, mais elle préférait pour sa part le mot « exploration ».

Anna-Maria reposa sa serviette et repoussa sa chaise, prête pour la mission qu'elle s'était assignée.

Elle commencerait ses fouilles dans le bureau où Stepan passait le plus clair de son temps, puis elle s'attaquerait à la bibliothèque et ensuite aux écuries. Elle avait déjà une longue liste en tête lorsqu'elle s'installa derrière la grande table du bureau et ouvrit le premier tiroir.

Lorsqu'elle en fut aux écuries, elle avait presque perdu tout espoir de découvrir quoi que ce soit de significatif. Que de déceptions ! Les tiroirs du bureau étaient vides ou fermés à clé et elle n'avait pas tardé à se rendre compte de la faille évidente que présentait son plan : cette maison n'appartenait pas à Stepan. Les tiroirs étaient fermés parce que le véritable propriétaire n'était pas là. Les pièces ne contenaient rien qui appartînt en propre à Stepan. Pas d'objets personnels décorant les tables ni de livres restés ouverts à la page qu'il aurait été en train de lire.

Découragée, elle se laissa tomber sur une botte de foin. Sa grande idée avait fait naufrage et il n'était encore que 13 heures. Même l'attelage n'appartenait pas à Stepan mais à la famille Worth, qui en possédait plusieurs. Quant à son cheval, il était parti pour Londres avec son maître. Heureux animal !

Le seul endroit susceptible de contenir des effets

personnels était la chambre de Stepan, qu'elle n'avait pas encore visitée.

À cette idée, un frémissement la parcourut et une insidieuse chaleur s'empara d'elle. Jadis, cela ne lui aurait sans doute causé aucune émotion particulière de pénétrer dans l'appartement privé de Stepan. Mais les sensations nouvelles qu'il suscitait en elle à présent changeaient complètement la donne. C'était dans la chambre d'un homme qu'elle envisageait de s'introduire — un homme qui avait provoqué de sa part des réactions de femme à deux occasions différentes.

Est-ce que tous les baisers vous faisaient ainsi perdre la tête ? Elle n'avait pas de points de comparaison. Si c'était le cas, elle comprenait mieux à présent pourquoi on conseillait aux jeunes filles de s'en garder. Les baisers pouvaient vous inciter à explorer des territoires encore plus dangereux. Elle, par exemple, s'était découvert une inclination inattendue à désirer des choses interdites. Quand Stepan l'embrassait, elle voulait que cela ne cesse jamais. Elle voulait lui rendre ses baisers, ses caresses. Elle voulait lui faire ressentir les mêmes émotions qu'il déclenchait en elle.

Fermant les yeux, elle s'appuya contre le mur, laissant les souvenirs du baiser qu'ils avaient échangé revenir à sa mémoire. Stepan pouvait nier tant qu'il voulait, sur le moment, il avait bel et éprouvé du plaisir. Ce n'était qu'ensuite qu'il s'était mis en colère. Elle entendait encore le son rauque qu'il avait laissé échapper. Un gémissement de désir. Du moins, c'était ce qu'elle avait pensé. Mais après, il s'était montré si fâché, comme s'il regrettait ce qu'il venait de faire ! Les baisers le rendaient désagréable après coup. Elle en restait chaque fois déconcertée, ne sachant plus que penser.

Bon, se reprit-elle, mieux valait ne pas songer à l'*après* ! Il était tellement plus agréable de se remémorer le *moment* du baiser…

***

Anna-Maria Petrova était de toute façon une fille superbe, mais encore plus en cet instant précis.

Elias Denning la contemplait ainsi dans sa pose alanguie, la tête appuyée contre le mur, les yeux fermés, avec ses longs cils sombres sur ses joues de porcelaine. Elle avait la peau si fine, qu'il pouvait presque voir ses veines, imaginer le contact satiné de cette peau sous ses doigts. Il devait suffire d'un rien pour la meurtrir.

Il détestait devoir l'interrompre dans ses pensées. À qui songeait-elle ? À son prince du Kouban, celui qu'elle appelait par son prénom et avec qui elle faisait preuve d'une telle familiarité ? Criait-elle son nom dans les spasmes de l'extase ?

La surprendre ainsi au milieu d'une rêverie si plaisante lui donnait des idées. Il se sentait capable de lui faire oublier Stepan Shevchenko.

De toute évidence, elle ne l'avait pas entendu arriver. En de telles circonstances, un gentleman se devait de révéler sa présence. Après un dernier regard à la rêveuse, Denning toussa discrètement. La jeune femme rouvrit brusquement ses grands yeux dorés et ses joues s'empourprèrent.

— Capitaine Denning, quelle surprise ! Je ne m'attendais pas à vous voir.

Elle se releva, balayant de la main les brins de paille accrochés à ses jupes. Puis elle fronça les sourcils.

— Stepan savait-il que vous veniez ?

Elias nota avec satisfaction l'emploi de l'imparfait. Il sourit. La chance était avec lui aujourd'hui. Shevchenko n'était pas à la maison ! Il allait donc avoir la jolie femme pour lui tout seul. Quelle imprudence de laisser cette jolie brebis sans surveillance quand un loup rôdait dans les parages !

Ce qui était intéressant, aussi, nota-t-il, c'était la façon dont ces deux-là s'appelaient constamment par leur prénom, comme si cela allait de soi. « Stepan » par ci, « Anna » par là…

— Oh ! Son Altesse n'est pas là ? demanda-t-il, en s'efforçant de paraître navré.

— Euh… Non, malheureusement. Il a été appelé à Londres pour affaires, expliqua Anna-Maria d'un air gêné.

Elle devait s'interroger sur la conduite à tenir à présent, songea Denning. Il lisait la perplexité dans ses prunelles d'ambre. Encore un détail intéressant. Que cherchait-elle à cacher, à protéger ? Pourquoi se montrait-elle ainsi méfiante ? Était-ce à cause de l'incident du bal, ou y avait-il autre chose ? C'était comme si elle avait voulu lui dissimuler l'absence du prince…

Allons, il devait y aller doucement pour ne pas effrayer sa proie…

Elias sourit, de ce sourire charmeur qu'il réservait généralement pour la société londonienne, lorsqu'il avait des gens à circonvenir et des femmes à séduire.

— Cela ne fait rien. Pour être franc, c'est vous que j'étais venu voir. J'ai beaucoup apprécié notre conversation d'hier et la visite de la maison. Je pensais vous offrir à mon tour une petite excursion. Je n'espérais pas que le temps serait de nouveau au beau fixe si vite, mais puisque c'est le cas, j'ai pensé profiter de l'occasion pour vous proposer une promenade à cheval en ma compagnie.

Et désignant d'un geste les deux chevaux, il ajouta :

— Vous montez, je suppose ? Il y a un promontoire, à quelques kilomètres d'ici qui offre une magnifique vue de la côte. Et j'ai apporté un pique nique.

La mention de la promenade à cheval et du pique-nique fit pétiller les yeux de la jeune fille, ainsi qu'il l'avait escompté. Un pique-nique avec un séduisant officier par une fraîche journée ensoleillée aurait émoustillé plus d'une jeune fille et il avait confiance en son propre pouvoir de séduction.

Anna-Maria esquissa un sourire. Cependant, elle semblait indécise.

— Accordez-moi quelques minutes, voulez-vous ? Il faut que je me change et que je prenne quelques dispositions pour qu'un groom nous accompagne.

À peine avait-elle prononcé ces mots qu'une tête surgit par-dessus une stalle voisine.

— Je vais faire seller votre cheval, mademoiselle, et je serai prêt dès que vous le serez vous-même.

Denning fronça les sourcils. Se tournant vers lui, le jeune groom souleva respectueusement son chapeau.

— Capitaine…

Elias perçut un soupçon de dédain dans le simple mot dont il fut salué.

Dissimulant sa mauvaise humeur, Denning sourit avec bienveillance. Il aurait parié un mois de sa solde que ce petit morveux avait écouté leur conversation en cachette. Mais pour l'instant, il était d'humeur trop joviale pour s'en inquiéter. Il avait gagné sur deux tableaux : il allait avoir la charmante Anna Petrova pour lui seul *et* il avait parfaitement compris la manœuvre de la jeune femme. Il ignorait ce qu'elle voulait cacher ou protéger, mais de quelque nature que ce soit, elle avait jugé qu'il valait mieux pour cela le tenir éloigné de la maison.

— Prenez tout le temps qu'il vous faudra, mademoiselle, répondit-il, ignorant délibérément le groom. Je ne suis pas pressé.

Après tout, il pouvait se permettre de se montrer généreux. Sans doute faudrait-il une vingtaine de minutes à la jeune femme pour se changer, car aucune femme de sa connaissance ne pouvait endosser une amazone en moins de temps que cela. Peu lui importait, il occuperait ces vingt minutes en imaginant les différentes étapes de cette excitante opération…

Après s'être poliment incliné, il regarda Anna marcher vers la maison en ondulant imperceptiblement des hanches, un mouvement d'autant plus suggestif qu'elle en était sans doute inconsciente.

Denning déglutit. Une beauté toute prête à être cueillie, et dont il comptait faire bon usage aujourd'hui même !

À quoi pensait ce Shevchenko de laisser ainsi sans protection une femme aussi attirante ? Il méritait d'être châtié pour cela seul, quand bien même il n'aurait pas été un prince. Mais puisqu'il en était un, la victoire que Denning s'apprêtait à lui arracher en serait deux fois plus délectable. Les hommes qui se cachaient derrière des titres et le hasard heureux de leur naissance ne valaient pas mieux que ceux qui n'avaient pas été aussi chanceux au départ et devaient lutter pour se forger leur chemin dans le monde.

Très vite, il avait deviné que ce prince du Kouban avait ses secrets. Un prince n'abandonnait pas son pays natal sans raison. Et justement, cette raison, Denning voulait la connaître. Il voulait aussi savoir pourquoi un homme qui pouvait s'établir n'importe où avait choisi de louer une maison dans un endroit comme Shoreham, qui n'était pas précisément un lieu en vogue.

Les hommes qui cherchaient à s'isoler avaient généralement des motifs intéressants pour cela. Et c'était doublement vrai lorsque les hommes en question vivaient avec une femme qui n'était pas leur sœur. Si ce Shevchenko ne lui révélait pas ses secrets, Anna Petrova le ferait peut-être, elle, même de manière involontaire. Les secrets ne se dévoilaient pas seulement par les mots…

Il allait la conduire sur un superbe promontoire, lui faire goûter des friandises tirées de ses propres réserves de nourriture, la combler d'attentions. Et une fois qu'elle aurait baissé sa garde, grisée par la perspective d'une romance avec un galant officier, elle lui raconterait tout…

Chapitre 11

Un vent vivifiant soufflait en haut des falaises, où les deux promeneurs pique-niquaient sur une chaude couverture, du pain et du fromage disposés entre eux, tandis que le groom de Seacrest se tenait à l'écart, montant la garde.

Voilà qui aurait pu être idyllique, un doux rêve de jeune fille devenu réalité : le pique-nique, le bel officier redoublant d'attentions pour elle, tout cela dans le pittoresque décor d'une côte anglaise accidentée. Un vrai tableau romantique ! Pourtant, Anna ne parvenait pas à se sentir à l'aise ni à apprécier cette sortie.

Pourquoi cette inquiétude ? se demanda-t-elle alors qu'elle tâchait de se raisonner. Rien de fâcheux ne pouvait arriver sous l'œil vigilant du jeune groom, une escorte choisie par Stepan lui-même. Cependant, elle avait beau se répéter cela comme un mantra, elle ne parvenait pas à baisser complètement sa garde. Aussi, c'était la faute de Stepan si elle se montrait aussi suspicieuse. Ses récentes mises en garde résonnaient encore à son oreille. Même sans être là, il était parvenu à gâcher ce qui aurait pu être une journée délicieuse en d'autres circonstances. Il lui avait suffi pour cela de quelques mots, ce qui était encore plus troublant :

« Tenez-vous à l'écart de cet homme ! »

Il ne s'était même pas donné la peine de lui expliquer

pourquoi : ces quelques mots avaient suffi pour qu'elle ait mauvaise conscience d'être là, en compagnie du capitaine.

— Un peu plus de fromage ? proposa Denning.

Il coupa une tranche de la roue qu'il avait apportée et la lui tendit sur la tranche de son couteau.

— L'Angleterre est réputée pour ses fromages, le saviez-vous ? Celui-ci est du derby. Il vient de chez moi, dans le Derbyshire, comme le nom doit vous le laisser deviner. Chaque fromage possède une saveur particulière, selon la région d'où il provient. Celui-ci a un léger arrière-goût de porto...

Anna-Maria goûta, en regrettant d'être moins attentive au fromage qu'au couteau sur lequel il lui était présenté. Poliment, elle exprima le compliment attendu.

— C'est délicieux. Seriez-vous fromager dans l'âme, capitaine ?

Elle essaya d'émettre un petit rire agréable. Il fallait absolument qu'elle se détende. Ce n'était pas juste de mal juger ainsi cet homme sans la moindre raison objective. Il avait dû se donner beaucoup de mal pour organiser cette excursion.

Mais tu as une raison de le juger ainsi, lui chuchota la voix de sa conscience. *Stepan te l'a dit, cela devrait te suffire !*

Sauf que si on laissait faire Stepan, aucun homme ne se risquerait à la regarder deux fois, de peur de s'attirer un coup d'épée ! Cette pensée chassa en partie ses scrupules. Elle n'était pas venue à Shoreham pour remplacer la tyrannie bien intentionnée de Dimitri par une autre.

— Je suppose que tous les habitants du Derbyshire le sont plus ou moins, répondit le capitaine. Les vaches et le fromage, c'est un mode de vie, ajouta-t-il en s'esclaffant.

Une lueur pétillait dans ses yeux chaque fois qu'il la regardait, signe évident de son intérêt pour elle.

— Le Derbyshire doit être un lieu très bucolique,

observa Anna. Il doit vous manquer. Vous en êtes si loin ici, soupira-t-elle, essayant de se rappeler les conseils d'Evie.

« Lorsque tu converses avec un homme, tu dois... » Tu dois quoi, au fait ? Ah oui ! « Demande-leur de te parler d'eux, ils adorent cela... »

Cela valait mieux en tout cas que de parler d'elle !

— Parlez-moi un peu de votre travail, capitaine. Qu'est-ce qui vous amène à Shoreham ?

Le capitaine prit une expression sérieuse et la dévisagea avec une gravité qui n'avait plus rien à voir avec un intérêt particulier pour sa personne.

— Je suis ici pour mettre un terme à la contrebande endémique qui sévit sur la côte, expliqua-t-il sans la quitter des yeux.

Anna, mal à l'aise, eut l'impression qu'il guettait ses réactions.

— Shoreham est un véritable nid d'activités illégales, poursuivit-il. Les gens passent en fraude tout ce qui peut générer des profits : la soie, les alcools et même les épices !

— Je n'en savais rien, assura Anna, ce qui était en grande partie la vérité.

À part ce que lui en avait raconté Evie, et qui n'était guère que de l'information de seconde main, elle ne connaissait rien de l'importance et des modalités de la contrebande dans son pays d'accueil. Denning n'ignorait pas qu'elle était nouvelle dans le coin. Quelle sorte de réaction espérait-il de sa part ?

— Oui, renchérit-il. Plus les articles sont petits, plus il est difficile de mettre la main dessus, car ils peuvent être transportés discrètement. Clous de girofle et cannelle de Singapour, safran du Moyen-Orient...

Il eut un petit rire d'autodérision.

— J'ai appris cela à mes dépens. Pas plus tard que la semaine dernière, la nuit du bal pour être plus précis, une cargaison d'anis et de safran a réussi à passer à travers les mailles du filet, à mon plus grand regret. Il est aisé de dissimuler des épices aux officiers des douanes.

Sur le ton de la confidence, il ajouta :

— Mais assez parlé travail. Et vous, mademoiselle ? Vous êtes loin de votre pays et vous avez sans doute bien des choses à raconter, insinua-t-il. J'aimerais beaucoup les entendre.

Anna lui coula un regard perplexe. Était-il vraiment intéressé ou s'agissait-il d'un interrogatoire ?

Quelles que soient les intentions de son interlocuteur, elle ne pouvait guère refuser de répondre. Un sourire charmant sur les lèvres, elle haussa délicatement les épaules.

— Oh ! il n'y a pas grand-chose à dire. Nous venons du Kouban. Mon frère est le prince Dimitri Petrovich, le fameux archéologue.

Elle observa une pause, laissant le titre de son frère produire son effet.

— Il y a quelques années, il effectuait des fouilles dans l'ouest du Sussex pour restaurer une villa romaine. Il y a rencontré une jeune femme et a tout simplement décidé de ne pas rentrer chez nous. Au lieu de cela, c'est moi qui suis venue ici !

Peut-être le capitaine prendrait-il la brièveté de son récit pour de la modestie. C'était du moins ce qu'elle espérait. Une personne bien élevée ne parlait jamais longuement d'elle-même.

Mais elle n'eut pas cette chance. Denning la fixait de son regard clair et perçant.

— Ah, une vraie romance alors ?

Il sourit, peut-être pour la désarmer, avant de poser une nouvelle question :

— Ceci explique la présence de votre frère, mais vous ne dites rien des autres. Vous n'êtes pas venue seule. Encore un peu de pain, mademoiselle ?

Elle accepta une tartine et un peu plus de fromage pour se laisser le temps de trouver une réponse à formuler.

— Je pouvais difficilement faire le voyage toute seule. Nos amis m'ont servi d'escorte. C'était pour eux une excellente occasion de découvrir une autre partie du monde.

— Vous êtes loyale, mademoiselle. C'est une admirable qualité, mais vous n'avez nul besoin de faire semblant avec moi. J'ai entendu dire que les princes en question avaient été exilés. Ne craignez donc pas de me confier qu'ils sont venus ici parce qu'ils n'avaient pas le choix.

Anna se raidit. Nikolaï et Illarion avaient été exilés, c'était un fait, mais pas Ruslan ni Stepan. Ils étaient venus ici par affection pour leurs amis. Les Anglais ne semblaient pas comprendre ce que représentaient pour des Russes l'amitié et la loyauté qui allait avec. Quand on avait des amis, c'était pour la vie.

— Puisque vous en savez déjà tant, à quoi bon me questionner ?

Le capitaine s'excusa promptement.

— Je ne voulais pas vous offenser, mademoiselle. J'essayais simplement d'apprendre à vous connaître. J'avoue que le prince Shevchenko pique ma curiosité. Quelle est la nature de sa relation avec vous ? À moins qu'il ne s'intéresse à vous que par amitié pour votre frère ? ajouta-t-il en détournant les yeux.

Anna retint un sourire. C'était là une question très pertinente, surtout depuis le soir du bal ! Elle se radoucit, touchée par la subtilité avec laquelle le capitaine avait abordé cette délicate question.

— Pour être franc, mademoiselle, ma vraie question concerne la nature de votre attachement pour le prince. Représente-t-il un obstacle à l'intérêt que j'éprouve pour vous ? Je ne voudrais pas vous importuner avec des attentions malvenues.

Et haussant les épaules :

— Je ne suis pas un homme à qui tout a été offert sur un plateau. J'ai dû me battre pour acquérir le confort et la position dont je jouis aujourd'hui. Je n'ai obtenu aucune de ces choses facilement, et d'après moi, on ne les abandonne pas comme l'a fait le prince Shevchenko sans de sérieux motifs. Je n'arrive pas à imaginer qui que ce soit sacrifiant tous les biens de ce monde pour se rendre en Angleterre sans raison. Cela semble illogique et absurde, à moins que…

Il s'arrêta pour lui lancer un regard de côté.

— À moins qu'il n'y ait quelque chose, ou quelqu'un, qu'on chérisse plus que la richesse que l'on possède.

L'hypothèse frappa la jeune fille. Insinuait-il que Stepan avait quitté le Kouban pour elle ? Qu'il était resté en Angleterre à cause d'elle ? C'étaient là des pensées troublantes. Néanmoins, elle ne pouvait s'y livrer pour le moment.

Elle haussa les épaules, esquivant la réponse.

— Je crois que vous imaginez ce qui n'est pas, capitaine. Ce sont tous d'excellents amis, fidèles les uns aux autres, voilà tout.

Le regard de Denning s'éclaira.

— En ce cas, puis-je espérer vous revoir ?

Cette fois, sa requête était trop directe pour qu'Anna puisse l'esquiver. En termes courtois, Denning sollicitait l'honneur de lui faire la cour.

Mais comment pouvait-elle accepter ? Si elle le faisait, il reviendrait lui rendre visite et ce serait désobéir effrontément aux instructions de Stepan. Pire encore, elle se retrouverait en conflit avec ses propres sentiments. Était-elle donc le genre de fille qui accordait des baisers à un homme tout en se laissant courtiser par un autre, même si celui qui l'avait embrassée n'attendait rien d'elle ?

Mais d'un autre côté, comment refuser la demande du capitaine ? Pour quel motif ? La situation devenait plus qu'embarrassante.

Elle baissa les yeux et regarda ses mains.

— Votre attention me flatte, capitaine. Oui, beaucoup.

Mais je dois faire mes débuts à Londres ce printemps. Mon frère nourrit pour moi de grandes espérances, fit-elle en battant des cils. Même si j'aimerais que les choses soient différentes, je n'ai pas le droit de décider où placer mes affections pour le moment.

C'était là un refus plein de tact, se félicita Anna-Maria. Evie serait fière d'elle !

— Je vois.

Le capitaine s'était raidi et Anna-Maria se sentit de nouveau inconfortable. Mais peut-être sa méfiance n'avait-elle aucune raison d'être après tout. C'était simplement un homme tentant d'obtenir l'autorisation de courtiser une jeune fille, et elle la lui avait refusée.

Il se leva, signifiant ainsi que la promenade était terminée. Le malaise d'Anna-Maria s'accrut encore. Pendant tout le pique-nique, elle avait passé son temps à imaginer que cette excursion était le résultat d'un plan que Denning avait concocté pour découvrir les desseins de Stepan. Or elle ignorait tout des motivations des deux hommes. Tout cela parce que Stepan lui avait ordonné de se tenir à distance du capitaine !

Denning soutint son regard. Non sans courage, admit-elle, si l'on songeait qu'elle venait tout juste de le rejeter.

— En dépit de cette conclusion, j'ai passé une délicieuse journée, affirma-t-il. Vous êtes une jeune personne fascinante, Anna Petrova. Je crois que vous et moi aurions pu nous trouver beaucoup de choses en commun, si nous avions eu la chance de nous connaître un peu mieux.

La galanterie de Denning vainquit les ultimes réticences d'Anna. Elle n'avait pas le cœur si dur, tout de même. Il fallait qu'elle lui offre quelque consolation.

— Je vous en prie, capitaine, n'allez pas croire que nous ne puissions être amis.

— J'apprécie votre gentillesse, mademoiselle.

Il sourit et lui tendit la main.

— Puisqu'il en est ainsi, acceptez-vous de faire quelques

pas avec moi avant que nous ne partions ? J'aimerais admirer la vue en votre compagnie.

Le spectacle était effectivement époustouflant du haut des falaises battues par le vent. Anna retint son chapeau d'une main, ses jupes battant contre ses jambes.

— On peut voir à des kilomètres ! s'exclama-t-elle, enthousiasmée par la beauté brute de cette côte déserte, avec ses plages solitaires. Je ne connais qu'une vue qui puisse rivaliser avec celle-ci, c'est celle qu'on découvre depuis la véranda de Seacrest.

Le capitaine lui coula un regard malicieux.

— Figurez-vous que c'était exactement ce que j'étais en train de penser !

Un frisson parcourut la jeune fille à ces mots. Elle eut l'impression qu'elle venait juste de dévoiler involontairement un secret.

Mais lequel ?

Chapitre 12

Qu'avait-elle pu laisser échapper sans s'en rendre compte ?

Anna ne parvenait pas à se défaire de cette désagréable impression. Elle y pensa longtemps après le départ du capitaine. Pendant leur pique-nique, il avait fait référence aux épices. Le mot safran, *shafran* en russe, avait capté son attention, mais c'était surtout l'anis qui lui était resté en tête. Longtemps après que le capitaine Denning eut pris congé, elle songea encore à ces deux épices. Toutes deux poussaient dans diverses régions d'Europe, mais le sud de la Russie était connu pour son safran et l'anis russe avait la préférence des connaisseurs pour la qualité de son huile.

Anna-Maria dîna dans la bibliothèque, au coin du feu, peu désireuse de manger de nouveau seule à la longue table de la salle à manger.

Objectivement, les épices en question *pouvaient* venir de n'importe où, de Chine, d'Italie, du Portugal, de Turquie, et de bien d'autres pays méditerranéens. Mais était-ce le cas ? Et qui les avait fait venir en Angleterre ?

Pas Stepan. Il ne pouvait pas faire de la contrebande. Pas lui, toujours si droit et collet monté au point de se reprocher le moindre écart de conduite — un baiser, par exemple !

En outre, ne possédait-il pas déjà son propre navire dans le port et n'avait-il pas réglé ses droits de douane ? Cette paperasserie l'avait tenu occupé loin de la maison pendant des jours. Si Stepan avait importé des épices, il l'avait fait légalement et avait payé pour ces denrées.

Ce qui la tracassait le plus, c'était que quelqu'un d'autre, de toute évidence, avait importé illégalement des épices, et elle craignait qu'on n'attribue cette irrégularité à Stepan, sous prétexte qu'il était un étranger avec des connexions en Russie et dans les pays de la Méditerranée.

Toutefois, sa raison lui reprochait à juste titre qu'elle tirât là des conclusions bien hâtives. Seulement, elle ne faisait pas partie de ces gens qui peuvent se permettre la patience et l'optimisme ; de ces gens qui n'avaient pas vécu au Kouban. Elle avait vu de puissantes familles tomber pour une simple calomnie glissée au bon moment dans l'oreille qu'il fallait. Elle avait vu un tsar traquer ses propres partisans par peur de perdre sa couronne.

Anna-Maria repoussa son assiette. Elle n'avait plus faim. Elle avait quatorze ans quand les persécutions avaient commencé — assez âgée pour comprendre ce qui se passait, mais suffisamment naïve pour penser que cela ne la concernait pas directement. Elle n'avait guère prêté attention aux premières disparitions, ni à celles qui avaient suivi d'ailleurs. Elle avait cru à ce que l'on racontait. Des accidents malheureux, disait-on, l'un pendant une partie de chasse, un autre chez lui, en nettoyant son arme.

Bien sûr, elle avait entendu Dimitri et les autres décrire à voix basse le changement au Kouban et déplorer les nouveaux actes de tyrannie commis par le tsar Pierre. Mais elle n'avait pas pensé un seul instant que cela pouvait affecter sa famille ou ses amis. La plus grande peur de sa vie avait été causée par le départ de Dimitri pour l'étranger. À l'époque, même la perspective de son mariage à elle lui semblait encore lointaine. Dix-huit ans, quand on en avait quatorze, cela semblait très loin. N'importe quoi pouvait survenir entre-temps, pensait-elle.

Et cela avait été le cas.

Le regard fixé sur les flammes, Anna-Maria resserra le plaid de laine autour de ses jambes, tandis que les souvenirs affluaient en elle. Illarion avait commencé à écrire de la poésie — des poèmes incendiaires et non ses habituels sonnets d'amour ou odes à la nature, qu'appréciait tant le tsar. La bonne amie d'Illarion, Katya, une beauté de la cour, avait épousé un général influent, un homme nommé Ustinov. Et elle s'était suicidée. C'était alors que Nikolaï avait commencé à s'exprimer haut et fort, lui aussi, ajoutant sa voix à celle d'Illarion.

Stepan leur avait rendu plus souvent visite en ces jours troublés. L'air sévère, il avait veillé sur elle en l'absence de Dimitri. Ruslan et lui avaient échangé des regards soucieux par-dessus sa tête. Peu de temps après, ils avaient demandé à Nikolaï et Illarion de ne plus fréquenter la maison, pour des raisons qu'elle n'avait comprises que beaucoup plus tard — pour la protéger, elle.

Puis était survenue cette aube terrible où elle avait entendu Stepan discuter sur le seuil avec son père. Adolescente dégingandée de dix-sept ans, elle les avait épiés depuis le haut de l'escalier, en chemise de nuit, une couverture jetée sur les épaules. Nikolaï venait d'être arrêté. Il était blessé, peut-être mourant. Stepan avait brandi une lettre contenant les instructions de Dimitri.

— Je dois vous emmener à Londres, Anna-Maria et vous. C'est ce que désire Dimitri. Votre fils ne reviendra pas ici, avait-il déclaré fermement.

Il était le seul à pouvoir prendre ce ton avec leur père. Cristof avait protesté qu'il ne quitterait pas son pays, car c'était là que reposait sa femme. Il ne pouvait pas l'abandonner.

Stepan avait levé les yeux vers l'escalier et aperçu Anna-Maria.

— Alors confiez-moi votre fille et restez ici, si vous êtes assez fou pour cela. Mais vous ne pouvez pas condamner votre fille au même destin. Vous savez très bien ce qu'il va lui arriver à présent que Dimitri est parti.

Son père n'avait pas capitulé pour autant. Stepan s'était alors adressé à elle seule :

— Rassemblez tout ce que vous pouvez, Anna-Maria : bijoux, argent, vêtements solides et bottes pour le voyage. Soyez prête quand je reviendrai.

Un frémissement avait parcouru la jeune fille, excitée par ces mots pressants, par la perspective de l'aventure. Et surtout par ce que Stepan lui enjoignait de faire : défier son père, conquérir sa propre liberté.

À la fin, Cristof s'était tout de même décidé à les accompagner. L'idée de revoir son fils s'était révélée un appât assez puissant. Pour Anna-Maria, le frisson de l'aventure avait longtemps duré. La vue de Nikolaï blessé et à peine conscient, les mains attachées au pommeau de sa selle pour l'empêcher de tomber, n'avait rien de réjouissant. Cette nuit-là, elle avait compris combien elle avait été naïve de croire que sa famille et elle se trouvaient à l'abri des persécutions. En regardant Nikolaï lutter pour sa vie, elle s'était promis de ne plus jamais se montrer aussi inconsciente.

Et à présent, voilà qu'elle se trouvait là, devant le feu, à imaginer le pire après la visite du capitaine. Pourquoi était-il venu aujourd'hui ? Seulement pour elle, ainsi qu'il l'avait laissé entendre ? Ou pour enquêter sur Stepan ?

Si tel était le cas, peut-être valait-il mieux le laisser faire, après tout. Ainsi, il serait obligé de décharger Stepan de tout soupçon. Il ne trouverait rien. Ni à bord du navire ni ici, à Seacrest, une demeure qui appartenait à un officier de prévention civil. Imaginer Stepan en contrebandier était tout bonnement ridicule. Penser qu'il puisse se livrer à une telle activité dans la maison même de Preston Worth était encore plus risible.

À moins que…

Anna remua sur son siège, troublée. Décidément, les ombres projetées par le feu et ses propres souvenirs convoquaient toutes sortes de fantômes ce soir… De petites choses qui avaient sur le moment échappé à son attention lui revinrent à l'esprit.

Stepan avait certes été très occupé par la paperasserie quand le *Lady Frances* avait jeté l'ancre… excepté pendant une journée. En outre, il s'était régulièrement absenté de chez Dimitri durant les semaines qui avaient précédé l'arrivée du navire. Où était-il allé ? À quoi avait-il fait allusion lorsqu'il lui avait affirmé que ce qui était en jeu entre eux, c'était bien plus que des baisers ? Et pourquoi ne voulait-il pas voir le capitaine ici, à Seacrest ?

Elle n'était pas assez candide pour ne pas comprendre que la raison pour laquelle Stepan rejetait le capitaine la concernait en partie. En dehors des autres motifs qu'il pouvait y avoir, il n'en restait pas moins qu'il l'avait embrassée. Deux fois. Et la seconde fois, il y avait eu bien plus qu'un baiser. Cela n'avait pas été une simple leçon méritée après ses écarts de conduite !

Le capitaine lui avait demandé la permission de la courtiser. N'importe quelle jeune fille aurait été ravie de ses attentions. Pourtant, elle n'avait pas hésité. Elle l'avait repoussé gentiment, pour la simple raison qu'il n'éveillait pas en elle les mêmes sentiments que Stepan.

Ce choix ne manquait pas d'ironie. Le capitaine avait fait preuve de bonnes manières, tandis que Stepan s'était quasiment jeté sur elle. Stepan, tour à tour sévère et étonnamment tendre. Stepan qui s'était ensuite éloigné en trombe sans même prendre la peine de lui dire où il allait ni pourquoi…

Et pourtant, c'était à lui qu'elle tenait, c'était lui qu'elle défendrait envers et contre tout, sans se poser de questions. Parce qu'il n'y avait aucune question à se poser. Il était son roc, sa boussole. Il savait ce qui était juste et agissait en conséquence. Il protégeait les faibles et les nécessiteux. Stepan, c'était la noblesse incarnée. Si elle ignorait beaucoup de choses de lui, de cela au moins elle était sûre.

Il lui vint soudain à l'esprit qu'il pouvait être utile, cependant, de rester amie avec le capitaine, surtout s'il soupçonnait Stepan de se livrer à des activités illégales. On n'avait jamais assez d'amis, disait la sagesse populaire. Au Kouban, c'étaient les amis qui avaient sauvé Nikolaï et Illarion quand d'autres n'avaient été que trop contents de les laisser souffrir, aussi longtemps que cela détournait d'eux-mêmes l'attention du tsar.

Un plan se formait dans sa tête. Demain, elle se rendrait à Shoreham et ferait amende honorable auprès du capitaine. Si elle pouvait protéger Stepan à son humble façon, elle n'hésiterait pas. L'amitié qu'elle éprouvait pour lui, et tout ce qu'il pouvait exister d'autre entre eux, n'en exigeait pas moins.

Son amitié pour Anna-Maria exigeait bien plus que ce qu'il lui avait donné.

Cette pensée obsédait Stepan. Le début du printemps ou la fin de l'hiver, selon la façon dont on considérait la chose, était une terrible époque pour voyager en Angleterre, mais il n'avait pas le choix. L'un des gamins revenus de Londres lui avait rapporté que les commerçants de la capitale s'inquiétaient de la situation à Shoreham. Ils souhaitaient le rencontrer, voulant obtenir de lui l'assurance que l'approvisionnement ne serait pas coupé et que ses denrées pourraient passer à travers les mailles du filet tendu par Denning.

Stepan avait donc quitté Seacrest. Bien sûr, il pouvait arguer que ses affaires l'exigeaient. Mais en vérité, c'était surtout son état psychologique qui avait nécessité ce départ. Il avait besoin de se calmer, de mettre de la distance entre Anna-Maria et lui. Il lui fallait un peu de temps pour penser rationnellement, ce qu'il n'arrivait pas à faire lorsqu'elle se trouvait nuit et jour près de lui, le tentant et le torturant tour à tour.

Anna-Maria éprouvait la même chose, c'était évident. Sauf qu'elle était prête à explorer ces sensations, alors qu'il essayait d'y résister. Il en était donc arrivé à la seule conclusion logique qui s'offrait à lui : il fallait qu'elle retourne chez elle, à Little Westbury. Il le lui signifierait aujourd'hui même et la renverrait chez Dimitri. Là-bas, au moins, elle serait en sécurité.

Un ordre brusque le tira de ses pensées.

— Halte ! Au nom du roi !

Deux soldats se tenaient au milieu de la route, devant un poste de contrôle hâtivement bricolé. Le barrage ressemblait davantage aux obstacles que Nikolaï avait fait ériger sur son terrain de course qu'à une vraie barrière, mais c'était suffisant pour arrêter un chariot, et un cavalier aurait été obligé de sauter pour le franchir, perspective rien moins qu'attrayante à cause de la boue.

Stepan tira sur ses rênes.

— Bonjour !

Il avait pris un ton jovial tout en jetant un regard méfiant à l'installation de fortune. Cinq jours ! Le capitaine Denning avait fait vite. Combien d'autres routes se trouvaient déjà bloquées ?

En fait, il n'aurait pas dû être surpris. Lors de la réunion, Denning les avait prévenus.

Où allez-vous et pourquoi ? questionna l'un des soldats, qui ne devait pas être beaucoup plus âgé que Joseph.

— Je retourne chez moi après une visite d'affaires à Londres, le renseigna Stepan.

Il était prêt à se montrer complaisant et courtois… jusqu'à un certain point.

— Avez-vous des papiers ? Un passeport ? demanda le deuxième soldat.

Un peu plus âgé que son compagnon, il prenait visiblement son rôle au sérieux.

Stepan lui sourit avec aménité, malgré l'impression de danger qui s'emparait de lui. Voilà qui allait bien plus loin que ce à quoi il s'attendait.

— On n'exigeait rien de tel des voyageurs quand je suis parti.

Il craignait désormais de perdre rapidement son sang-froid.

— Je ne représente pas une menace, comme vous pouvez le constater. Il n'y a ici que mon cheval et ma personne. Vous êtes libre de fouiller mes sacs de selle, si vous voulez.

Et d'ajouter avec un clin d'œil :

— Mais vous savez, les contrebandiers cherchent plutôt à faire sortir leurs denrées de Shoreham qu'à les y apporter...

Le plus jeune soldat émit un petit rire, tandis que l'autre, au grand regret de Stepan, semblait imperméable à la plaisanterie.

Ils fouillèrent effectivement ses fontes, dont ils éparpillèrent le contenu sur la route boueuse, sans découvrir rien de plus qu'un nécessaire de toilette et quelques pommes. Stepan se réjouit que le présent destiné à Anna-Maria en guise d'offrande de paix se trouve en sécurité dans la poche de son manteau.

Enfin, les soldats le laissèrent passer et Stepan les remercia d'un hochement de tête. Les deux jeunes gens ne faisaient que leur devoir, seulement l'incident lui rappelait par trop le Kouban qu'il avait quitté et lui causa une appréhension qui lui serra le cœur.

Il éperonna son cheval, tout en tâchant de se tranquilliser. Cette crainte était certainement irrationnelle. Le capitaine Denning n'était pas le tsar Pierre, il n'avait pas tout un pays à sa botte. Toutefois, il n'était nul besoin d'être un tsar pour instiller la peur et celle-ci constituait un puissant incitateur — peur de son voisin, peur pour sa famille, peur de l'avenir… La peur amenait des amis à se retourner les uns contre les autres, à faire passer sa propre protection avant celle des autres. Il avait déjà vu cela.

Il en détecta déjà les premiers signes tandis qu'il parcourait au trot les rues de Shoreham, étonnamment vides et silencieuses. Enfin, *presque* vides. Des soldats y patrouillaient, pendant que les commerçants se tenaient derrière leurs comptoirs déserts, sans le moindre client à servir.

Denning était prompt, il fallait lui reconnaître cela. Il ne lui avait guère fallu de temps pour comprendre qu'il n'aboutirait à rien s'il pourchassait seulement les contrebandiers. C'était toute la ville qu'il lui fallait tenir à l'œil, s'il ne voulait pas qu'elle protège les contrevenants. Malheureusement, chaque marchand devrait en payer le prix. Pas de commerce, pas de revenus. La ville allait-elle bientôt s'apercevoir qu'il ne pouvait y avoir de négoce quand il ne restait plus rien à vendre ? Les denrées de contrebande constituaient une bonne partie des articles exposés sur les étagères — articles que nul n'aurait plus les moyens d'acheter si les marchands devaient les acquérir au tarif plein.

Un mouvement devant lui attira son attention. Il vit un boutiquier traîné dans la rue entre deux soldats, tandis qu'un troisième lui assenait un coup dans l'estomac. Un quatrième s'empara d'une massue et la balança dans la vitrine du magasin, le fracas du verre se mêlant aux cris du malheureux qui se débattait, endurant coup après coup. Ils allaient le tuer s'ils continuaient ainsi !

— Arrêtez !

Sautant à bas de son cheval, Stepan s'élança sans prendre le temps de réfléchir. Il empoigna l'un des soldats par le collet et le tira en arrière avant de se précipiter vers un autre, sans cesser ses imprécations. Des mains le saisirent, gênant ses mouvements.

L'un des soldats le reconnut.

— Le prince Shevchenko !

Ce cri arrêta la rixe plus efficacement que tout ce qui avait précédé. Les hommes se relevèrent, époussetant leurs habits et cherchant leur officier du regard. Que faire quand un prince se jetait ainsi à la traverse ? Lui obéir à lui ou à un lieutenant de vingt et un ans ?

Profitant de ce moment de flottement, Stepan se plaça devant l'homme molesté.

— Pour quelle raison avez-vous détruit la propriété de cet homme ? Qui vous a autorisés à le frapper ?

Mus par la curiosité, des gens regardaient par les fenêtres ou se postaient sur leur seuil pour observer la scène.

Le lieutenant s'avança, les yeux plissés, un mince sourire aux lèvres. Stepan vit aussitôt à quel genre d'homme il avait affaire : égoïste et ambitieux.

— C'est le capitaine Denning qui donne les ordres ici. Pas vous, Altesse !

Le dernier mot fut prononcé d'un ton sarcastique, soulignant le fait que Stepan ne détenait aucune autorité en dehors de celle dont il émanait naturellement.

Stepan choisit d'ignorer l'insulte.

— Et où puis-je trouver le capitaine ?

Le sourire moqueur reparut.

— Sur votre navire, Altesse. Il examine vos registres et je crois que votre invitée, Miss Petrova, se trouve en sa compagnie.

Reste calme, s'intima Stepan. C'était ce qu'il faisait le mieux : demeurer impassible au cœur de la tempête. C'était ce calme qui avait jadis sauvé Nikolaï. C'était ce même calme qui lui avait permis de convaincre le père de Dimitri de s'enfuir à Londres, et c'était ce calme encore dont il avait fait preuve pour aider Anna-Maria à franchir l'étroit raidillon dans la montagne.

Sauf qu'aujourd'hui cette impassibilité était mise à rude épreuve. Il aurait aimé frapper quelqu'un, à commencer par ce lieutenant et son sourire railleur. Avec un peu de chance, il pourrait se défouler sur le capitaine !

Il remercia le lieutenant d'un hochement de tête comme s'il ne l'avait pas insulté et revint lentement vers son cheval, qu'il enfourcha avant de se diriger au pas vers les docks, feignant d'avoir tout son temps et de ne ressentir aucune inquiétude à l'idée que le capitaine se trouvait sur son navire et contrôlait ses comptes. Avec Anna-Maria à ses côtés, qui plus était !

C'était là ce qui l'inquiétait le plus — bien plus que la présence du capitaine à bord. Denning ne trouverait rien sur le *Lady Frances.* Mais la présence d'Anna-Maria à ses côtés était un tout autre problème…

Que faisait-elle là ? S'y trouvait-elle de son plein gré ? Le capitaine avait-il découvert quelque chose et se servait-il d'elle comme d'un appât pour l'atteindre, lui ?

C'était ce dernier point qui l'inquiétait. Lorsqu'un homme n'avait à se soucier que de lui-même, il n'avait rien à perdre — rien qu'il n'ait déjà perdu en ce qui le concernait. Mais quand il tenait à quelque chose, ou à quelqu'un… Eh bien, cela représentait l'objet de chantage idéal aux yeux d'un individu tel que Denning.

Stepan attacha son cheval à la passerelle et se dirigea tout droit vers la cabine, frôlant au passage le capitaine de son navire, Rustinov, qu'il salua d'un bref mouvement de tête. Puis il ouvrit la porte, dont le grincement annonça son entrée aux occupants du lieu.

Deux personnes tournèrent la tête vers lui, l'une depuis le hublot, yeux écarquillés et sourire hésitant, l'autre derrière le bureau, le regard dur et les sourcils froncés. La première semblait heureuse et soulagée de le voir. Quant à l'autre…

— Déçu ? interrogea-t-il d'un ton froid.

Il s'avança et posa ses deux mains sur le bureau, les yeux dans ceux de Denning.

— Vous n'avez pas trouvé ce que vous cherchiez, hein ?

Denning soutint son regard acéré.

— Pas encore.

Chapitre 13

— Vous voulez dire « non », corrigea Stepan sans hésiter. Les registres du *Lady Frances* sont en ordre et j'ai tous les reçus pour les articles importés la semaine dernière.

Il lui était facile de prendre un ton convaincu. Chacun de ces mots exprimait l'exacte vérité.

— Toutes les taxes ont été payées, ainsi que vous pouvez le constater.

Il ne voulait pas que le capitaine découvre une raison de fouiner davantage. Non pas qu'il y eût quoi que ce soit à trouver. Les autres livres avaient été ôtés de son bureau et stockés ailleurs, en sécurité. Seulement, il ne voulait pas assister à la répétition de ce qu'il venait de voir dans la rue : des vitrines brisées, la destruction sauvage de ses biens et peut-être même une tentative de s'en prendre volontairement à sa personne. Si on l'attaquait, il se défendrait !

Peut-être Anna-Maria le sentit-elle également, tandis que le capitaine et lui se mesuraient du regard. Quittant le hublot, elle s'avança vers lui.

— Stepan, c'est la nouvelle réglementation, expliqua-t-elle en lui touchant doucement le bras. Le capitaine Denning vérifie les registres de tout le monde.

Elle adressa à Denning un sourire que Stepan n'apprécia

pas du tout, surtout quand l'expression sévère du capitaine parut s'adoucir.

Ignorant Anna-Maria, il tourna de nouveau les yeux vers Denning.

— La nouvelle réglementation ? J'espère que vous avez un mandat pour cette intrusion dans une propriété privée ?

— C'est moi qui délivre les mandats, Altesse.

Denning se leva, mais Stepan n'entendait pas faire profil bas devant sa démonstration d'autorité.

— Je trouve étonnant que vous n'ayez pas pu attendre mon retour pour m'interroger et que vous ayez procédé à vos recherches en la seule présence de Miss Petrova, qui n'est en rien au courant de mes affaires. Est-ce là votre « nouvelle réglementation », capitaine Denning ? Harceler les femmes seules ? Briser les vitrines des commerçants et frapper dans la rue des hommes sans défense ? On pourrait penser que vous voulez donner une leçon en vous en prenant à des cibles bien précises : des hommes désarmés et des étrangers qui tentent de se construire une nouvelle vie. Prenez garde que cela ne vous fasse pas passer pour une brute. Personne n'aime les tyrans, même dans l'armée. Ce n'est pas cela qui vous vaudra une promotion !

L'étreinte d'Anna-Maria se resserra sur son bras.

— Stepan, c'est moi qui ai autorisé ce contrôle. J'ignorais quand vous rentreriez, mais je savais que vous n'aviez rien à cacher. J'ai offert au capitaine Denning de lui montrer vos livres en signe de bonne volonté.

Son regard doré cherchait le sien, plaidant silencieusement pour la coopération et la prudence. Il lut bien des choses dans ces yeux. Elle pensait au Kouban, à ce qui s'était passé à la fin, quand la tyrannie du tsar les avait pris pour cible. Elle pensait à Nikolaï, brisé et sanglant, à Illarion enchaîné, au père de Ruslan mourant en prison pour n'avoir pas voulu se rétracter, à son propre père qui avait failli être emprisonné à cause des fiançailles rompues de Dimitri avec la fille d'un pacha oriental. Il avait fallu pour le sauver l'intervention de son cousin Yulian, qui avait accepté de se marier à la place de Dimitri.

Et à présent, Anna-Maria avait peur pour lui, Stepan le voyait dans ses yeux. Elle comprenait combien ils étaient vulnérables en tant qu'étrangers. Ils représentaient des cibles faciles. Personne ne les défendrait.

Non, corrigea mentalement Stepan. Pas « ils ». Lui. *Il* était une cible facile. Personne ne prendrait son parti, du moins parmi les gens qui comptaient. Joseph et son équipe le feraient, bien sûr, mais ils n'étaient que des adolescents et tout ce qu'ils diraient ne pourrait qu'incriminer les activités secrètes qui s'effectuaient sous les falaises de Seacrest. Stepan était bel et bien seul et s'en réjouissait. C'était plus sûr pour tout le monde. Du moins était-ce ce qu'il avait pensé jusque-là. La façon dont le capitaine Denning regardait Anna-Maria lui ôtait définitivement cette illusion.

— Miss Petrova dit la vérité, fit Denning avec une note de chaleur dans la voix. C'est elle qui s'est proposée, Altesse. Je lui suis très reconnaissant de sa coopération.

Il se frotta les mains, d'un geste qui laissait présager un aveu.

— Cela dit, j'admets que vous avez raison. Je souhaite faire de vous un exemple, un *bon* exemple. Si tous les autres voient à quel point vous vous montrez coopératif, j'ose espérer qu'ils vous imiteront et que nous pourrons éviter d'autres démarches désagréables.

Stepan sentit son estomac se nouer. Impossible de l'emporter dans ce duel ! Il voyait clairement le jeu du capitaine. Dans tous les cas de figure, il ne pouvait que perdre : ou il résistait et devenait l'homme à abattre, Denning sachant fort bien que personne parmi les importateurs ne prendrait de risques pour quelqu'un qu'ils connaissaient à peine et sacrifieraient volontiers pour sauver leur propre peau, ou il coopérait avec le capitaine et perdait du même coup la confiance des habitants de la ville. Dans les deux cas, Denning se débarrassait de lui. Et Anna-Maria était tombée droit dans le piège, avec son désir de bien faire et de le protéger.

Eh bien, Denning allait s'apercevoir qu'il n'avait pas choisi une mauviette pour victime !

— Puisque tout est en ordre, capitaine, je pense que votre travail ici est terminé, déclara-t-il d'un ton sec.

Refermant le registre, il soutint avec fermeté le regard de son interlocuteur.

— Je vais vous raccompagner.

Ce qu'il voulait surtout, c'était qu'Anna-Maria quitte promptement Seacrest. Sa décision de la renvoyer chez Dimitri lui semblait plus que jamais nécessaire. Ensuite, il lui faudrait s'entretenir avec Joseph, quitte à recevoir son jeune chef d'équipe à l'intérieur de la maison. Nécessité fait loi. Il avait Anna-Maria, les garçons, et ses propres affaires à protéger.

Il regagna la maison à toute allure. Anna-Maria se tenait derrière lui sur la selle, les bras étroitement noués autour de sa taille. Ce contact ne lui rappelait que trop tout ce qu'il demeurait entre eux d'irrésolu, de dangereux. Son voyage à Londres était censé lui avoir procuré la distance et l'objectivité dont il manquait dès lors qu'il s'agissait de ses sentiments. Mais un seul regard sur Anna-Maria avait suffi pour anéantir tous ses efforts. La vue de la jeune fille avait éveillé en lui un besoin de possession primaire.

Il n'avait pas aimé la voir avec le capitaine, il n'avait pas aimé leur échange de sourires, comme s'il y avait eu quelque chose entre eux.

Bon sang, il ne s'était absenté que quatre jours et déjà la région semblait sens dessus dessous — postes de contrôle sur les routes, militaires imposant leur propre sens de la loi… Et Anna-Maria frayant avec la crème de cette engeance ! Il avait l'impression de revivre le cauchemar du passé.

Parvenu devant la maison, il aida sa passagère à descendre.

— Attendez-moi à l'intérieur, il faut que nous parlions, lui ordonna-t-il d'un ton peu amène.

Anna-Maria soutint son regard sans faiblir, avec une gravité égale à la sienne.

— Oui, il le faut.

Ce n'était plus là l'espièglerie ni la pétulance d'une jeune fille vexée. C'était le ton d'une femme et Stepan eut la vague impression de recevoir une réprimande, comme si c'était lui qui avait fait quelque chose de mal.

Il fit passer promptement un message à Joseph avant de regagner la maison. Il trouva Anna-Maria dans la bibliothèque, debout devant les hautes fenêtres donnant sur l'océan, elle se tenait bien droite et carrait les épaules. Dans le ciel, de gros nuages s'amoncelaient. Il allait pleuvoir avant la nuit, peut-être y aurait-il même de l'orage, ce qui n'allait décidément pas faciliter le déménagement des denrées. Joseph allait passer de mauvais moments et toute cette peine n'aurait pas été nécessaire si Anna-Maria ne s'en était pas mêlée !

— Je vous avais pourtant dit de tenir cet homme à distance !

Anna-Maria se retourna. L'orage grondait aussi dans ses yeux.

— Vous ne m'aviez pas précisé quand vous reviendriez. J'ai dû me débrouiller au mieux. Il m'a semblé plus prudent de coopérer.

— C'était faire le jeu de Denning ! se récria Stepan, traversant la pièce pour la rejoindre.

C'était le genre de conversation que l'on ne pouvait pas tenir à cinq mètres l'un de l'autre. Dieu savait ce que les domestiques pouvaient entendre et ce qu'ils en feraient. Il n'aurait plus manqué qu'ils informent Preston Worth des activités illégales qui se pratiquaient dans sa maison !

Stepan saisit Anna par les bras.

— Vous n'auriez jamais dû interférer !

— Interférer ? Vous appelez cela ainsi ?

Les prunelles d'Anna-Maria avaient perdu leur teinte dorée et étincelaient telles des agates.

— Vous étiez parti et j'avais le capitaine sur les bras, insistant pour m'inviter à des promenades à cheval et des pique-niques.

Stepan perçut le reproche dans ses paroles. Il avait laissé Anna-Maria sans protection. Certes, pas physiquement. Il avait chargé Joseph de veiller particulièrement sur elle, et Mrs Batten et les autres serviteurs n'avaient pas manqué d'en faire autant. Mais son manque d'explications l'avait laissée vulnérable, incapable de comprendre vraiment le danger que représentait le capitaine.

— Il m'a demandé la permission de me faire la cour et je ne savais pas quoi lui répondre.

Stepan sentit son estomac se nouer.

— Soyez franche. Y a-t-il quelque chose entre vous deux ?

La jalousie le tenaillait. Les sourires de cet après-midi le hantaient. Allaient-ils au-delà de la simple comédie ? Sur le moment, il n'avait pas pensé qu'ils puissent être de nature romantique, mais peut-être s'était-il trompé. Il ne pouvait pas la perdre. Pas à cause d'un homme qui fomentait sa ruine !

Elle eut un sourire amusé.

— La seule chose qui m'unit à Denning, Stepan, c'est vous ! J'essayais de vous protéger. Pourquoi doutez-vous de moi ? Je voulais agir au mieux de vos intérêts. J'ai pensé que si je me liais d'amitié avec le capitaine, peut-être…

— Je n'ai nul besoin que vous me protégiez ! explosat-il, incapable de se contenir davantage. Je n'ai nul besoin que vous flirtiez avec lui !

Voilà pourquoi il valait mieux travailler seul, habiter seul, songea-t-il, conforté dans sa décision. Au moins, cela évitait tout risque de dommage collatéral.

Anna-Maria se rapprocha de lui et le saisit par les revers de sa veste.

— Maintenant, vous allez m'écouter, espèce d'obstiné ! fit-elle dans un chuchotement énervé. Pendant que nous étions dehors, je l'ai interrogé sur son travail. Il m'a confié qu'il était ici pour attraper les contrebandiers et il a ajouté qu'il y avait eu un arrivage d'épices illégalement importées. Du safran et de l'anis, Stepan ! Des épices du Moyen-Orient, de Turquie et des basses terres du Caucase. De *notre* partie du monde !

Dans son ardeur à le convaincre, elle lui donnait de légères secousses.

— Le capitaine est intelligent. Il lui suffit de faire le rapprochement. Il n'y a qu'un importateur russe à Shoreham, Stepan. Ce serait aisé de vous imputer le blâme !

Les mots, à présent, jaillissaient de sa bouche :

— Mais je savais que vous n'étiez pas mêlé à ce genre d'affaire. Ce ne pouvait pas être vous. Le *Lady Frances* est ancré dans le port et vous avez passé des journées entières à remplir les papiers. Quelle meilleure façon de vous disculper que de prendre l'initiative en montrant vos registres ? Vous n'avez rien à cacher. Vous n'êtes pas un contrebandier.

Sauf qu'il en était bel et bien un, corrigea Stepan à part lui. Et qu'il avait tout à cacher. Le *Lady Frances* n'était qu'un trompe-l'œil très élaboré pour dissimuler la réalité de son négoce. Et voilà qu'Anna-Maria venait d'introduire le loup dans la bergerie…

Ses arguments exposés, elle desserra son étreinte.

— Quoi que mijote le capitaine, j'ai tout de même fait le meilleur choix possible, conclut-elle.

Stepan retint un soupir excédé. C'était bien là Anna-Maria : volontaire et têtue. Le ciel vienne en aide à l'homme qui oserait la contrarier ! Et cet homme-là, en cet instant, c'était lui. Elle se tenait devant lui, superbe, pareille à une Walkyrie du Nord. Sauf que la fierté de Stepan ne pouvait supporter qu'elle prenne ainsi sa défense, pas plus que cette même fierté ne l'autorisait, lui, à exprimer ses sentiments ou à les écouter. Il n'avait rien à lui offrir et tout à perdre en cédant à ces impulsions-là.

Tout, y compris elle.

Désireux d'enterrer la hache de guerre, il détacha doucement les mains de la jeune fille de ses revers de veste.

— Vous avez fait de votre mieux, je l'admets. De toute façon, il n'y avait pas de bon choix à faire. Aussi prévenant qu'il semble l'être envers vous pour le moment, le capitaine est un homme dangereux. Il est possible qu'il vous utilise pour m'atteindre, pendant que vous vous imaginez le manipuler pour l'éloigner de moi. Je ne veux pas que cela se produise, Anna-Maria. C'est pourquoi je vais vous renvoyer à Little Westbury, afin que vous y soyez en sécurité aussi longtemps que Denning fera régner ici sa tyrannie.

Les prunelles de la jeune fille lancèrent des éclairs, deux flammes dorées scintillant dans le crépuscule. Superbes. Cela donnait presque envie de la mettre en colère pour les voir flamboyer ainsi.

— Pour que *je* sois en sécurité ? Ou pour vous mettre à l'abri de moi ? Vous ne voulez pas avoir à me protéger ni à vous inquiéter pour moi, voilà la vérité. Vous ne voulez pas me faire danser ni me regarder valser avec d'autres hommes !

— Je vous l'ai déjà dit, il ne s'agit pas ici d'une simple histoire de baisers. Je n'espère pas que vous compreniez, Anna-Maria. J'essaie de me construire une nouvelle vie ici.

Une vie qui ne pouvait pas l'inclure, pour de multiples raisons. Et en premier lieu, pour sa sécurité.

— Vous n'êtes pas en train de construire une nouvelle vie, riposta-t-elle. Vous ne possédez pas de nouveau foyer comme Nikolaï ou Dimitri. Eux se sont enracinés dans leur communauté. Vous, vous n'avez de racines nulle part. Vous allez ici et là tel un nomade, d'une maison louée à une autre. Vous ne voulez même pas venir à Londres pour mes débuts. Vous vous isolez de tout et de tout le monde, ajouta-t-elle avec défi.

Stepan en resta sans voix, avec l'impression de se retrouver soudain mis à nu.

— Vous refusez de me laisser entrer, de laisser qui que ce soit entrer dans votre vie. Il n'y a que vous qui comptez et vos précieuses affaires, quelles qu'elles soient.

Dieu, qu'elle pouvait être exaspérante ! Il se détourna, furieux.

— J'essaie de vous protéger, grogna-t-il.

Il s'était éloigné seulement quatre jours et voilà ce qui était arrivé…

— Et moi, j'essaie de *vous* protéger, rétorqua-t-elle. En fait, c'est cela que vous ne supportez pas. Est-ce qu'une femme ne peut pas protéger sa famille, selon vous ? Est-ce une prérogative réservée aux hommes ?

Stepan l'écoutait, stupéfait. Quand avait-elle mûri à ce point ? Ce n'était plus la petite Anna-Maria de jadis. Physiquement, il le savait depuis un certain temps. Mais le discours qu'elle lui tenait à présent était celui d'une femme, une femme qui réfléchissait et comprenait les rouages du monde. Ce n'étaient pas là les pensées d'une jeune coquette qui ne songe qu'à remplir son carnet de bal. C'étaient les réflexions d'une femme qui se connaissait elle-même et, ce qui était encore plus effrayant, qui le connaissait, lui.

Dehors, le tonnerre gronda soudain, le rappelant à la réalité. Il n'avait plus de temps à perdre en discussions. En bas, Joseph attendait ses instructions.

— J'ai à faire. Préparez vos bagages, Anna-Maria. Vous partez demain matin.

Si Dieu le voulait, ajouta-t-il à part lui. Qui savait dans quel état l'orage allait mettre les routes ? Il espérait au moins que le pont ne serait pas submergé.

À pas discrets, Anna-Maria descendit l'escalier de service en prenant garde à ne pas être vue. Par chance, c'était le bon moment pour passer inaperçue. Les domestiques étaient tous occupés à préparer le repas du soir dans la cuisine et la diligente Mrs Batten passait la nuit en ville chez sa sœur, Dieu merci, sans quoi, les malles d'Anna-Maria seraient déjà prêtes et cordées. Mais la jeune fille était bien décidée à ne partir nulle part tant qu'elle n'aurait pas obtenu de réponses. Et si Stepan ne voulait pas lui en donner, elle les trouverait elle-même.

Ce qu'elle voulait au moins savoir, c'était où il se rendait sans cesse et en quoi consistaient ses fameuses affaires. Au mieux, elle désirait l'entendre admettre que leurs baisers signifiaient bel et bien quelque chose pour lui, même s'ils le laissaient désorienté.

Elle avait choisi Stepan et non le capitaine, dès que ce dernier avait évoqué les épices russes. Chaque fois qu'elle avait souri à Denning, flirté avec lui, elle avait réitéré ce choix. Elle ferait tout ce qui était en son pouvoir pour protéger Stepan s'il le fallait. Il ne l'en avait pas remerciée. Peut-être était-ce le lot de tout amour non partagé, une suite continuelle d'actions désintéressées, dont l'autre ne reconnaissait même pas l'existence.

Parvenue au bas de l'escalier, elle se glissa dans le hall, dont elle referma silencieusement la porte derrière elle. Elle était sûre que Stepan était dans les parages. Son bureau se trouvait à l'extrémité du vestibule. Sur la pointe des pieds, elle se dirigea vers le rai de lumière qui filtrait de la pièce.

Il y avait quelqu'un à l'intérieur. Elle pressa une oreille contre le panneau de bois et perçut le murmure de deux voix masculines. L'une d'elles appartenait à Stepan.

— Il faut que tu déménages le matériel de distillation et les autres denrées. Emporte-les dans l'autre endroit, plus bas sur la côte ou, si tu ne peux pas faire le trajet cette nuit, place-les tout au fond de la dernière grotte, là où personne n'ira fouiner. Je suppose que lorsque Denning s'apercevra que les contrebandiers ne gardent pas les comptes de leurs activités dans leurs bureaux, il commencera à fouiller les propriétés.

Oh ! Seigneur… Anna sentit la tête lui tourner devant les implications de ces mots, au point qu'elle faillit manquer le reste.

— Joseph, il est au courant pour les épices. S'il se met à fouiller les maisons, il viendra d'abord ici. La seule chose qui pourrait le freiner, c'est l'ironie de la démarche. Fouiller la demeure d'un agent de prévention pour y découvrir des articles de contrebande. Cela le dissuadera peut-être.

Joseph, songea Anna. *Le nouveau groom qui n'en est apparemment pas un !*

Pas étonnant que le jeune homme ait mis tant de zèle à l'escorter lors du pique-nique !

— Et peut-être aussi le sourire de Miss Petrova, ajouta le faux groom.

Anna imagina le regard incendiaire qu'avait dû lui valoir cet impertinent commentaire, car Stepan lui coupa aussitôt la parole.

— Il n'est pas question que je l'envoie supplier qui que ce soit, compris ?

— Oui, milord. Si vous en avez terminé, je vais tout de suite mettre les garçons au travail, fit Joseph d'un ton si penaud qu'elle eut un instant pitié de lui — elle savait ce que c'était que de se faire rabrouer par Stepan.

Mais elle n'avait pas le temps de compatir plus longtemps. Non seulement elle était dans tous ses états, mais il lui fallait se cacher, et vite. Elle ne se sentait pas la force d'affronter Stepan maintenant.

Après un coup d'œil autour d'elle, elle se précipita vers les rideaux qui encadraient la haute fenêtre du hall. Ce n'était guère original en fait de cachette, mais elle n'avait pas le choix.

Ruminant ce qu'elle venait d'entendre, elle s'attarda derrière les épais plis d'étoffe longtemps après que les bruits de pas de Stepan eurent décru au loin. Les choses venaient de prendre un horrible tournant.

Stepan était un contrebandier. Pire encore, il était précisément *le* contrebandier dont elle avait essayé de le protéger.

Stepan, un contrebandier ! Un criminel. Un transgresseur des lois.

S'agrippant au lourd tissu des rideaux, elle se laissa choir sur le bord de la fenêtre. Ce n'était pas possible. Pas son noble Stepan, sa boussole, l'homme sur qui elle avait toujours compté pour discerner le bien du mal, ainsi qu'elle l'avait reconnu encore quelques instants plus tôt. Et il avait suffi d'une révélation pour que cette image, cette foi, se trouvent instantanément détruites. Une affreuse sensation de vide l'envahit.

Elle n'arrivait pas à comprendre. Pourquoi un prince du Kouban s'était-il ainsi abaissé au statut de vulgaire criminel, peut-être voué à la corde ? Pourquoi risquer sa vie avec une telle imprudence et sans la moindre raison ?

Stepan n'avait pas besoin d'argent. Ne savait-il donc pas que tous leurs amis comptaient sur lui, qu'ils ne pouvaient pas se passer de lui ? Qu'elle, Anna-Maria, ne pouvait pas vivre sans lui ?

Que deviendrait sa vie sans l'étoile qui la guidait depuis toujours ?

Des larmes lui montèrent aux yeux à la perspective de la vie qui l'attendait sans la force que lui donnait Stepan, toujours prêt à voler à son aide, sans sa présence constante et infaillible même quand tout le reste sombrait alentour — que serait la vie sans ses gronderies, sa sévérité ? Même cela faisait partie de lui, tout comme le reste. Et son contact — ce contact qui la faisait brûler ? Que serait sa vie sans cette chaleur-là, avec en prime la conscience de l'avoir mis en danger par ses actions ?

Cette dernière pensée la frappa de plein fouet. Elle porta la main à sa poitrine, essayant de réprimer la panique qui déferlait en elle. Dans son désir de protéger Stepan, elle avait invité son pire ennemi à examiner ses comptes — un homme qui pouvait le faire condamner à la déportation ou au gibet ! Si l'on en jugeait par les récentes actions de Denning, il n'hésiterait pas à faire pendre Stepan en guise de démonstration de force. Involontairement, elle avait mis sa vie en péril. Son frère ne lui pardonnerait jamais s'il arrivait quelque chose à Stepan.

Son frère. Que ferait Dimitri s'il apprenait que Stepan se livrait à la contrebande ? Dimitri lui poserait des questions, exigerait des explications.

Eh bien, c'était aussi ce qu'elle allait faire. Elle allait le supplier d'arrêter avant qu'il ne soit trop tard. Après tout, il restait encore un peu de temps.

Ce fut cette pensée qui la calma. Denning n'avait pas encore mis la main sur lui. Il fallait d'abord qu'il l'attrape ! Quoi que Stepan ait pu faire, cela ne figurait pas dans ses registres. Aucune trace sur le papier. Ensuite, il avait tout de même quelques armes à sa disposition : l'ironie de la situation, ainsi qu'il venait de le dire à Joseph. Et aussi son sourire à elle, s'il voulait bien lui permettre de s'en servir.

Pour commencer, elle allait devoir le convaincre de la laisser rester et de tout lui avouer. Il fallait qu'elle élabore un plan et il n'y avait pas de temps à perdre.

Anna sortit de sa cachette et se hâta vers les cuisines pour donner ses instructions à la cuisinière.

— S'il vous plaît, faites servir le dîner dans la bibliothèque ce soir.

Ce soir, elle affronterait ce lion du Kouban dans son antre et l'obligerait à voir en elle une femme et une égale, en usant pour cela de tous les moyens possibles. Ce soir, tous les coups seraient permis. L'enjeu était bien trop important.

Chapitre 14

— Pourquoi cette innovation, Anna ?

La question fit sursauter la jeune fille, qui se leva de son fauteuil au coin du feu. Perdue dans ses pensées, elle n'avait pas entendu Stepan entrer.

Elle avait projeté de l'affronter sur-le-champ, mais la note de suspicion dans sa voix tandis qu'il découvrait le repas disposé sur une table basse entre les deux sièges et la chaude intimité de la pièce éclairée par les flammes, la décida à changer de tactique.

Elle haussa légèrement les épaules.

— Les salles à manger ne sont pas faites pour les soirs d'orage.

Il y avait déjà eu assez de provocations entre eux, des provocations qui se terminaient généralement par des disputes après lesquelles Stepan prenait ses distances. Ce n'était pas là le genre de conclusion qu'elle recherchait ce soir. Elle voulait un rapprochement, pas une nouvelle cause d'éloignement. Ils se tenaient tous deux sur le fil du rasoir, tout près du point de non-retour. Si elle le rebutait maintenant, il ne reviendrait jamais vers elle.

Elle désigna le repas d'un geste.

— Venez vous asseoir avec moi et restaurez-vous. Vous devez être épuisé et affamé après votre voyage.

Et tout le reste. Toutes ces choses qu'elle ne pouvait dire…

Après avoir passé des postes de contrôle, après vous être bagarré dans les rues de Shoreham pour sauver un marchand, après avoir trouvé le capitaine Denning à bord de votre navire et l'avoir affronté, après vous être querellé avec moi et vous être entretenu en secret avec l'un de vos contrebandiers, qui en ce moment même doit s'activer à transporter vos denrées volées vers un autre endroit…

Stepan avait eu une journée chargée en effet, pleine de surprises et de décisions improvisées. Le genre de journée qu'on ne l'aurait guère soupçonné de vivre, lui, l'homme convenable, si à cheval sur les principes qu'il en devenait presque ennuyeux. Mais elle n'était plus dupe à présent. Cet homme-là n'était qu'une façade, une image incomplète de celui qu'il était vraiment.

Anna étudia le visage sérieux qui lui faisait face, avec ses traits contradictoires, s'aperçut-elle soudain — le nez droit, les hautes pommettes qui lui étaient si familières. Ce qui le sauvait de la dureté, c'était cette touche de douceur dans la forme de la bouche. Au premier regard, cette bouche semblait s'harmoniser avec le reste de sa personne — dure et encline à la sévérité. S'il avait été un militaire, il aurait été un officier exigeant.

Sauf que si l'on y regardait de plus près, la douceur et la tendresse n'en étaient pas exclues non plus, on retrouvait cette même humanité dans ses yeux gris argent lorsqu'ils n'étincelaient pas de colère. C'étaient sa bouche et ses yeux qui lui conféraient tout son pouvoir de séduction, tandis que son nez et ses pommettes trahissaient sa force, son caractère stoïque.

Quant à susciter l'ennui… Non, certainement pas, songea-t-elle en disposant fromage et viande froide sur une assiette. Stepan les avait tous trompés. Ceux qui à Londres pouvaient le juger ennuyeux ne savaient pas de quoi ils parlaient. Pour le trouver « collet monté », il fallait ne pas l'avoir embrassé, ne pas l'avoir espionné derrière une porte close. Elle l'avait fait, elle.

Un frisson la parcourut, laissant une onde de chaleur dans son sillage. C'était comme retourner un rocher et découvrir soudain ce qui se trouvait dessous : une vie secrète, grouillante de dangers et de tumultueuses passions.

Bref, un homme que n'importe quelle jeune fille aurait dû fuir. Pourtant, en dépit de tout, elle se sentait attirée vers lui. Elle voulait faire partie de cet autre monde dans lequel il vivait.

Stepan ouvrit la bouteille de vin et remplit deux verres.

— Avez-vous terminé vos bagages ?

Elle le gratifia d'un sourire charmant, tout en guettant ses réactions.

— Non. J'ai décidé de rester en fin de compte, fit-elle calmement, comme si la décision lui appartenait.

La main de Stepan se crispa sur le verre.

— Il est préférable que vous partiez. Nous en avons déjà discuté.

Anna sirota quelques gorgées de vin.

— Je me sens incapable d'abandonner un ami en difficulté, allégua-t-elle, en soutenant son regard pardessus son verre. C'est l'une des leçons que j'ai apprises de vous, ainsi que de Dimitri et des autres.

Là, elle le tenait. La loyauté et le dévouement constituaient pour lui deux vertus primordiales.

Une lueur dangereuse scintilla dans les yeux de Stepan.

— Vous avez déjà circonvenu le capitaine Denning. Qu'est-ce qui vous fait penser que je me trouve « en difficulté » ?

Je le sais depuis que j'ai appris que vous commettiez une offense contre la Couronne passible de la pendaison ! aurait-elle voulu s'écrier. Elle brûlait de se déchaîner, comme l'orage dehors. Mais une dispute aurait donné à Stepan ce qu'il cherchait : un obstacle à dresser entre eux, un prétexte pour la renvoyer.

Anna reposa son verre. Il était temps de porter l'estocade. Calmement, bien sûr.

— Depuis que je sais que vous êtes un contrebandier, déclara-t-elle.

Elle reprit son verre en regardant Stepan pâlir.

— Tout à l'heure, je vous ai entendu parler dans votre bureau. Je sais tout sur votre double vie. Et à présent, je veux des explications.

— Vous avez écouté aux portes ! accusa-t-il, le visage blême.

Elle savait.

Elle connaissait le secret qu'il s'était efforcé de lui cacher. Cette révélation le frappa tel un coup dans l'estomac. Comment pouvait-il garantir la sécurité d'Anna-Maria si elle était au courant ? Dieu merci, elle n'avait pas découvert le pot aux roses *avant* l'inspection de Denning.

— Écouter aux portes ? Franchement, Stepan, je ne crois pas que ce soit le plus grand crime ici !

Stepan la dévisageait, incrédule. Elle respirait le calme ce soir. Disparue, la jeune princesse en colère qui l'aurait accablé de reproches et de cris. À la place, se tenait assise devant le feu une femme tentante en diable, les cheveux dénoués et la bouche luisante de vin. Elle s'humecta les lèvres avant de poursuivre :

— Quand aviez-vous l'intention de m'en parler ?

— Jamais !

— Dimitri est-il au courant ?

— Non, et il ne faut pas qu'il le sache. Vous ne pouvez pas le lui dire, Anna-Maria. Vous devez me le promettre.

Il respira profondément, essayant de tourner la chose à son avantage.

— Vous comprenez maintenant pourquoi je veux que

vous partiez. Si Denning pense que vous savez quelque chose, vous devenez un fardeau pour moi et pour lui, un levier afin de me faire chanter. Il peut vous utiliser contre moi.

Il espérait que cet argument la convaincrait. Les gens en général réfléchissaient à deux fois dès lors qu'il s'agissait de leur sécurité personnelle.

Mais Anna-Maria se contenta de croiser les bras d'un geste assuré. À cela aussi elle avait une réponse.

— Denning représente une raison de plus pour que je reste. Je peux l'amadouer avec un sourire, un petit flirt.

Stepan abattit son poing sur le bras de son fauteuil.

— Non ! Vous ne jouerez pas avec lui, c'est bien trop risqué. C'est un homme dangereux, Anna. Avez-vous la moindre idée de ce qu'il pourrait vous faire, sans que personne puisse l'en empêcher ?

Il ne voulait pas — pas une seule seconde — imaginer Anna-Maria soumise à Dieu savait quelle torture dans le seul but de le briser, lui.

Le regard de la jeune fille s'embrasa. Son masque placide commençait à tomber. Il retrouvait l'Anna-Maria qu'il connaissait.

— Je viens du Kouban, Stepan. Je sais *exactement* ce que peut commettre un individu détenteur d'un pouvoir absolu. Croyez-vous que je n'y aie pas pensé avec ces postes de contrôle sur les routes et ce blocus sur la mer ? C'est comme si le passé ressuscitait. Et vous ? Savez-vous ce qu'il pourrait vous faire, à *vous* ?

Ce fut alors qu'il comprit. Cette inquiétude, cette sollicitude, cela dépassait de loin un simple engouement de jeune fille, ou même seulement le désir. Le désir, il aurait pu le juguler. Une toquade, il en serait venu à bout, aidé par le temps et la désillusion qui n'aurait pas manqué de survenir. Mais l'amour ? Ce sentiment dont il ne savait rien ! Les Petrovich savaient, eux. Dimitri et Anna-Maria étaient capables d'aimer. Il l'avait constaté mille fois.

L'amour était leur arme la plus puissante. C'était bien là ce qui les rendait dangereux pour un homme qui s'était juré de rester seul.

Une prière se forma en lui, une silencieuse admonestation à l'adresse d'Anna-Maria.

Ne tombez pas amoureuse de moi. Je ne le mérite pas. Même si j'arrivais à vous protéger, je vous décevrais éventuellement.

Il se répéterait ce mantra tel un bouclier.

— Je sais très bien quel est le prix à payer pour un contrebandier s'il se fait prendre, répondit-il enfin.

— Alors pourquoi prenez-vous ce risque ?

Il ne s'agissait plus d'elle cette fois, mais de lui.

— Vous n'avez pas besoin d'argent, Stepan.

Il hésita, comprenant qu'il ne se débarrasserait pas d'elle avec une réponse simpliste.

— Parce que c'est un combat contre l'injustice !

Comprendrait-elle ? Il chercha son regard, anxieux d'y trouver une approbation et comprenant soudain à quel point il en avait besoin. Ne verrait-elle en lui qu'un vulgaire criminel ou percevrait-elle la noblesse de son choix ? Comment aurait-il pu ne pas choisir ce chemin-là, alors que des gens souffraient autour de lui ?

— Cela donne un sens et un but à ma vie. Je sers à quelque chose.

Elle soutint longtemps son regard, dans un silence pensif. Puis elle lui saisit la main.

— Je sais ce que c'est que de vouloir être utile.

Elle observa une nouvelle pause avant d'ajouter :

— Mais nous aussi, Stepan, nous avons besoin de vous. *J'ai* besoin de vous. Vivant, et non martyr d'une cause.

— Vous croyez que je ne peux rien changer aux choses ? Que le sacrifice d'un seul homme ne sert à rien ? Vous ne pensiez pas ainsi à Marseille, quand vous avez vidé votre bourse pour ces gamins des rues.

— C'était différent. Je ne risquais pas d'être pendue

pour cela. Je ne sacrifiais rien, pas même de l'argent. Ces quelques pièces ne représentaient pas grand-chose pour moi. J'en avais bien d'autres.

— Je n'ai aucune intention de me faire prendre, la rassura Stepan.

Encore moins par des gens comme ce capitaine Denning — un homme qui voyait sa mission comme un moyen de servir son ambition personnelle, sans prendre en compte ce que son éventuel succès coûterait à l'économie côtière.

Si Denning réussissait, bien des gens en souffriraient. D'autres enfants comme Joseph et ses compagnons connaîtraient à nouveau la faim.

— Et vous, Stepan ? fit la jeune fille avec véhémence. Il ne vous vient pas à l'esprit que la perspective de ce que Denning pourrait vous faire subir puisse me remplir d'angoisse ? Je préfère flirter avec lui que de vous voir pendu !

— Et je préfère, moi, courir la chance de déjouer ses plans que de vous voir emprisonnée et violée au nom de l'idée que cet homme se fait de la justice.

Ou de la vengeance, s'il narguait par trop cet individu !

Quittant son fauteuil, il s'agenouilla devant elle et saisit ses deux mains dans les siennes. Puis il leva les yeux vers elle, l'implorant du regard.

Dieu, qu'elle était belle ! Sa chevelure tombait sur ses épaules. Elle ne portait pas de chignon ce soir et cela lui donnait l'air d'une madone. La tentation incarnée.

— Pourquoi ne puis-je pas m'inquiéter pour vous ? objecta-t-elle doucement. Pourquoi ne puis-je pas me battre pour vous comme vous vous battez pour d'autres ?

Se rendait-elle compte à quel point elle était séduisante ? Elle lui incendiait le sang avec son regard, ses paroles, ses lèvres rougies par le vin, le contact de ses mains dans les siennes.

Il resserra convulsivement son étreinte.

— Parce que vous êtes mienne, bon sang ! Vous êtes mienne, répéta-t-il farouchement.

Le combat était perdu, il le savait. Non parce qu'il était incapable de résister à Anna-Maria — il lui résistait depuis assez longtemps —, mais parce qu'il ne voulait plus se battre. Pas en cette nuit d'orage, quand les éclairs frappaient les vagues et que la pluie fouettait les hautes baies vitrées. Il voulait abandonner le combat pour chercher le réconfort et le plaisir devant ce feu crépitant, dans les bras d'Anna-Maria…

— Alors montrez-moi, Stepan. Faites que je devienne vôtre…

Le feu illuminait ses yeux, mêlant ses reflets aux flammes du désir. Il n'y avait plus rien en elle de la madone à présent. Elle l'enivrait. Il respirait son parfum de lavande, le corps brûlant de désir, l'esprit momentanément oublieux de toutes les objections qui avaient nourri jusque-là sa résistance, les remplaçant par des « peut-être » et des « et si ? ».

Et si, dans cette pièce, ils pouvaient être Anna-Maria et Stepan, une femme et un homme, simplement ? S'ils pouvaient mettre un instant de côté leur histoire commune et leurs vieilles attaches ? Oublier les choix qu'il avait faits et qui l'éloignaient d'elle ? Alors peut-être leur deviendrait-il possible de découvrir ce qu'ils pouvaient être ensemble.

Stepan se releva, la bouche à quelques centimètres de celle d'Anna-Maria.

— Je vous désire, Anna-Maria. Mais c'est une histoire qui ne peut avoir d'avenir.

Il perçut le son rauque de sa propre voix. L'entendit-elle aussi ? Comprit-elle ce que cela signifiait ? Ce qu'impliquait le désir, quand il se concrétisait ?

— Peut-être. Mais il peut y avoir au moins cette nuit, Stepan.

Il répondit à l'invite d'un baiser, plongeant dans les

profondeurs de sa bouche et enlaçant sa langue à la sienne. Ses mains impatientes empoignèrent les cuisses de la jeune fille à travers l'étoffe de ses jupes. Un gémissement lui échappa, celui d'un gourmet goûtant un mets exquis. Tous les sens en émoi, il la savourait : le goût du vin sur sa langue, la sensation de ses mains dans ses cheveux, lui signalant l'intensité de sa faim à elle, le parfum qui émanait de son corps, cette odeur de lavande à laquelle se mêlait à présent le léger et subtil parfum du désir, le son de sa respiration pantelante.

— Stepan.

Elle exhala son nom dans un gémissement et cet appel contenait mille messages. Il disait à Stepan qu'ils avaient dépassé le stade des baisers, que s'embrasser ne suffisait plus, que cela ne pouvait plus satisfaire cette faim qu'ils se donnaient l'un à l'autre.

Il glissa ses mains sous les jupes, remontant le long des jambes gainées de soie.

— Ôtez-moi mes bas, ordonna-t-elle dans un souffle.

Il obéit, effleurant la peau si douce en haut de ses cuisses, tandis qu'il défaisait ses jarretelles et roulait la soie vers les chevilles, une jambe après l'autre.

Les bas retirés, il remonta les jupes, accompagnant le geste d'une traînée de baisers, d'abord sur la courbe d'un mollet puis sur l'intérieur d'une cuisse, jusqu'au moment où il atteignit l'endroit secret au haut de ses jambes. Intensément conscient de sa proximité, de sa chaleur, il s'agenouilla entre ses cuisses et la respira, les doigts déjà humides d'elle et impatients de l'explorer plus loin encore.

— Ouvrez-vous pour moi, chuchota-t-il tout près de son sexe, laissant son souffle la frôler.

Elle obtempéra. Il embrassa le tendre pli en haut de ses cuisses et sentit le corps d'Anna-Maria se tendre, sa respiration se précipiter. Avec lenteur, il lécha le sillon humide, la goûtant, la savourant de tous ses sens émerveillés, tandis qu'il cherchait du bout des doigts le déclencheur de son plaisir.

Anna-Maria enfouit les mains plus profondément dans ses cheveux, cherchant un point d'ancrage. Elle écarta les jambes et il savoura le spectacle du plaisir qui montait en elle. Ils s'unissaient en lui offrant la jouissance la plus intime qui soit. Cependant, le désir ne lui avait pas complètement fait perdre la raison. Cette expérience, ils pouvaient la vivre, et peut-être y survivre, mais en cet instant il en doutait.

Le cœur de Stepan battait la chamade tandis qu'elle se cambrait contre lui, pressant son sexe contre sa bouche et l'offrant à sa langue, à ses mains, les entraînant tous deux vers le précipice du plaisir dont ils sentaient l'approche vertigineuse.

Au-dessus de lui, il entendit Anna hoqueter, le corps secoué de spasmes dans sa lutte ardente vers le plaisir, l'union totale avec lui, Stepan. Puis, au moment où il semblait qu'elle ne puisse pas aller plus loin, elle s'affaissa contre sa main, sa bouche, et avec un dernier cri de volupté, se laissa glisser de son siège pour s'abandonner dans ses bras.

Il la serra contre lui, tous deux allongés devant le feu, tandis qu'elle reprenait lentement ses esprits. C'était une douceur toute nouvelle de la tenir ainsi, de savoir que c'était lui et lui seul qui lui avait procuré ce plaisir, et qu'elle l'y avait invité.

Il resserra son étreinte autour d'elle, grisé par la conscience de leur intimité, par ce merveilleux sentiment de possession. Combien de temps pourrait-il la garder ainsi ? Combien de temps faudrait-il à Anna-Maria pour découvrir la faille en lui — une faille tellement profonde qui allait bien au-delà de cette histoire de contrebande — et s'apercevoir que, s'il en connaissait long sur le plaisir, il ignorait tout de l'amour ?

Il repoussa cette idée, refusant de laisser de telles

pensées assombrir cet instant. Ici et maintenant, cela devait lui suffire.

La tête posée sur son torse, Anna-Maria écoutait les battements de son cœur, qui s'apaisaient à peine. Il la sentit sourire.

— Et vous ? s'enquit-elle. Avez-vous aussi ressenti du plaisir ?

Cette question candide lui rappela qu'aussi ardente et passionnée qu'elle fût, Anna-Maria n'en était pas moins inexpérimentée.

— Oui, la rassura-t-il. Offrir du plaisir à quelqu'un en procure aussi à celui qui en donne.

— Mais ce n'est pas tout… Il peut y avoir davantage, n'est-ce pas ?

Elle fit descendre lentement la main posée sur son cœur. Il l'arrêta d'un geste doux mais ferme. Ce qu'elle trouverait plus bas, s'il la laissait faire, c'était une érection, et il ne pouvait pas permettre cela. Il avait déjà laissé les choses aller bien trop loin.

— Oui, il y a davantage, admit-il. Mais pas ce soir.

Peut-être jamais. Très probablement jamais ! se corrigea-t-il en silence. Dire « peut-être », c'était nourrir l'espoir qu'il pourrait l'épouser, coucher avec elle, les deux possibilités étant indissociables l'une de l'autre. Pas question de la faire entrer dans son lit sans la bénédiction nuptiale ! Anna-Maria ne ressemblait pas aux veuves de la cour du Kouban. Elle était un diamant pur, une source de lumière. Il ne la souillerait pas, pas plus qu'il n'obscurcirait cette lumière en se l'appropriant, sans le moindre respect pour les choix d'Anna-Maria. Elle méritait tellement mieux que l'obscurité qui habitait en lui !

La nuit finissait toujours par dissiper le jour. Il avait appris cela de son père. Il avait eu beau multiplier les efforts pour gagner l'amour paternel, il n'y était jamais parvenu. L'obscurité avait gagné. Et maintenant, elle habitait en lui, témoignage de la malédiction qui pesait sur les hommes de la famille Shevchenko, apparemment destinés à détruire les êtres qui les entouraient. Tout ce qu'il pouvait espérer, c'était de la contenir en lui, pour l'empêcher de déteindre sur Anna-Maria. Il ne laisserait pas sa nuit l'atteindre.

Il replaça la main de la jeune fille sur son torse et la lâcha. Elle soupira, déçue.

— Parlez-moi de la contrebande, Stepan. Parlez-moi de votre cause.

Hum… Voilà ce qu'on appelait une attaque de flanc. Si elle ne parvenait pas à ses fins d'une façon, elle en tenterait une autre. Il allait devoir lui accorder des réponses, bon gré mal gré.

— J'ai tout simplement besoin de combattre l'injustice partout où je la rencontre.

Il la sentit plutôt qu'il ne la vit plisser le front et l'attira plus étroitement contre lui, tandis qu'il expliquait :

— La liberté peut prendre plusieurs formes, Anna, tout comme la tyrannie. Ce sont les taxes qui décident de qui peut participer à l'économie d'un pays et sous quelle forme. Seuls les riches peuvent se permettre d'importer des denrées et de payer des taxes sur ces cargaisons. Et pour quel usage ? Pour remplir les poches du roi et financer son train de vie de luxe. L'esclavage revêt de multiples visages, Anna, le travail forcé en est seulement le plus visible. L'esclavage économique est bien plus subtil.

— Exactement comme le mariage, commenta Anna non sans acrimonie. Mais on ne pend pas un homme pour *cela* !

— Non, chuchota Stepan, doublement satisfait d'avoir limité leur incursion romantique.

Dieu merci, il n'avait pas commis l'irrévocable. Il l'avait laissée intacte, au moins pour la seule chose qui importait à la société au sujet des femmes. Anna détenait encore la possibilité du choix. Elle pouvait s'éloigner de lui.

— Il m'arrive d'y penser, murmura-t-elle en promenant

la main sur son torse. Si on m'avait forcée à épouser le fils du pacha, je vivrais maintenant en Turquie, dans son harem, obligée de lui obéir au doigt et à l'œil, sans qu'il se soucie de ma volonté.

Une note de détresse vibrait dans sa voix et Stepan se hâta de la consoler.

— Cela ne peut plus arriver, vous le savez. Ces lois ont été abolies et vous vivez bien loin de tout cela à présent, sur un autre continent.

Il n'aimait pas l'imaginer subissant un tel arrangement, dans un pays étranger. Une existence pareille n'était pas faite pour elle. Elle avait une conception trop différente du mariage et de l'amour. La polygamie l'aurait détruite.

— Non, mais cela aurait pu se produire si personne ne s'était battu pour moi. Si Dimitri ne s'était pas proposé à la place, si Yulian n'avait pas été consentant, si vous ne m'aviez pas défendue contre mon propre père.

Doucement, elle traçait des cercles sur son torse.

— Je n'oublierai jamais cette nuit-là. Vous aviez l'air si farouche quand vous teniez tête à mon père ! J'aurais dû quitter la maison avec vous sur-le-champ, même uniquement avec ma chemise de nuit sur le dos !

Stepan émit un petit rire.

— Vous auriez gelé.

— J'en doute. Vous ne m'auriez pas laissée avoir froid.

— Hum…

Il aimait le contact de sa main sur lui, son toucher si léger, tandis qu'elle lui effleurait ainsi la poitrine.

— C'est pour cela que vous rejetez le mariage ? Parce que vous pensez à votre père ? À ce qu'aurait été votre vie dans la maisonnée du pacha ?

La main de la jeune fille s'immobilisa.

— Peut-être. À moins que je ne sois réticente parce qu'au fond j'ignore presque tout du mariage, polygame ou autre. Le peu que j'en sais ne me donne pas envie. Le mariage a détruit le cœur de mon père. L'amour fait mal.

— C'est exact, renchérit Stepan. Et pourtant, Dimitri s'y est jeté corps et âme, pour le meilleur, je pense. C'est un plaisir de le voir avec Evie. Leur bonheur crève les yeux, ajouta-t-il, se torturant lui-même à plaisir.

— C'est vrai. Mais pouvons-nous tous être des Dimitri ? Je me le demande.

— Nikolaï et Illarion en sont persuadés, en tout cas. Ruslan aussi.

Stepan ne put s'empêcher d'approfondir le sujet, profitant de ce qu'il la tenait là, près du feu.

— Je ne vous croyais pas aussi cynique, Anna-Maria.

Elle soupira contre lui.

— Pas cynique, réaliste. Le mariage est différent pour une femme. Elle s'y donne tout entière, qu'elle l'ait choisi ou non. Il n'y a pas d'égalité dans ce genre d'union. L'égalité implique la liberté, ainsi que vous l'avez si justement souligné tout à l'heure. Pourquoi l'égalité dans le couple serait-elle différente de l'égalité économique ? Pourquoi certains seulement en jouiraient-ils ?

Elle bougea son corps tiède contre le sien.

— L'amour peut être à la fois valorisant et dévalorisant. Une épée à double tranchant.

— C'est vrai, murmura Stepan, surpris par la lucidité de sa compagne.

Et dire qu'il avait eu peur de lui dérober son innocence ! L'innocence d'Anna-Maria s'était envolée, et depuis bien longtemps, semblait-il. Pourtant, la lumière en elle demeurait. Malgré son cynisme, elle avait trouvé un moyen de vaincre l'obscurité.

Il lui enviait ce pouvoir. Cela intensifiait son désir pour elle, son besoin de la posséder, de lutter pour elle. La femme nichée contre son épaule détenait son cœur et ses secrets, et cette nuit ils avaient un secret de plus à protéger tous les deux. Personne ne devait jamais deviner ce qu'il venait de se passer dans cette pièce, de même que personne ne devait jamais soupçonner qu'il était contrebandier.

Ces deux secrets étaient dangereux, chacun à leur manière, et Anna les partageait avec lui.

Dehors, la tempête se déchaînait, battant les vitres. Il ne pouvait plus être question de la renvoyer à présent.

Il aurait dû se sentir coupable de ce qu'il avait fait. Mais pas tout de suite. Il y aurait tout le temps plus tard pour le remords et il n'y échapperait pas, Stepan n'avait aucun doute à ce sujet.

Ce soir, il avait rompu la promesse qu'il s'était faite à lui-même. Il avait trahi la confiance d'un ami, même si celui-ci n'en savait rien. Tout cela pour satisfaire un fantasme égoïste — posséder Anna-Maria. Et prétendre pendant un court instant qu'il savait lui aussi ce que c'était qu'aimer.

Chapitre 15

Il fallait infiltrer l'ennemi. Les postes de contrôle sur les routes et le blocus ne suffisaient pas. C'étaient là des mesures extérieures, passives. Elles ne pouvaient pas démasquer les contrevenants. Il avait besoin de quelqu'un à l'intérieur, un espion, une taupe ou une personne qui lui livrerait des informations en toute innocence, sans même s'en douter.

Cette pensée tournait en boucle dans l'esprit d'Elias Denning, tandis qu'il écoutait ses lieutenants lui présenter leurs rapports hebdomadaires, entonnant tous le même refrain : après deux semaines de siège autour de Shoreham, leurs efforts se soldaient par un échec total.

Il ne suffisait pas de briser des vitrines et de frapper les boutiquiers, de saisir les registres des importateurs et de fouiller des entrepôts remplis de denrées légitimement acquises. Denning voulait prendre quelqu'un la main dans le sac et quel que soit le nombre de postes de contrôle qu'il faisait installer, cela ne pourrait pas arriver tant qu'il n'aurait pas brisé la complicité entre les commerçants. Aussi longtemps que les citoyens de Shoreham se protégeraient les uns les autres, cette complicité déjouerait ses desseins.

Denning se renversa contre le dossier de son fauteuil,

les mains croisées sur le ventre, fixant tour à tour chacun de ses officiers dans les yeux.

— Messieurs, pouvez-vous me dire ce que tous vos rapports ont en commun ? interrogea-t-il d'un ton doucereux.

Il comptait bien leur exprimer ensuite toute l'étendue de sa colère, mais d'abord, il voulait les prendre au piège de sa fausse bienveillance.

L'un des lieutenants se redressa, mordant aussitôt à l'hameçon.

— Ils montrent tous qu'il n'y a pas eu une seule tentative de contrebande depuis que nos mesures ont été mises en place.

Denning se pencha au-dessus de son bureau, agacé par la sotte fierté qui rayonnait sur le visage de l'officier.

— Cela ne signifie absolument rien ! rugit-il. Et vous savez pourquoi ? Parce que nous ne détenons pas la moindre preuve de ce que vous affirmez !

Sans preuves tangibles, comment savoir si quelque individu entreprenant n'avait pas illégalement fait sortir des denrées de la ville au vu et au su de tout le monde ? Ou s'il ne faisait pas encore circuler des biens de contrebande sur les voies secondaires du Sussex ?

Denning avait découvert que si l'on voulait réussir dans la contrebande, c'était bien plus une question de relations et de confiance que de chevaux rapides et d'itinéraires secrets. Avec la collaboration des habitants, on pouvait s'adonner au commerce de contrebande au grand jour.

Il n'y avait rien qui lui plaise autant qu'un bon mystère et l'excitation d'une enquête. C'était une sorte de nœud qu'il fallait débrouiller pour découvrir la vérité. Shoreham-by-Sea était l'un de ces nœuds, même si le processus ne se déroulait pas aussi aisément qu'il l'avait espéré.

S'appuyant des deux mains à la table, il dévisagea ses hommes d'un regard sombre.

— Ce qu'il faut, c'est trouver un maillon faible et le

démasquer. Ce maillon n'est ni un objet ni une action, c'est une personne. Il nous faut quelqu'un qui vende la mèche. Pour cela, usez de tous les moyens dont vous disposez, quels qu'ils soient.

Ses hommes se regardèrent les uns les autres et il devina leurs pensées. Jusqu'ici, la force n'avait rien donné. Ils avaient fracassé des vitrines, roué de coups des boutiquiers, sans toutefois obtenir la soumission des habitants. Personne n'avait parlé. Le pire, c'était qu'ils savaient tous qui le capitaine recherchait et n'ignoraient pas non plus que Denning n'était pas dupe de leur silence. Malgré cela, aucun d'entre eux n'avait lâché le moindre aveu.

Son espoir, c'était qu'à la fin un marchand, lassé de voir ses étagères pleines de denrées qu'aucun client n'avait plus les moyens d'acheter, se risque à ressortir des articles prohibés. Ou qu'un contrebandier aux abois se laisse aller à une action imprudente.

— Shoreham, en tant que communauté, n'est pas dans une situation assez désespérée, reprit-il. Du moins pas encore. Mais il peut peut-être se trouver un individu dont c'est déjà le cas. S'il existe, je veux que nous le découvrions. Cherchez parmi les pauvres gens, les plus démunis et les plus vulnérables.

Il se rendait compte à présent qu'il avait été stupide et vain de pourchasser les riches importateurs. Ceux-là pouvaient bel et bien être compromis jusqu'au cou et les attraper était sans doute la façon la plus rapide de démanteler tout le réseau, mais ils étaient aussi les mieux protégés. Ils disposaient d'argent et de ressources. Le pauvre type qui se livrait à la contrebande pour augmenter son maigre revenu de pêcheur ne bénéficiait pas de ces protections. Bien sûr, ce n'était pas aussi glorieux d'arrêter un pêcheur quelconque que de faire tomber un riche négociant. Mais ce serait un début.

Denning donna des instructions à ses officiers, afin qu'ils continuent d'explorer la côte, à la recherche de criques secrètes ou de grottes, puis il les congédia. Il avait sa propre mission à accomplir. Certes, il n'était pas impossible que ses hommes découvrent l'indispensable maillon faible de la chaîne et lui ramènent le coupable légal dont il avait besoin. Mais si tel n'était pas le cas, il lui fallait un plan officieux. S'il voulait une promotion, il lui fallait arrêter un coupable. Et s'il ne pouvait pas arrêter un vrai contrebandier, il pouvait toujours monter une mise en scène.

Denning arpenta son bureau, laissant les pensées prendre forme dans sa tête et s'organiser peu à peu en stratégie. S'il choisissait bien sa cible, personne ne s'aviserait de le contrer. Il avait l'autorité militaire et la loi anglaise de son côté. Et les autres contrebandiers se préoccuperaient davantage de leurs propres cachettes que de celles de leur prochain, dans la mesure où il choisirait la victime idéale.

Le nom de Stepan Shevchenko lui vint tout de suite à l'esprit, pour plusieurs raisons. D'abord, l'homme était un nouveau venu et un étranger, quelqu'un que les habitants de Shoreham seraient moins enclins à protéger si on leur fournissait de bonnes raisons de s'en abstenir. Surtout s'il n'y avait rien à protéger !

Shoreham lui livrerait Shevchenko si celui-ci n'avait personne du coin dans son réseau, pas de pêcheurs locaux ni de denrées indispensables à la communauté. En trahissant Shevchenko, ils paieraient le prix minimal. Encore plus si l'homme ne trempait pas du tout dans la contrebande.

Denning eut un sourire mauvais.

Plus il y réfléchissait, plus il aimait son idée. Accuser faussement quelqu'un pouvait fort bien se révéler plus efficace que d'attraper un vrai contrebandier. Shevchenko était exactement le « gros poisson » qu'il espérait prendre dans ses filets. Il préférait capturer un riche importateur qui dirigeait ostensiblement seul son propre réseau. Denning n'ignorait pas que sur ce point au moins il fantasmait quelque peu. Les registres de Shevchenko n'avaient rien révélé de notable et tout sur son navire, pour être franc, semblait en ordre. Mais la chute du prince ne nuisant à personne, Shoreham pouvait se permettre de ne pas le défendre.

Denning avait d'autres raisons de s'en prendre à Shevchenko. Ce « prince » arrogant avait tenté d'interférer dans son travail, n'hésitant pas à interrompre l'action des soldats dans la rue. Ce genre d'homme pouvait fort bien monter les gens contre lui. La dernière chose dont il avait besoin, c'était de voir les contrebandiers s'organiser encore plus qu'ils ne le faisaient déjà. Pour l'instant, la peur les contraignait à rester dans la clandestinité et à se tenir à carreau. Mais si quelqu'un s'avisait de les unir, ils acquerraient un vrai pouvoir et lui, Denning, ne pourrait plus les arrêter.

Shevchenko l'avait déjà ridiculisé à plus d'une occasion — dans la cour de l'auberge la nuit du bal, durant sa visite à Seacrest, à bord du *Lady Frances*… et la liste s'allongeait. Il ne laisserait pas un arriviste, prince autoproclamé d'un pays dont personne n'avait jamais entendu parler, l'emporter sur lui, que ce soit sur le plan professionnel *ou* personnel.

Car il y avait également entre eux la question de Miss Petrova…

Quand Elias Denning voulait une femme, il la prenait, sans se soucier de savoir si d'autres avaient des prétentions à être avec elle. Peu de femmes s'en plaignaient, et peu d'hommes osaient protester. Il n'était guère dans leur intérêt de le faire. Il était temps que Stepan Shevchenko apprenne lui aussi cette leçon, comme le malheureux gouverneur provincial de la Barbade, qui l'avait apprise à ses dépens.

Denning sourit à ce souvenir. Plus un homme était puissant, plus grand était le plaisir de le réduire à sa merci.

Allons, il était temps de rendre une nouvelle visite à Seacrest !

L'heure du petit déjeuner était passée. Anna-Maria avait retardé le moment de descendre, dans l'espoir que si elle attendait un peu elle parviendrait peut-être à trouver une réponse à sa question : comment une jeune fille affrontait-elle, le lendemain matin, l'homme qui l'avait fait jouir la veille ?

Les leçons d'Evie n'avaient jamais abordé un tel sujet. De toute façon, elles ne s'appliquaient pas à ce qui s'était passé. Hier soir, plus d'une règle avait été transgressée. Stepan lui avait donné du plaisir, certes, mais c'était elle qui avait initié la chose, et cela non plus ne figurait pas dans les leçons d'Evie. Les débutantes n'invitaient pas les hommes à les séduire !

Hésitante, Anna-Maria se dirigea vers l'escalier avec une timidité qui ne lui ressemblait guère. Peut-être Stepan serait-il déjà parti pour la journée ?

Espèce de sotte ! Après tout, elle avait enfin obtenu ce qu'elle voulait. Elle avait brisé l'inébranlable quant-à-soi de Stepan, elle avait vu ce qui se cachait derrière, lorsqu'ils abandonnaient tous deux leur rôle. Elle avait enfin obtenu toute son attention, et voilà qu'elle en était maintenant à souhaiter son absence !

Non, pas exactement, se reprit-elle. Ce qu'elle aurait voulu, c'était se sentir moins gauche. Elle regrettait de ne pas être aussi sophistiquée que les maîtresses qu'il avait eues au Kouban, des femmes du monde qui savaient comment se comporter en toute situation.

La salle du petit déjeuner était vide lorsqu'elle y pénétra. Elle ne savait pas si elle devait en être soulagée ou pas. Elle n'avait pas à affronter Stepan, mais en même temps, elle *voulait* l'affronter, elle voulait revoir dans ses yeux ce qu'elle y avait lu la veille — la passion, le plaisir, le désir. Tout cela pour elle. Elle seule. C'était cela qu'elle désirait de nouveau. Seulement cette fois, c'était *elle* qui souhaitait lui donner du plaisir. Pouvait-elle le faire jouir avec sa main ainsi qu'il l'avait fait pour elle ? Cette perspective la fit rougir, tandis qu'elle contemplait ses œufs — sa main sur Stepan, le caressant, enserrant son sexe durci.

C'étaient là des pensées bien audacieuses pour une jeune fille élevée dans un milieu protégé ! Les autres filles pensaient-elles à ces choses-là ? Les désiraient-elles ? Et si oui, les *réclamaient*-elles ? Elle, oui. Elle les réclamerait, ce soir même, si possible.

Tout en mangeant, elle sourit. Le seul fait d'être encore ici représentait une victoire en soi. Stepan ne l'avait pas renvoyée, en fin de compte. Quant à savoir où cela mènerait, elle n'en avait pas la moindre idée. Elle prendrait les choses comme elles viendraient, au jour le jour.

— Tiens, tiens, on s'octroie de petits plaisirs coupables ? Je vous prends sur le fait !

Surprise, Anna leva les yeux et cilla. Elle attendait Stepan et c'était le capitaine Denning qui se dressait devant elle, vêtu d'un uniforme impeccable, un bouquet à la main. Il sourit et la salua d'une courbette.

Anna déglutit, gênée. Cela n'allait pas. Les fleurs non plus. Oh ! elles étaient parfaites. Et les leçons d'Evie comprenaient bel et bien un chapitre « fleurs ». Le problème, c'était qu'elle ne voulait pas de fleurs de la part du capitaine Denning.

— Capitaine, quelle surprise !

Par-dessus l'épaule du visiteur, elle nota l'expression déconcertée du majordome. De toute évidence, le capitaine n'avait pas respecté le protocole et s'était introduit au pas de charge, sans demander la permission.

Anna jeta un coup d'œil à la petite horloge disposée sur la desserte. Là aussi, le capitaine avait violé la bienséance. D'accord, elle était un peu en retard pour le petit déjeuner, mais pas à ce point.

— Le bouquet est ravissant, déclara-t-elle. Je vais demander qu'on apporte un vase tout de suite, ajouta-t-elle en adressant un signe au majordome.

L'homme s'éclipsa aussitôt. Fasse le ciel qu'il ait compris ! Avec un peu de chance, il ne reviendrait pas seulement avec un vase.

Anna adressa au capitaine un sourire incertain.

— Est-ce qu'il n'est pas un peu tôt pour une visite de courtoisie ?

— En effet. Mais il ne s'agit pas d'une visite de courtoisie, Miss Petrova. Puis-je m'asseoir ?

Souriant à son tour, il s'installa sur la chaise placée en face d'Anna, autre manquement à l'étiquette. Un gentilhomme ne s'asseyait jamais avant d'y avoir été invité. Lors de leurs entrevues précédentes, il ne s'était pas comporté en homme mal élevé. Anna en conclut que ces libertés étaient intentionnelles. Mais ce qu'elle ne parvenait pas à deviner, c'était la raison de ces inconvenances. Était-ce une façon de l'insulter ? Si c'était le cas, elle ne voyait pas ce qui lui avait valu ce comportement. À moins qu'il ne s'agisse d'une démonstration d'autorité ? Voulait-il suggérer qu'il était au-dessus de la loi, ou qu'il établissait ses propres règles ?

Le majordome revint avec un vase et disposa le bouquet sur la desserte avant de se retirer discrètement. Anna le regarda sortir, désappointée. Ou il n'avait pas pu trouver Stepan, ou il n'avait même pas songé à le chercher !

— Une visite d'affaires avec des fleurs, capitaine ? questionna-t-elle, dissimulant sa nervosité grandissante sous un nouveau sourire.

Décidément, cette visite peu orthodoxe l'inquiétait ! Après ce qu'elle avait appris la veille, elle ne pouvait plus croire qu'il se trouvait là seulement pour ses beaux yeux.

— Je ne sais pas si je dois me sentir flattée ou confuse,

ajouta-t-elle avec un petit rire. Si c'est d'affaires que vous êtes venu parler, je crains que le prince Shevchenko ne soit pas disponible pour le moment.

Pas question d'avouer qu'elle ignorait où se trouvait Stepan. En son absence, le capitaine et elle se trouvaient les deux seules personnes dans la maison en dehors des domestiques et elle n'en était que trop consciente. Mrs Batten était encore chez sa sœur. Dommage ! La sévère gouvernante n'aurait pas manqué de réprimander Denning pour sa visite excessivement matinale.

— C'est avec vous que je préfère m'entretenir. J'ai besoin de l'avis d'une femme, expliqua le capitaine, en se servant du thé et des toasts. J'ai réfléchi au sujet de ces épices dont je vous ai parlé pendant notre pique-nique. Le safran et l'anis, vous vous rappelez ?

Anna tâcha de garder une expression impassible. Sans succès, à en juger par le sourire satisfait du capitaine.

— Je pensais bien que vous vous en souviendriez. Vous connaissez cela mieux que moi, non ? Ces denrées viennent du sud de la Russie. De votre région, je pense.

Il étala une serviette sur ses genoux, se comportant comme s'il était chez lui.

— Enfin, c'est ce que je crois. J'ai entendu dire que ces épices étaient cultivées là-bas. Pouvez-vous m'en dire un peu plus à ce sujet ?

Anna-Maria hésita. Où voulait-il en venir ? Cherchait-il des informations ou lui adressait-il simplement un avertissement ?

— Je ne suis pas herboriste, vous savez.

— Allons, Miss Petrova, ne faites pas la modeste. Le safran coûte très cher. C'est une denrée pour des femmes riches telles que vous. Je n'oublie pas que vous êtes une princesse, ajouta-t-il, la flattant sans vergogne. Vous savez sûrement pour quoi on s'en sert et comment les dames se le procurent ?

Anna-Maria reposa sa fourchette.

— Certaines l'utilisent comme teinture pour les cheveux. Elles l'achètent chez les apothicaires, je suppose. Cela n'a rien d'illégal, alors en quoi cela vous concerne-t-il ?

— C'est illégal quand la marchandise est entrée dans le pays sans que l'importateur ait payé les taxes !

Allons, il était temps de se montrer offensive ! Anna-Maria fusilla le capitaine du regard.

— Insinuez-vous que j'ai quelque chose à voir avec le trafic du safran ?

Le but de la remarque était de ridiculiser les insinuations du capitaine, mais ce dernier ne se laissa pas démonter.

— Oh ! pas vous, milady ! Mais peut-être que le prince Shevchenko en sait un peu plus long là-dessus ? Après tout, c'est une épice russe et il est russe lui-même. Cette denrée a été importée tout récemment et le navire du prince a été le dernier à arriver de cette partie du monde. S'il pouvait, ou si *vous* pouviez m'aider à résoudre cette énigme, je vous en serais fort reconnaissant.

Anna-Maria secoua la tête et se leva, signifiant ainsi que la conversation était close.

Denning l'imita aussitôt.

— Je crains que nous ne puissions vous aider, déclara la jeune fille. Vous devriez le savoir. Il n'y avait ni anis ni safran mentionnés dans les registres du *Lady Frances*, n'est-ce pas ? Ces marchandises ne proviennent pas du navire du prince. Maintenant, si vous voulez bien m'excuser, j'ai beaucoup à faire ce matin…

Elle s'apprêta à quitter la pièce sans plus de façons. Après tout, puisque le capitaine se permettait d'ignorer les convenances, elle pouvait bien en faire autant.

Mais Denning se tenait le dos à la porte. Il saisit la jeune fille par le bras, lui barrant ainsi la seule issue de la pièce.

— Pas si vite ! Ne croyez pas que vous allez vous débarrasser de moi avec un sourire et une moue hautaine, Miss Petrova.

Son étreinte était agressive, son regard glacial.

— Je croyais que vous et moi commencions à être amis. Nous avons dansé, chevauché ensemble, partagé un pique-nique. Puis je viens ici aujourd'hui vous demander une petite aide amicale et vous me jetez pratiquement dehors.

Elle essaya de dégager son bras, mais il resserra son étreinte.

— J'ai l'intention de livrer les contrevenants et leurs complices à la justice, reprit-il. Savez-vous quel est le châtiment pour un contrebandier ? La pendaison. Une façon très déplaisante de mourir. Le cou est brisé, le ventre se relâche. Heureusement, le condamné meurt généralement avant, mais pas toujours. Les derniers moments peuvent être très douloureux.

Anna-Maria sentit la bile lui monter dans la gorge. Mais non, elle ne détournerait pas les yeux, ne cillerait pas ! C'était ce qu'il cherchait. Il voulait lui faire peur en l'obligeant ainsi à reculer contre le mur, en lui enserrant le bras trop fort. Acculée, Anna heurta la cloison derrière elle et réprima une moue de douleur.

— Je n'ai rien à craindre, capitaine. Si vous êtes venu ici pour me menacer ou m'effrayer, vous vous êtes fourvoyé.

Il lui avait fallu tout son courage pour prononcer ces mots, et beaucoup d'audace. Elle n'était pas certaine de n'avoir rien à craindre, en vérité. Qu'avait fait Stepan exactement ? La veille encore, elle aurait défié le capitaine sans la moindre appréhension, certaine que Stepan n'avait rien à voir avec les infractions commises à Shoreham. Aujourd'hui, sa belle foi s'était envolée.

— Vous êtes une délicieuse jeune femme, susurra Denning. Et peut-être aussi une personne très naïve.

Son regard tomba sur les lèvres d'Anna-Maria, mais sans éveiller aucune des sensations que suscitait en elle celui de Stepan.

— Si vous êtes complice de quoi que ce soit, je l'imputerais volontiers à votre innocence et nous en resterions là en ce qui vous concerne.

Elle subodora aussitôt le chantage.

— En échange de quoi, capitaine ?

Il fallait vraiment qu'il soit stupide s'il s'imaginait qu'elle trahirait Stepan pour sauver sa peau. S'il croyait cela, c'était qu'il ne comprenait rien à l'amitié telle qu'on la concevait au Kouban.

— Eh bien, en échange de votre... gratitude, répondit-il, en laissant traîner un regard éloquent sur ses seins et sa bouche.

Impossible de se méprendre sur le sens qu'il donnait au mot « gratitude ».

— Je n'ai rien à vous offrir, riposta-t-elle sèchement.

La politesse dont elle avait d'abord fait preuve envers lui, eu égard à son rang, n'était plus qu'un lointain souvenir. Denning se montrait en cet instant sous son vrai jour — un loup déguisé en mouton. Pour la première fois, elle se rendait vraiment compte du danger qu'il représentait. Ce n'était pas tant son grade d'officier, ni la mission qui lui avait été assignée, c'étaient ses méthodes. Elle avait devant elle un prédateur prêt à se jeter sur tous ceux qu'il sentait faibles ou vulnérables.

— Si vous changez d'avis, vous savez où me trouver. Pas de faux-fuyant, Miss Petrova ! Allons, je vous laisse à présent. Mais d'abord, un petit acompte sur votre future... gratitude !

Se plaquant contre elle de tout son long, il s'empara de sa bouche en un baiser brutal, qui lui meurtrit les lèvres.

Anna-Maria se débattit, le repoussant des deux mains, mais le capitaine était fort, beaucoup trop pour elle. Il ne lui restait plus qu'un seul moyen de défense. Sentant la langue de Denning s'introduire dans sa bouche, elle la mordit de toutes ses forces.

Surpris et furieux, il recula d'un bond et s'essuya la bouche, les doigts poissés de sang.

— Petite garce ! éructa-t-il.

Et il leva la main pour la frapper.

Chapitre 16

Anna-Maria se recroquevilla pour recevoir le coup, mais il ne vint jamais.

— Écartez-vous de cette jeune femme ! rugit Stepan depuis le seuil.

Il se jeta sur le capitaine et l'empoigna, lui immobilisant le bras derrière le dos.

— Comment osez-vous porter la main sur une princesse du Kouban, espèce de chien ?

Mais Denning ne semblait pas enclin à se laisser faire.

— Vous agressez un officier du roi !

D'un croc-en-jambe, il fit trébucher Stepan et les deux hommes roulèrent sur le sol, cognant au passage dans la table du petit déjeuner. On entendit les heurts de la porcelaine et le cliquetis de l'argenterie tandis que les deux adversaires luttaient sur le sol, se martelant de leurs poings. Anna-Maria, horrifiée, observait la scène. Denning avait peut-être une plus grande expérience des combats déloyaux, mais Stepan était mieux préparé. Elle n'était pas certaine que ce soit le mot juste, du reste. Denning, lui, avait été pris au dépourvu. En l'embrassant, il ne s'attendait pas à rencontrer une forte résistance et croyait profiter de sa présumée faiblesse.

Les deux hommes roulèrent vers elle et elle s'écarta d'un bond pour se réfugier près de la fenêtre. Jamais elle n'avait vu Stepan se déchaîner ainsi. C'était une chose de savoir qu'un homme pouvait se battre. Mais assister au spectacle… C'était à la fois impressionnant et effrayant.

Elle étouffa un cri quand Denning mordit la main de Stepan, détournant ainsi l'attention de son adversaire l'espace d'une seconde. Mais Stepan riposta aussitôt. Hissé à califourchon sur son agresseur, il le gratifia d'un direct en pleine mâchoire, puis il remit l'officier étourdi sur ses pieds et le dirigea *manu militari* vers la porte.

— Je ne savais pas que violenter une femme était acceptable d'après la loi du roi, s'exclama-t-il avec mépris. Il faut que l'Angleterre soit un pays bien peu civilisé, s'il en est ainsi !

Et poussant Denning vers les deux valets de pied qui attendaient :

— Le capitaine s'apprêtait à partir. Veuillez vous assurer que c'est bien le cas.

Anna-Maria se laissa tomber dans un fauteuil. À présent que la bagarre était achevée, elle sentait son courage l'abandonner. Cependant la colère de Stepan n'était pas encore apaisée.

Il s'agenouilla devant elle et lui prit les mains, scrutant son visage.

— Vous allez bien ?

— Oui, oui… Il s'est juste montré… brutal. Mais il ne m'a pas fait de mal, ajouta-t-elle, baissant la voix.

Ce qui comptait en cet instant, ce n'étaient pas ses propres émois. Elle parcourut Stepan d'un regard effrayé.

— S'il vous attrape, il vous pendra, et ce sera ma faute, surtout après ce qui vient de se passer. Il ne vous pardonnera pas cette dernière offense.

Cette fois, les choses allaient beaucoup plus loin qu'une histoire de contrebande. C'était une blessure infligée à l'amour-propre de Denning.

Le regard de Stepan ne vacilla pas.

— Pour me pendre, il faudra d'abord qu'il m'attrape !

La mystérieuse flamme était de nouveau attisée entre eux, illuminant ses yeux, et Anna-Maria savait qu'il la voyait briller de même dans les siens, leur rappelant la soirée précédente et ranimant le désir de revivre ces instants de passion, cette ivresse. Oh ! se retrouver dans ses bras, savoir qu'il était bien là, sain et sauf…

— Je ne trouve pas cela drôle, protesta-t-elle.

— Tant mieux. Je ne cherchais pas à l'être.

Son regard brillait, entre sensualité et danger.

— Ainsi que les événements de ce matin viennent de le démontrer, la contrebande est une activité périlleuse, Anna-Maria.

Ces mots n'étaient guère prononcés pour la rassurer. Pour la première fois, elle comprenait vraiment où elle avait mis les pieds. Un jeu mortel, avec des règles complexes. Un jeu du chat et de la souris. En apparence, pour Denning, il s'agissait uniquement de contrebande, de livrer des contrevenants à la justice. Cependant, ces actions prenaient une dimension différente en fonction de l'angle sous lequel on les considérait.

Pour Stepan, c'était un combat contre l'injustice. Toutefois, cette cause dissimulait une autre compétition, moins avouable : l'affrontement de deux hommes pour une femme.

Pour elle.

L'étreinte de Stepan se resserra autour de ses mains. Il baissa la voix.

— Je veux que vous sachiez pourquoi je me suis arrêté hier soir, Anna-Maria. Je n'en serais pas resté là, si j'avais eu quoi que ce soit à vous offrir.

— Vous auriez…

Elle s'interrompit, incapable de prononcer les mots. Mais ils n'en apparaissaient pas moins dans son esprit, suggestifs, bouleversants. Stepan lui aurait fait l'amour. Il l'aurait fait là, sur le tapis, devant le feu. Cette image fit courir un frisson de désir dans son dos. Même maintenant, en plein jour, les paroles de Stepan provoquaient une onde de chaleur dans son ventre. C'était bien lui de se déclarer ainsi, d'une façon aussi peu orthodoxe ! Si elle avait eu à imaginer cet instant, elle se serait vue dans ses bras, tous deux encore enlacés après un baiser ou même davantage, pas assis au beau milieu de la salle à manger, elle avec les lèvres meurtries et lui les poings en sang !

Peut-être fut-ce ce contraste incongru, ajouté à l'intensité de son désir, qui la poussa à formuler une réponse tout aussi peu conventionnelle :

— Arrêtez la contrebande, Stepan, chuchota-t-elle, consciente de l'énormité de sa requête. Vous pouvez cesser tout de suite. Plus de contrebandier, plus de poursuite. Denning ne peut pas attraper quelqu'un qui n'existe pas. Vous ne seriez plus en danger et nous pourrions être ensemble.

Ensemble. C'était là ce qu'elle désirait plus que tout au monde. Elle se leva, les bras tendus vers lui pour lui enlacer la nuque. Oh ! oui, elle lui montrerait…

— Non, Anna. Dieu sait que vous tenteriez le diable lui-même…

Il se dégagea et recula d'un pas, le regard assombri.

Voilà, il la repoussait. Une fois de plus. Cette constatation la blessa au plus profond de son cœur. Il *voulait* rester seul. Non pas pour un temps, ni physiquement, mais toujours et de toutes les façons possibles. Et en cet instant même, il était seul dans cette pièce, même si elle se tenait là, devant lui.

— Ne me fermez pas votre cœur ! supplia-t-elle ardemment. Et ne me dites pas que vous ne voulez pas de moi. Vous avez déjà admis le contraire. Vous me désirez et moi aussi je vous désire.

Elle était prête à se battre pour lui, là, tout de suite, avec des mots, des baisers, et au diable les domestiques !

Stepan cilla. Une lueur s'éveilla dans son regard impassible.

— Vous ne savez pas ce que vous désirez, Anna-Maria. À Londres, vous aurez tout un éventail de choix, tant d'hommes différents et de styles de vie entre lesquels choisir. Dimitri nourrit de grands espoirs pour vous. Vous ne pouvez pas décider avant d'avoir les diverses possibilités sous les yeux. Vous n'êtes jamais allée nulle part, vous n'avez rien vu.

Autrefois, elle se serait sentie offusquée, blessée par ses mots. Mais aujourd'hui, elle restait ferme, inébranlable dans sa résolution.

— Je vous ai vu, vous. Tout le reste est sans importance, rétorqua-t-elle simplement. Il ne s'agit pas de Dimitri. Il s'agit de nous, Stepan, de nous deux, et de ce que nous pouvons être. C'est à nous seuls de choisir…

Il se passa une main dans les cheveux, les libérant du lacet de cuir qui les attachait sur sa nuque.

— Je ne peux pas vous mettre en danger, Anna-Maria. Peu importe ce que je souhaite. Je dois renoncer à vous.

Une femme plus superficielle en aurait conclu qu'il lui préférait sa cause et aurait considéré cela comme un rejet. Un terrible élancement de jalousie lui aurait cisaillé le cœur à cette découverte, pour peu qu'elle s'y laisse aller. Mais Anna s'en garda bien. Ce qu'elle voyait dans cette déclaration, c'était Stepan tout entier : un homme noble et bon, qui faisait passer les besoins des autres avant les siens.

Elle soutint son regard, tandis qu'il plongeait dans les siens ses yeux gris argent, et d'un geste preste, saisit sa main écorchée.

— Vous n'avez pas à choisir, Stepan. Ce n'est pas votre cause ou moi. Ce que je voulais simplement vous dire, c'était que rien ne vous empêche de vous retirer de la contrebande si vous le souhaitez.

Elle s'humecta les lèvres avant d'ajouter :

— Mais si vous ne voulez pas abandonner, eh bien, c'est moi qui adhérerai à votre cause.

— Anna…

Elle secoua la tête, ne voulant rien entendre. Elle ne pouvait pas agir autrement. Son choix était fait depuis longtemps, elle s'en rendait compte à présent. Elle ne reculerait pas, quoi qu'il advienne.

— Je vous choisis, comme je vous ai choisi face à mon père, lorsqu'il refusait de quitter le Kouban, comme je vous ai choisi sur cette crête de montagne, surmontant ma peur pour vous. Je vous ai toujours choisi et continuerai toujours à le faire.

— Ce n'est pas seulement cela, Anna. Je n'ai rien à vous offrir, voyez-vous.

Elle secoua la tête.

— Vous et moi ne donnons pas du tout le même sens à ce mot. Laissez-moi juger moi-même de ce que vous offrez. Cela a toujours été plus que suffisant en ce qui me concerne…

À ces mots, un courant presque palpable passa entre eux. Elle sentit au tréfonds d'elle-même que cet instant allait tout changer. Il allait les changer, eux, ainsi que tout ce qui les unissait.

Stepan acquiesça lentement, acceptant le pacte. Il lui tendit sa main chaude et ferme.

— Alors venez avec moi. J'ai quelque chose à vous montrer.

Elle le suivit sans poser de questions, laissant son silence exprimer toute sa confiance, toute sa foi en lui.

Stepan la guida vers l'escalier dérobé dissimulé derrière les panneaux du bureau, et qui conduisait aux grottes situées au-dessous de Seacrest. Le bruit des vagues s'intensifiait tandis qu'ils descendaient.

Stepan ne proféra que peu de mots, se contentant de chuchoter, à propos de ce passage secret :

— Au cas où vous en auriez besoin…

Anna-Maria n'eut pas de mal à imaginer les raisons pour lesquelles elle pourrait en avoir l'usage — au cas où il lui faudrait s'enfuir, se cacher, ou prévenir Stepan d'un quelconque danger. Il existait trop de raisons, de dangereuses raisons pour lui rappeler à quel point leur situation était précaire et à quel risque l'exposait sa décision. Peut-être était-ce là une ultime tentative de la part de Stepan pour la convaincre de renoncer en dépit de ses affirmations tenaces.

Parvenu au pied des degrés, Stepan s'écarta et désigna la grotte d'un geste de la main.

— Mon atelier…

Le mot « Atelier » était bien trop modeste. La caverne qui s'étendait devant Anna-Maria fourmillait de jeunes garçons s'adonnant à diverses tâches : trier le contenu de coffres, en dresser l'inventaire et empiler des fûts. Ce n'était pas un atelier, mais une véritable usine souterraine. Les jeunes gens pouvaient faire autant de bruit qu'ils le voulaient, le son étant étouffé par l'épaisseur du roc et le déferlement des vagues.

Elle s'efforça de rester impassible, consciente que Stepan l'observait tandis qu'elle découvrait les lieux.

— C'est donc ici que tout se passe ! Que faites-vous exactement ?

Elle ajouta, examinant les fûts :

— Je les aurais crus plus volumineux.

Stepan éclata de rire.

— Venez, je vais vous faire visiter. Nous allons commencer par la distillation. La vodka arrive pure, tellement forte qu'un homme pourrait mourir de la boire telle quelle. Ainsi, nous pouvons en importer la plus grande quantité possible dans le plus petit baril existant.

Il arqua un sourcil, répondant à l'interrogation tacite de la jeune fille.

— Les petits contenants sont plus faciles à dissimuler.

Et désignant du doigt une grande cuve disposée dans un coin :

— Nous mélangeons la vodka concentrée avec suffisamment d'eau pour la rendre buvable, puis nous remplissons des fûts de vingt litres avec le produit final et nous l'emportons.

Il lui montra une rangée de tonnelets de vingt litres.

— Les hommes qui les transportent sont ce qu'on appelle des convoyeurs. Ils les emmènent à Londres en chariot, ou plus simplement à pied.

— À pied ? Vous voulez me faire croire qu'ils sortent tranquillement de la grotte avec ces fûts sur les épaules ?

La simplicité de cette organisation contrastait tellement avec le danger encouru !

Stepan haussa les épaules.

— Des « gardes » les accompagnent pour les protéger en cas de besoin. Il est difficile de se protéger seul quand on porte un baril.

Anna-Maria lui lança une œillade.

— Je suis sidérée. C'est impressionnant !

Ils firent le tour de la caverne et elle découvrit tout ce qui s'offrait à la vue : les coffres d'épices que cherchait Denning, les soieries, plus belles que tout ce qu'on pouvait trouver chez les drapiers londoniens, les tapis turcs. Mais elle vit aussi ce qui justifiait ce trafic : tous ces jeunes gens à qui Stepan fournissait ainsi du travail. C'étaient plusieurs familles qui pouvaient se nourrir, se vêtir et se chausser grâce à lui.

— Cela me rappelle la grotte du conte d'Aladin, observa-t-elle, émerveillée.

— Et ce n'est là que la grotte du fond. Il en existe une autre plus haut, plus près de la plage où nous déchargeons les denrées. Nous l'avons vidée depuis que Denning est dans les parages, expliqua Stepan, tandis qu'ils se frayaient un chemin parmi les garçons affairés.

De temps à autre, Stepan s'arrêtait pour leur parler,

leur adressant un sourire ou un compliment, serrant les mains et les tapant amicalement sur les épaules.

Il les présenta tous à Anna-Maria. Il y avait là Timothy de Londres, qui travaillait auparavant dans un lupanar, accomplissant d'étranges courses au milieu de la nuit pour payer son écot. Malcolm et Mathew, deux frères autrefois employés à balayer le plancher dans un tripot et qui dormaient dans une allée derrière l'établissement. Puis Irish, *l'Irlandais*, qui ignorait lui-même son vrai nom. Plus jeune et plus maigre que les autres, mais farouchement loyal à Stepan.

— Milord m'a trouvé dans la rue. J'avais six ans et mes parents venaient de me jeter dehors. Maintenant, je suis son guetteur, parce que je suis petit et que personne peut me voir, expliqua-t-il avec fierté.

Six ans ? Cela signifiait qu'il n'en avait pas plus de huit à présent. Anna sentit son cœur se serrer.

Stepan ébouriffa la tignasse rousse du gosse.

— C'est vrai. Irish est le meilleur.

Il y en avait d'autres encore, des gamins du coin, entre quatorze et quinze ans, qui tâchaient de gagner un peu d'argent pour leur famille, ceux qui n'avaient pas de père à la maison et des frères et sœurs à nourrir. L'affection qui les liait à Stepan était aussi réciproque que sincère et Anna-Maria était émue de le voir dans ce cadre. C'était un chef-né. Il ne pouvait tout simplement pas s'en empêcher !

— Comprenez-vous à présent pourquoi je ne peux pas m'en aller ? lui chuchota-t-il, la bouche tout près de son oreille. Tant que régneront l'injustice, la pauvreté, tant que ces garçons et leurs semblables auront besoin d'un défenseur, je dois lutter de mon mieux.

Anna le gratifia d'un regard attendri.

— C'est votre Marseille à vous. Je l'ai toujours su, Stepan.

Elle comprenait, oui. Il ne suffisait pas de donner du

travail à ces garçons. Cela, il aurait pu le faire avec son commerce légal. Mais l'autre problème, le plus grave, n'en aurait pas été résolu pour autant. L'injustice économique n'en aurait pas moins subsisté, avec tout ce qu'elle entraînait pour les moins riches. En procédant comme il le faisait, il pouvait aider beaucoup plus de personnes, directement et indirectement.

Ruslan avait sa révolution.

Stepan aussi menait la sienne.

Elle reconnut Joseph, qui leur adressa un clin d'œil lorsqu'ils passèrent devant lui.

— Montrez-lui la belle marchandise, milord. C'est derrière le rideau.

Stepan conduisit la jeune fille dans une alcôve où étaient disposés deux coffres ouverts, d'où débordaient des aunes et des aunes de soie. Stepan fouilla parmi les tissus et en sortit une pièce de soie bleu clair.

— Voici un échantillon de la plus belle soie du monde.

Anna tâta l'étoffe et sourit tandis que leurs mains se frôlaient, déclenchant un délicieux picotement dans son bras.

— La liberté est toujours belle. Merci de m'avoir montré cela, chuchota-t-elle, bouleversée par l'extraordinaire preuve de confiance qu'il lui avait donnée en l'amenant ici.

Un magnifique cadeau.

Elle plongea les yeux dans les siens, afin qu'il sache qu'elle était consciente de tout ce qu'il faisait pour ces garçons, qu'elle comprenait son combat, savait qu'il ne pouvait en être autrement pour lui, et pour elle non plus par conséquent.

— Vous avez un grand cœur, Stepan, ajouta-t-elle en se rapprochant de lui, l'attirant vers elle.

Elle le désirait avec tant d'ardeur ! Jamais elle ne s'était sentie aussi proche de lui qu'en ces instants. En la conduisant ici, il s'était complètement dévoilé, mis à nu. Il lui avait confié sa vie, celle des garçons qui travaillaient pour lui et de tous ceux qui comptaient sur lui.

Il recula.

— Non, Anna… Si vous m'embrassez maintenant, je suis perdu.

— Et moi je veux me perdre, me perdre dans votre univers, avec vous. Si je suis descendue ici, c'est pour cela, insista-t-elle, se rapprochant de nouveau.

Pourquoi continuait-il de résister quand la bataille était déjà gagnée ?

— Je devrais vous renvoyer chez Dimitri, où vous seriez en sécurité.

Encore ce vieil argument ! Croyait-il peut-être que d'avoir vu tout cela la ferait changer d'avis ? Bien au contraire, cela n'avait fait qu'affermir sa résolution, bien au contraire.

— Mais vous ne le voulez pas, argua-t-elle doucement en le regardant dans les yeux.

La flamme du désir montait en lui, illuminant ses prunelles d'argent.

— Non. Que le ciel me vienne en aide et que Dimitri me pardonne, car je n'en ai pas la moindre envie, admit-il dans un chuchotement.

Et se reprenant aussitôt :

— Anna, j'ai renoncé à mon avenir lorsque j'ai choisi cette voie. Mais je ne vous volerai pas le vôtre.

La flamme entre eux parut vaciller. Anna sentit son cœur se serrer. Il y avait quelque chose de nouveau dans le ton de Stepan. Ce n'était pas là l'argument tant de fois ressassé concernant la Saison à Londres et son entrée dans le monde. Il ne s'agissait pas non plus de contrebande. Il y avait autre chose, de nouveau, de plus grave.

— Je ne veux pas revenir en arrière.

En aucune façon ! se promit-elle. Ni retourner chez Dimitri ni retrouver l'innocence qui était la sienne la veille encore.

Elle soutint son regard avant d'ajouter :

— Tout à l'heure, en haut, je croyais m'être montrée claire.

Il prit une de ses joues dans le creux de sa paume et un frémissement exquis la parcourut.

— J'ai besoin de vous savoir à l'abri, murmura-t-il, peut-être dans un ultime effort pour la convaincre. Et pas seulement de la vengeance de Denning…

Elle le dévisagea sans comprendre.

— À l'abri de moi, acheva-t-il alors.

Elle lui sourit tendrement.

— Je suis parfaitement en sécurité avec vous. Je l'ai toujours été.

Elle s'humecta les lèvres délicatement, du bout de la langue, et vit le regard de Stepan s'assombrir. De désir, cette fois.

— Vous ne me connaissez pas, insista-t-il. Je ne suis pas celui que vous croyez.

Il s'approcha davantage, jusqu'à ce que leurs hanches se frôlent.

— C'est un jeu dangereux, Anna.

— Nous avons déjà joué à des jeux dangereux, lui rappela-t-elle. Nous enfuir du Kouban était un jeu dangereux. Nous aurions pu être poursuivis.

Il pressa son front contre le sien et pencha la tête vers elle, les mains posées sur ses hanches.

— Non, corrigea-t-il. Je ne parle pas de contrebande ni d'exil. Je vous parle de *cela*.

D'un petit geste, il lui montra l'espace infime qui les séparait.

— Nous ! Voilà ce qui est dangereux. Avant cela, nous n'avions jamais joué avec nous-mêmes. Avec ce jeu-là, il n'y a pas de retour possible, on ne peut qu'aller plus loin. Je me suis promis que je ne…

Anna pressa un doigt sur ses lèvres.

— Chut, intima-t-elle. Il n'y a déjà plus de retour

possible. Il n'y en a plus depuis que vous m'avez tout révélé. Nous sommes *ensemble*. Nous n'avons aucun pouvoir sur Denning, sur ce qui nous arrivera demain. La seule chose qui dépend de nous, c'est ce qui se passe maintenant, entre nous. Tout ce que vous avez à faire, c'est de me choisir.

— Je vous ai toujours choisie, même quand je ne le voulais pas, même quand je savais que je n'aurais pas dû.

Alors il l'embrassa, un long et lent baiser, là, dans cette chambre discrète, avec le grondement des vagues en fond sonore et le rideau qui les séparait du monde, écartant toute pensée, abolissant le temps. Cette pièce était un univers, un endroit où ils se trouvaient en sécurité, où rien ne pouvait les atteindre, ni Denning, ni Londres, ni Dimitri, ni leur passé, un endroit où ils pouvaient être seulement Anna et Stepan, ensemble.

Que cet endroit-là soit une grotte magique remplie de soieries, tout près de la mer, ajoutait à la perfection de cet instant.

La bouche de Stepan se posa sur ce petit point si sensible à la base de son cou.

— Faut-il remonter là-haut ? questionna-t-il d'une voix à présent haletante. Ici, il n'y a qu'un coffre et du sable…

Elle s'en moquait bien. Elle émit dans un souffle les seuls mots qui lui étaient venus :

— L'un ou l'autre.

Tout ce qui comptait, c'étaient les mains de Stepan sur elle, sa bouche sur sa peau. Elle voulait le toucher, elle aussi, sentir la virile fermeté de son corps.

Elle l'attira vers elle, et cette fois, il ne se refusa pas. Elle sentait la chaleur et la roideur de son membre à travers son pantalon, preuve de ses intentions. Cette fois, il n'y aurait pas de retour en arrière, c'était sûr. Stepan saisit l'un de ses seins dans sa main, caressant du pouce le mamelon sensible, et le plaisir désormais familier déferla aussitôt en elle, si intense qu'elle sentit ses genoux faiblir sous elle. Tout son corps tremblait d'anticipation.

Stepan la souleva dans ses bras.

— Passez vos jambes autour de ma taille, ordonna-t-il d'une voix rauque.

Il la porta jusqu'au mur, la calant avec précaution contre le roc, tandis qu'il tâtonnait pour glisser ses mains sous ses jupes.

— Ce sera bien mieux que le coffre ou le sable…, affirma-t-il.

Il s'empara de sa bouche et le désir flamba en elle. D'une main fébrile, elle le pressa étroitement contre elle pendant qu'il retroussait ses jupes. L'air froid de la mer souffleta sa peau nue, contraste érotique avec la main chaude de Stepan qui déjà allait et venait dans ses replis intimes, la préparant à ce qui allait suivre, jusqu'au moment où elle sentit sa propre humidité sur ses doigts, tandis que le plaisir montait en elle. Il pressa son sexe contre elle, lui rappelant sa force, sa puissance virile.

Elle gémit, l'invitant dans une ardente prière :

— Stepan, s'il vous plaît…

Elle ne savait pas ce qu'elle appelait, ce qu'elle cherchait ainsi, seulement qu'elle le désirait plus fort que tout ce qu'elle avait jamais désiré dans sa vie et que lui seul pouvait le lui offrir.

Elle sentit son sexe tandis qu'il la pénétrait et se cambra contre lui, s'abandonnant avec toute la docilité qu'il semblait attendre d'elle. Un sentiment de plénitude l'envahit, si grisant qu'elle poussa un petit cri de détresse lorsqu'il se retira, avec l'impression d'être incomplète sans lui.

— Chut, Anna, murmura-t-il dans ses cheveux. Je vais revenir. Il nous faut aller lentement pour cette première fois.

Lentement ? Mais elle allait en mourir !

À chaque nouvelle incursion, il s'enfonçait plus profondément et l'excitation croissait en elle, à la limite du supportable. Une dernière poussée et il fut complètement en elle. Il l'embrassa de nouveau, pendant que son corps commençait à se mouvoir en rythme, ses hanches plaquées contre les siennes, l'invitant à se joindre à lui tandis qu'il étouffait ses gémissements d'un baiser infini.

Les mains agrippées aux pans de sa veste, elle sentait croître en elle une jouissance nouvelle. Peu lui importait la dureté de la roche dans son dos, les vêtements qui les séparaient encore. Tout ce qui comptait, c'était qu'il soit en elle, tous les deux ensemble, ondulant à l'unisson vers un sommet encore invisible, où les attendait l'ivresse inconnue de l'extase.

Stepan imprima une poussée plus rude, lui arrachant un cri. Ce sommet, ils étaient sur le point de l'atteindre. Elle sentit le changement dans le corps de Stepan, dans la façon dont il rassemblait son énergie pour fournir un dernier effort.

Ensuite, il y eut cet instant fou où ils s'affalèrent tous deux contre la paroi de la roche, la tête brune de Stepan enfouie dans son épaule à elle pendant qu'elle haletait sous ses mains — ils étaient si étroitement entrelacés qu'ils n'auraient su dire où l'un commençait, et où l'autre finissait.

Anna lui caressa les cheveux, tandis qu'un sourire malicieux étirait ses lèvres.

Peut-être en avait-il toujours été ainsi. Peut-être n'était-ce pas si différent à présent…

Ou plutôt non, se reprit-elle. C'était bel et bien différent, cela ne ressemblait à rien de ce qu'elle avait connu jusqu'alors. L'exquise violence de l'orgasme avait laissé place à l'apaisement, pareil à l'inoffensive écume qu'abandonnent derrière elles les vagues après s'être écrasées sur la plage.

— À quoi pensez-vous ? chuchota Stepan.

— Je voudrais que cette paix dure toujours. Je voudrais rester ainsi à jamais…

Il émit un petit rire.

— Vous êtes une fille exigeante.

Elle soupira langoureusement, peu émue par cette accusation.

— Osez me dire que vous ne désirez pas cela, vous aussi. Juste nous deux, le bruit des vagues, et cette sérénité…

— Peut-être vous laisserez-vous tenter par un bain ? proposa-t-il.

Elle le sentit bouger contre elle et se rappela soudain le côté pratique de leur situation. Combien de temps croyait-elle qu'il pouvait supporter ainsi son poids ?

Elle dénoua ses jambes et il la laissa glisser doucement sur le sol.

— Un bain ? Ce serait délicieux.

— Tout ce que vous avez à faire, c'est de monter l'escalier.

Elle se sentait si voluptueusement lasse en cet instant que la seule pensée de gravir ces interminables degrés lui parut tout bonnement impossible.

— Décidément, il faut toujours qu'il y ait un piège ! pouffa-t-elle.

Stepan pressa un tendre baiser sur ses lèvres.

— Cela en vaudra la peine, je vous le promets.

Chapitre 17

Stepan avait tenu parole.

Les yeux clos, Anna se laissa glisser dans la chaleur fumante du bain, laissant l'eau la caresser avec la douceur d'un onguent. En fait de bains, elle se rappellerait longtemps celui-ci — l'eau bien chaude et profonde dans la ravissante baignoire de porcelaine blanche, les serviettes épaisses et moelleuses disposées à côté, les pains de savon français délicatement gravés et parfumés à la lavande. C'était un luxe incomparable de pouvoir jouir de ces commodités. L'arrière incurvé de la baignoire assurait un appui confortable et sa longueur permettait de s'étirer.

Anna n'avait pas connu de tels raffinements depuis qu'elle avait quitté le Kouban. À en juger par le superbe service en cristal et cette élégante baignoire, Preston Worth était un homme qui savait vivre. Mais elle n'avait guère de pensées à accorder à ce lointain personnage et à son goût du confort. Ses réflexions demeuraient centrées sur Stepan.

Comment aurait-il pu en être autrement, quand tout son corps portait encore l'empreinte de ce qu'ils venaient de vivre ?

Elle passa un gant de toilette sur ses seins, encore sensibles là où Stepan les avait enserrés de ses paumes, où ses pouces avaient taquiné les tendres mamelons à travers l'étoffe de son corsage. Cette légère souffrance faisait écho à celle de son entrejambe, une sensation à la fois douloureuse et plaisante. Anna courba le cou et soupira, laissant son esprit se remémorer chacun de ces instants, dans l'alcôve de la grotte.

La voix calme et grave de Stepan la tira soudain de sa rêverie.

— Puis-je me joindre à vous ?

Anna rouvrit les yeux et s'enfonça plus profondément dans l'eau savonneuse, avant de se morigéner. Quelle sottise de se montrer timide à présent ! Une heure plus tôt, elle avait encore les jambes nouées autour de ses hanches pendant qu'il pénétrait profondément en elle et voilà qu'elle s'effarouchait pour un petit bout de peau nue ?

Elle lui adressa un regard surpris. Il était encore tout habillé et devait avoir froid, supposa-t-elle. Elle s'était elle-même sentie plus frigorifiée qu'elle ne l'aurait cru avant de se plonger dans la baignoire.

— Vous êtes un peu trop vêtu pour un bain, non ?

— En effet, admit-il, une lueur taquine dans les yeux.

D'un geste preste, il déroula sa cravate, ôta son gilet puis sa chemise. Anna en oublia sa propre nudité pour s'intéresser à celle de Stepan, bien plus intéressante — son torse musclé aux lignes sculpturales, son ventre plat et ferme entre ses hanches étroites, dont les contours disparaissaient sous une culotte bien ajustée qui faisait ressortir, bien plus qu'elle ne les cachait, les attributs de sa virilité.

Le regard de la jeune femme s'attarda sur le lourd renflement que moulait l'étoffe, tant elle était curieuse de *voir* ce que son corps avait déjà senti.

Stepan rencontra ses yeux et une lueur complice s'alluma dans son propre regard, tandis qu'il dégrafait sa culotte. Enfin nu, il se tint debout devant elle, chaque parcelle de son corps rayonnant de beauté. D'un geste prompt, il ôta le lacet de cuir qui retenait ses cheveux, libérant les mèches brunes. Bien moins longs qu'autrefois au Kouban, ses cheveux effleuraient à peine ses épaules, mais cela suffisait à adoucir les contours âpres de son visage, lui donnant un air encore plus viril.

Anna l'examinait, le souffle coupé par sa beauté.

— J'étais bien loin de m'imaginer…, murmura-t-elle, stupéfaite.

Stepan lui lança un sourire séducteur, jouissant de sa candide admiration sans la moindre gêne.

— Comment l'auriez-vous pu ?

Ils savaient fort bien tous deux qu'il était le premier homme nu qu'elle voyait de sa vie. Le regard qu'elle posait sur lui était celui d'une innocente. Au Kouban, dès l'âge de douze ans, les jeunes filles bien élevées n'avaient plus la moindre occasion d'entrevoir la moindre parcelle de peau masculine dénudée. Rien n'avait donc pu la préparer au spectacle qu'elle avait sous les yeux, un spectacle normalement réservé à la nuit de noces d'une jeune fille. Anna se réjouit d'avoir échappé à la règle. C'était tellement mieux ainsi !

Stepan pénétra à son tour dans la baignoire, glissant son grand corps derrière le sien et l'enlaçant de ses longues jambes musclées. Voilà qui n'allait pas être un bain ordinaire mais les prémices d'une relation plus proche, une nouvelle preuve de leur complicité. Elle appuya le dos contre sa poitrine, tandis qu'il lui enserrait les seins du geste le plus naturel du monde. Il enfouit le visage dans son cou, semant une lente pluie de baisers tout le long de sa gorge.

C'était un nouveau genre d'intimité et elle l'adorait, cette sensation d'être nus ensemble dans la baignoire, peau contre peau et s'explorant l'un l'autre sans la moindre hâte, comme s'ils avaient tout le temps devant eux. Elle sentait dans son dos le torse musclé de Stepan, la dureté de son sexe contre ses reins. Pourquoi se hâter ? Le reste viendrait plus tard, en temps voulu…

*
* *

Il se pressait contre elle, le membre rigide, excité par sa proximité, mais sans impatience. Plus tard, s'exhorta-t-il. C'était le moment de se toucher simplement, de s'explorer, de bavarder. Il voulait lui montrer que l'intimité pouvait être davantage que le sexe.

Anna fendit l'eau d'une main paresseuse.

— Est-ce que le Kouban vous manque, Stepan ? Vous arrive-t-il d'y penser ?

Elle étira le cou, la tête en arrière pour le regarder, et l'expression de ses yeux le remua jusqu'au tréfonds du cœur. Si douce, si confiante. Si abandonnée…

— Oui, j'y pense quelquefois, admit-il avec franchise. Je revois des images — les hivers, la neige. Et les hurlements des loups la nuit. Mais ce ne sont que des instantanés. Le Kouban, sa réalité, ne me manquent pas — la vie de cour, la politique, les continuelles manigances… Peut-être est-ce différent maintenant, après la révolution, mais je ne souhaite pas revenir en arrière. Vers quoi reviendrais-je d'ailleurs ? Je n'ai plus personne là-bas, seulement des maisons vides. Personne ne m'attend ni ne se soucie de moi de quelque façon que ce soit.

Tous ceux qui me sont chers se trouvent ici, en Angleterre, songea-t-il. Mais les mots ne franchirent pas ses lèvres, retenus par une insurmontable pudeur.

Il prit le gant de toilette et le passa sur le corps d'Anna, amusé de voir que ce contact lui donnait la chair de poule, malgré la chaleur de l'eau.

— Et vous Anna, le Kouban vous manque-t-il ?

C'était une question qui ne lui était pas venue à l'esprit jusque-là.

Elle secoua la tête.

— Non. Tous les êtres que j'aime sont ici.

Il lui envia l'aisance avec laquelle elle exprimait ses sentiments.

— Mais quitter le Kouban n'a pas résolu tous mes problèmes, ainsi que je le croyais, poursuivit-elle.

Et se livrant soudain :

— Je n'ai pas trouvé ma place ici, voilà la vérité. Il semble que tout le monde exige de moi que je reste la princesse Anna-Maria du Kouban, une fille qui passe son temps à attendre que les gens prennent les décisions pour elle, choisissent à sa place. Mais je ne peux plus être ainsi — sans doute ne l'ai-je jamais été. Après tout, vous avez peut-être de la chance d'être seul, Stepan. On n'attend rien de vous, vous ne pouvez décevoir personne.

Elle observa une pause avant d'ajouter :

— Puis-je vous révéler un secret ? J'ai toujours pensé que vous aviez eu beaucoup de chance, enfant. Des palais pour vous seul, pas de réprimandes, de l'argent à dépenser comme bon vous semblait…

Cette assertion ne le fit pas sourire.

— Ne pensez jamais cela, Anna.

— Était-ce donc difficile pour vous ?

Difficile ? Pire que cela. Mais comment aurait-elle pu savoir ? Certes, elle connaissait les circonstances de sa jeunesse. Du moins les faits. Le Prince Orphelin. Tout le monde le savait à la cour. Mais elle ignorait ce que cela signifiait. Elle était trop jeune alors. Pour une fille non désirée, privée d'amour par un père qui lui reprochait la mort de sa mère, sa situation avait dû sembler idyllique.

— Vous n'avez pas connu mon père. Il est mort bien avant votre naissance. Mais même quand il était en vie, il ne s'intéressait pas à moi, reprit-il en la savonnant de nouveau.

La sensation du corps d'Anna-Maria sous ses mains l'aidait à se détendre et lui rendait les confidences plus faciles. D'habitude, il ne parlait jamais de son passé. Mais là, dans cette baignoire, avec Anna et personne ni rien d'autre autour d'eux, il ressentait le besoin soudain de tout lui raconter. Elle méritait de savoir quel genre d'homme il était.

— Mon père aimait vivre dangereusement, de toutes les façons imaginables. Je me rappelle qu'une nuit, après un pari, il est entré à cheval au galop dans le grand hall du château. J'avais six ans et j'étais terrifié. Sa monture était un énorme étalon, et quand il a commencé à ruer, j'ai crié. Mon père était furieux. Il m'a accablé de reproches et m'a envoyé au lit en me traitant de poltron. Le lendemain, il m'a hissé sur un cheval et a insisté pour me donner des leçons d'équitation. Cela aussi me terrorisait. Les autres garçons de mon âge avaient des poneys, mais mon père a juré que son fils n'en monterait jamais. C'est la seule fois où il s'est intéressé à moi et je n'en garde pas un bon souvenir.

Anna rit doucement.

— J'ai du mal à vous imaginer effrayé par un cheval. Depuis que je vous connais, vous êtes un vrai centaure, intrépide et sans peur.

Il chuchota, la bouche tout près de son oreille et le corps étroitement pressé contre le sien :

— Puis-je vous confier un secret à mon tour ? J'ai été soulagé quand mon père est mort. J'avais neuf ans et je pouvais enfin cesser de vivre dans la peur constante de le voir débouler à la maison. Avant d'aller à l'école, j'ai passé mon enfance dans le palais d'été des Shevchenko, loin de la ville et de mon père, mais même ainsi, il débarquait souvent à l'improviste, dans le bruit et la fureur. Il ne restait jamais longtemps, pourtant je vivais des semaines horribles. Je quittais la maison tôt le matin et restais dehors jusqu'à la nuit, à traîner alentour, juste pour être seul, à l'abri de la cruelle folie de mon père.

— Une rude éducation…, commenta Anna avec commisération.

— C'était la seule solution. Je voulais me protéger moi-même, mais aussi protéger les autres. Je représentais un danger pour eux. Mon père savait que je faisais pour les autres ce que je n'aurais jamais fait pour moi. Je ne pouvais pas supporter de voir quelqu'un souffrir à cause de moi.

Sa main s'immobilisa, tandis que les mauvais souvenirs affluaient en lui. Il se tut, ne voulant pas troubler la lumineuse Anna-Maria avec ces sombres images.

— Dites-moi, le pressa-t-elle.

Quelque chose en lui l'incitait aussi à se confier. Il voulait que quelqu'un le connaisse enfin, corps et âme.

— Il se servait des enfants des métayers, reprit-il, oubliant sa réticence. Chaque fois qu'il voulait me faire faire quelque chose que je n'aimais pas, ou quand je l'avais déçu, c'était eux qu'il fouettait et il m'obligeait à regarder. Comme vous pouvez l'imaginer, personne ne voulait devenir mon ami.

Jusqu'à ce que Dimitri entre dans sa vie. Comme il avait eu besoin de cette amitié ! Comprenait-elle à présent ce que son frère représentait pour lui ?

— J'étais très impopulaire dans le village de mon père, mais je m'en réjouissais. J'ai décidé que c'était mieux pour tout le monde si je n'aimais personne, car au moins, mon affection ne pouvait pas se retourner contre moi. Voilà pourquoi j'ai résolu de rester seul. Afin que personne ne souffre à cause de moi…

Il ne s'était jamais confessé ainsi à qui que ce soit. Pas même à Dimitri.

— J'avais si bien appris la leçon que je n'ai même pas été triste à sa mort. Je me rappelle le jour où ma nourrice m'a appris la nouvelle. Trois jours s'étaient écoulés depuis sa mort sans qu'aucun de ses amis songe à prévenir son fils. Je suis resté là, à écouter, sans éprouver de tristesse particulière. J'étais simplement soulagé.

Anna soupira.

— Merci de m'avoir fait partager ce secret. Cela explique tant de choses…

Stepan se raidit. Voyait-elle le monstre en lui à présent ? Le monstre qui ne pouvait pas, qui ne savait pas aimer ? Un monstre qu'il avait lui-même créé par nécessité ? Était-ce de la pitié qu'elle allait éprouver pour lui désormais ? C'était exactement ça dont il ne voulait pas !

— Si quelqu'un sait ce que c'est que l'amour, Stepan, c'est bien vous, chuchota-t-elle. L'amour pour ces garçons qui travaillent dans les grottes, l'amour pour vos semblables, pour vos amis.

Stepan déglutit, ému. En lui adressant ces mots, elle l'absolvait de son passé. Ses paroles étaient une bénédiction, un message d'espérance pour l'avenir.

Pendant un précieux instant, la lumière d'Anna-Maria l'emporta sur son obscurité à lui, la tenant à distance. Seulement il ne pouvait pas la laisser se leurrer avec le pieux mensonge qu'elle s'était forgé. Il n'était pas un héros. La lumière qui était en elle l'empêchait simplement de discerner la vérité.

Il remua, faisant clapoter l'eau autour d'eux, avant d'achever son récit :

— Même si la mort de mon père me soulageait, cela ne comblait pas ma solitude. J'étais déjà au beau milieu d'un désert. J'avais trop bien appris ma leçon, comme tous ceux qui m'entouraient. Sa mort m'a libéré mais elle n'a pas levé la malédiction. J'ai été élevé dans des palais, par des serviteurs qui n'éprouvaient aucune affection sincère pour moi. Qu'est-ce qu'un garçon de dix ans peut avoir à faire de palais, d'argent, et de coffres-forts emplis de bijoux ? Tout cela ne signifiait rien pour moi. Ce que je voulais, c'étaient des amis. J'aurais voulu un père qui batifole sur la pelouse avec ses enfants, luttant par jeu avec eux, comme celui de Nikolaï… Ou le vôtre.

Il essora le gant, envoyant couler un ruisselet d'eau chaude entre les seins de la jeune femme. Elle s'agita, lui signifiant ainsi son désaccord avec ses paroles.

— Il était différent avant votre naissance, lui dit-il

gravement. Je regrette que vous ne l'ayez pas connu à cette époque.

Et d'ajouter non sans solennité :

— Mais il n'est pas trop tard pour vous et pour lui. Il y a en Cristof des réserves d'amour, son chagrin en est la preuve. Malgré ses réticences, il a fini par tout abandonner pour Dimitri et pour vous. Il voulait une vie meilleure pour *vous deux*, ses enfants.

— Il me hait ! protesta Anna avec véhémence. Quand il me regarde…

— Il la voit, elle. Il voit l'amour et lui résiste, parce que cela lui fait mal et qu'il ne peut pas surmonter cette douleur. Alors vous le défiez et vous vous disputez avec lui, acheva Stepan en reposant le gant.

Assez de sermons, se morigéna-t-il. Que savait-il lui-même de l'amour ? Et voilà qu'il osait parler de Cristof !

— Eh bien, quand j'aurai des enfants, je les aimerai, s'exclama Anna avec une soudaine véhémence.

Ces paroles prirent Stepan par surprise. Il redoutait d'être un père, de répéter les fautes du sien. Mais Anna, elle, n'éprouvait pas cette peur. Sa courageuse Anna-Maria ! Même si celui qui lui avait donné la vie n'avait pas été pour elle un bon père, elle ne craignait pas de reproduire ses erreurs. Cela ne lui venait même pas à l'esprit.

Il lui essuya le dos. L'eau commençait à refroidir. Ils allaient devoir sortir du bain.

— Vous ferez une mère splendide, prédit-il.

Et ce serait le cas, il n'en doutait pas. Anna-Maria n'avait peur de rien.

Une image interdite apparut de nouveau dans son esprit — Anna avec un enfant accroché à ses jupes et un autre dans les bras. Cette vision fit couler une onde brûlante dans ses veines, si puissante qu'il dut sortir en hâte de la baignoire de crainte de la prendre ici, tout de suite. Ils n'avaient pas eu de lit pour leur première fois, mais ils en auraient un pour la deuxième, c'était juré !

Il drapa une serviette autour de ses hanches et en tendit une autre à Anna.

— Permettez-moi de jouer les caméristes.

Elle se leva, pareille à une Vénus sortant des flots, lui inspirant soudainement un fantasme — s'agenouiller devant son corps mouillé, perlant de gouttes d'eau, poser la bouche à la tendre jonction de ses cuisses et… mille autres rêves aussi fous !

Elle lui adressa un sourire en coin, comme si elle devinait ses pensées. Et peut-être devinait-elle en effet ?

— À quoi songez-vous ?

— Je me disais que si je cédais à mon envie de vous sécher en vous léchant partout, nous n'arriverions jamais jusqu'au lit, fit-il d'une voix rauque. Vous êtes si belle, Anna…

Elle rougit. Elle n'avait pas son expérience, dès lors qu'il s'agissait de se tenir nue devant un amant. Cette réaction humble et poignante lui rappela qui elle était et ce qu'elle lui avait donné aujourd'hui — sa confiance, en même temps que sa virginité.

Il l'embrassa avec ferveur.

— Vous m'honorez, murmura-t-il.

Puis, revenant à l'aspect pratique de leur situation :

— Il va nous falloir informer Dimitri. Je dois lui demander son assentiment, ainsi qu'à votre père.

Allaient-ils le haïr pour cela ? Verraient-ils son amour pour Anna comme une trahison à leur encontre ?

Anna pouffa avant de l'enlacer.

— Il est un peu tard pour demander la permission, non ?

— Qu'est-ce qu'ils vont en dire, à votre avis ?

— Pourquoi vous inquiétez-vous de cela ? Mon père vous aime comme un fils et vous êtes un frère pour Dimitri. Je pense qu'ils seront ravis. Surpris mais ravis. Ils n'ont aucune raison de ne pas l'être. Vous êtes noble, vous êtes un homme honnête et bon qui a prouvé à trois reprises sa loyauté à l'égard des Petrovich.

Et l'embrassant à son tour :

— Vous doutez trop de vous-même, Stepan. Vous voyez des obstacles là où il n'y en a pas. Et à présent, je croyais que nous étions censés gagner votre chambre, non ?

Il la souleva alors et la porta vers le lit. Le corps embrasé de désir, il retarda pourtant le moment, jouant avec sa propre impatience avec un art de séducteur, tandis qu'il séchait l'une après l'autre les fines jambes délicieusement galbées, le ventre ferme, les seins généreux et fermes. Puis il se positionna entre ses cuisses, qui s'ouvrirent pour lui, tandis que la jeune femme se haussait pour l'embrasser.

— Pouvez-vous me recevoir de nouveau, Anna ? Si tôt après notre…

— Toujours, Stepan…

Plongeant les mains dans sa chevelure humide, elle l'attira vers elle, plaquant sa bouche sur la sienne. Il ne se lasserait jamais de ses baisers, de ses caresses, de son corps contre le sien. Il la pénétra d'une délicate poussée, les mains sous ses reins, tandis qu'elle se cambrait vers lui.

Elle restait son intrépide Anna-Maria, ne reculant jamais. Elle gémit sous lui tandis qu'il plongeait en elle et se retirait, encore et encore, soulevant les hanches vers lui pour s'accorder à son rythme, à son puissant tempo.

Dieu, comme il aurait voulu arrêter le temps ! Rester à jamais dans l'étreinte d'Anna-Maria, dans sa lumière. Mais son corps le menait inexorablement vers la conclusion, cet ultime spasme de félicité tandis qu'il se répandait en elle, la tête contre son épaule, la main enfouie dans ses boucles, son nom sur ses lèvres en un cri rauque venant du tréfonds de son être.

Là, dans ses bras, il se sentait entier. Il n'était plus seul et cela le rendait fou d'appréhension aussi bien que de joie.

Combien de temps une telle plénitude, une telle paix pouvaient-elles durer ?

Maintenant qu'il avait goûté à la saveur du paradis, comment redescendre sur terre ?

Questions qui en entraînèrent d'autres, dangereuses entre toutes : comment prolonger ces moments, en faire un bonheur durable ? Pouvait-il se le permettre ? Le pouvait-elle, elle, Anna-Maria ? Quel serait le prix à payer pour la faire sienne à jamais ?

C'était là un délicieux sujet de méditation avant de s'endormir. Demain matin, il aborderait le sujet avec Anna-Maria.

Chapitre 18

Elias Denning replia sa lunette d'un geste satisfait et se tourna vers le maigre garçon brun qui se débattait à côté de lui, au sommet de la falaise.

— C'est bien à ce bateau que tu adressais des signaux, n'est-ce pas ?

L'aube pointait à peine et le navire se trouvait encore loin, simple point sur l'horizon matinal.

— Quel besoin de communiquer avec une embarcation à cette distance ? s'étonna Denning à haute voix, bien qu'il eût son idée sur la question.

Ce jeune idiot voulait sans doute détourner le navire avant qu'il ne pénètre dans la zone contrôlée par la flotte douanière, qui patrouillait plus près du port.

— Je ne vous dirai rien, rétorqua l'adolescent avec défi.

Denning l'examina des pieds à la tête. Un garçon presque adulte, seize ans peut-être, avec dans le regard une maturité qui en disait long sur la connaissance du monde et de ses rouages qu'il possédait déjà.

— Tu n'en as pas besoin, rétorqua Denning. Je te connais. Tu es le groom de Seacrest.

En fait, il avait reconnu le gamin au premier coup d'œil. Il le laissa ruminer un instant l'information avant d'ajouter :

— Joseph, n'est-ce pas ? Je crois que c'est ainsi que Miss Petrova t'appelle.

Ce garçon aurait fait un bon officier, si l'opportunité lui en avait été offerte. Il avait la prestance et l'opiniâtreté. Mais l'occasion ne se présenterait jamais pour lui, un gamin des rues. Il n'était simplement pas digne de rejoindre l'armée.

Denning adressa un signe aux deux caporaux qui maintenaient le jeune homme.

— Ramenez-le aux baraquements et nous verrons un peu plus tard s'il consent à parler.

— Et le navire, capitaine ?

Denning se tapota la cuisse du bout des doigts.

— Nous ne pouvons pas faire grand-chose tant qu'il reste hors de portée. Attendons qu'il manœuvre.

Si le bateau appartenait à Shevchenko, la manœuvre en question se produirait vite. On ne pouvait guère attribuer au hasard l'arrivée du safran à Londres depuis Shoreham, tandis que le groom de Shevchenko adressait des signaux à des navires depuis les falaises de Seacrest. La coïncidence était un peu trop évidente.

Allons, la justice était en route. Il suffisait d'attendre. Quelle incroyable chance, si l'homme qu'il s'apprêtait à faire passer pour un contrebandier en était réellement un. Quelque chose allait enfin dans son sens.

— Nous avons le temps, dit-il à ses hommes. Ce navire ne bougera pas avant la nuit. Nous allons tout de même poster des hommes pour le surveiller. S'il fait le moindre mouvement, nous serons prévenus.

Plongeant la main dans la poche du prisonnier, il en sortit un miroir.

— Tenez, caporal, vous pourriez en avoir besoin.

Quelques signaux indiquant faussement que la voie était libre suffiraient peut-être à leurrer le navire.

Il saisit le gamin par le collet et le poussa en avant.

— Allez, viens. Tu pourras me regarder savourer mon petit déjeuner et tu verras si ça te donne faim.

— Jamais assez ! cracha le garçon avec colère.

Denning éclata de rire.

Il allait se faire un plaisir de briser la volonté de ce jeune entêté, qui ne se doutait guère que son interlocuteur en savait déjà long. Faire parler le garçon lui apporterait seulement la confirmation de ce qu'il avait déjà deviné. Aujourd'hui allait être un bon jour ! Le jour qui verrait peut-être la chute de Stepan Shevchenko…

— C'est bon, mon garçon. Après le petit déjeuner, je te présenterai quelqu'un.

Ce blanc-bec n'allait pas tarder à apprendre quelle était sa place. L'expérience de la rue n'était pas comparable à la discipline militaire — et à ses châtiments.

Trop accaparé par ses plans tandis qu'il entraînait son captif, Denning ne remarqua pas la mince silhouette du gamin dissimulé parmi les hautes herbes de la falaise. Recroquevillé tel un animal, l'enfant dissimulait sa petite tête rousse, ne perdant pas une miette du spectacle. Lorsque le capitaine eut disparu, il rampa hors de sa cachette et détala.

— Milord, milord ! Il faut que je voie milord ! S'il vous plaît, c'est urgent !

Ces cris de panique tirèrent Stepan de son sommeil de plomb. Près de lui, Anna remua, chaude au creux de ses bras, mais il n'avait pas le temps de savourer ces délicieux instants. Son corps en alerte, il se redressa, comprenant aussitôt de quoi il retournait. Seuls les garçons de son équipe l'appelaient milord.

Rejetant les couvertures, il sortit en hâte dans le couloir, enfilant une chemise sans cesser de marcher. La voix semblait très jeune. Elle s'élevait du pied de l'escalier.

Stepan se rua vers le palier. En bas, un gamin se débattait pour échapper à la poigne d'un valet de pied à moitié vêtu.

Levant les yeux, l'intrus aperçut le maître de maison. Irish ! Le cœur de Stepan se mit à cogner dans sa poitrine.

— Qu'est-il arrivé ?

Il dévala les marches, ignorant le valet de pied qui écarquillait les yeux devant sa semi-nudité.

— Joseph… Les soldats… Le bateau…, haleta l'enfant effrayé.

Stepan s'agenouilla devant lui et posa les mains sur ses bras, à la fois pour le calmer et le soutenir. Irish claquait des dents, de peur, d'excitation et de froid. D'où qu'il vienne, il était mouillé et glacé.

— Viens dans le bureau, tu pourras te réchauffer, lui intima Stepan.

Et se tournant vers le valet de pied :

— Ranimez le feu et apportez du thé, ainsi que quelque chose à manger. Du porridge, si vous en avez.

» À présent, raconte-moi tout, ordonna-t-il à Irish, quand l'enfant fut installé et eut cessé de trembler.

— J'étais de garde de nuit, et juste avant l'aube, j'ai repéré un bateau. On n'attendait pas de navires et ça n'était pas notre affaire, mais on a vérifié quand même.

Le gamin écarquilla les yeux.

— C'était le *Skorost*, milord ! Il est arrivé en avance. Joseph est sorti avec moi pour lui faire des signaux et l'avertir de passer au large, mais on n'était pas tout seuls à surveiller du haut des falaises. Les hommes du capitaine nous sont tombés dessus. Joseph a pris le miroir et m'a vite poussé dans l'herbe. Il n'a dit à personne que j'étais là, précisa le gamin.

Il acheva son récit avant de conclure :

— Je voulais me battre avec eux, mais Joseph m'a dit que c'était interdit, que je devais rester caché quoi qu'il arrive.

Stepan hocha la tête.

— Tu as bien fait. Qui m'aurait prévenu si toi aussi tu t'étais fait prendre ?

Son esprit était en ébullition, essayant d'assimiler ces informations et tout ce qu'elles impliquaient. Le *Skorost* en avance ! Joseph capturé ! Et Denning qui savait, ou qui n'allait pas tarder à apprendre, que ce navire lui appartenait ! Le capitaine ne manquerait pas d'en tirer des conclusions.

Il n'attendait pas le *Skorost* avant la semaine suivante. C'était un problème, certes, mais pas aussi grave que la capture de Joseph. Son chef d'équipe avait pris un énorme risque en sortant prévenir le navire. Joseph n'ignorait pas que la falaise était surveillée. Mais sa loyauté envers Stepan l'avait poussé à tenter de sauver le bateau.

Que faire à présent ? Essayer de joindre le *Skorost* ? Se précipiter en ville pour tenter de libérer Joseph avant que Denning n'arrive à lui soutirer des informations ?

— Qu'est-ce qui va arriver à Joseph, milord ?

Stepan ne le savait que trop. Denning pouvait se montrer cruel. Le souvenir du capitaine levant la main sur Anna était encore frais dans sa mémoire. Un homme qui se permettait cela sur une jeune fille noble ne se gênerait pas avec un simple gamin.

Stepan connaissait Joseph ; le garçon résisterait, ce qui pousserait Denning à bout. Cette pensée le décida. Il se rendrait d'abord en ville.

Il donna quelques directives à Irish avant de le congédier :

— Je préciserai mes instructions au sujet du bateau plus tard. Dis aux autres de ne pas s'inquiéter. Je vais récupérer Joseph.

— Et comment vous y prendrez-vous ? interrogea une voix douce depuis le seuil, alors qu'Irish s'esquivait.

Anna se tenait debout dans l'embrasure, vêtue d'un peignoir, les cheveux dénoués sur les épaules. Ébouriffée par leurs ébats de la veille et par le sommeil, elle offrait un délicieux spectacle et le cœur de Stepan se serra à sa vue. C'était cela, le prix à payer pour l'avoir à lui pour toujours — l'exposer aux dangers de l'aube et aux escapades de minuit. Tant qu'ils resteraient ensemble, ses secrets seraient aussi les siens. Même si elle ne participait pas à ses entreprises, le seul fait qu'elle soit au courant suffisait à la faire condamner. La connaissant, il doutait qu'elle en reste là. Ce serait même son argument pour s'exposer un peu plus. Quitte à se trouver déjà compromise, autant faire les choses jusqu'au bout, dirait-elle. C'était là un débat qu'il ne pouvait pas la laisser gagner.

La garder près de lui en faisait sa complice, qu'elle le veuille ou non. C'était pour cela qu'il avait tenu Dimitri et les autres à l'écart. Ruslan avait sans doute deviné, mais il habitait en France, là où la loi anglaise ne pouvait l'atteindre. Dimitri et Nikolaï, eux, avaient fait leur vie en Angleterre, une vie qui pouvait être ruinée s'ils savaient et s'il se faisait prendre. L'ignorance les protégeait, comme elle avait jusque-là protégé Anna.

Sa conscience le travaillait.

« Tu voulais savoir ce que cela coûterait de garder Anna avec toi ? lui susurrait-elle, ironique. Eh bien, maintenant, tu sais. Cela lui coûtera la vie et tu y perdras ton honneur. Tu as défloré la sœur de ton meilleur ami, tu lui as fait côtoyer ton réseau de contrebande, l'exposant ainsi au danger, et elle a été agressée par un officier britannique. Avec toi, elle sera obligée de mener une double vie — compagne d'un contrebandier à Shoreham et aristocrate de bon ton à Londres. Elle sera obligée d'avoir deux visages et ne pourra jamais cesser ce double jeu. Exactement comme toi… »

En choisissant de pratiquer la contrebande, de devenir un antiprotectionniste pour protester contre l'injustice des taxes, il avait commis un crime que rien ne pourrait jamais effacer. Il lui faudrait toujours garder secrète cette partie de sa vie.

Jamais il n'avait senti le poids des conséquences de son

choix comme en cet instant. Sa décision déterminerait tout le reste de son existence, se répercuterait sur tous ses proches. Anna comprise.

Elle s'approcha de lui, une ride d'inquiétude au front, et lui toucha la joue.

— À quoi pensez-vous ? Laissez-moi vous aider…

Son corps rayonnait encore de la chaleur du lit et elle sentait les fragrances du bain de la veille. Stepan réagit aussitôt à ce contact, malgré le danger imminent qui les menaçait. Dieu, qu'il aurait aimé se recoucher avec elle et fermer la porte au monde extérieur ! Mais c'était vouloir l'impossible…

Il posa les mains sur ses bras, les agrippant à travers la soie du peignoir, et déglutit.

Ce serait là son châtiment, de ne l'avoir eue qu'une fois. De n'avoir qu'une seule nuit à se rappeler durant toutes les autres à venir. Ses folles espérances de la veille n'étaient rien d'autre que cela — des espoirs insensés. Il s'était montré faible et avait cédé aux illusions.

— Anna, il faut que vous partiez. Je veux que vous retourniez chez Dimitri et que vous oubliiez tout cela. Oubliez la grotte et tout ce que vous y avez vu, oubliez l'escalier secret, les garçons et les navires.

— Impossible ! Je ne peux pas plus faire cela que vous ne pouvez arrêter la contrebande.

— Si. Je vais renvoyer le bateau. Ainsi, vous n'aurez rien à craindre.

Peut-être avait-elle eu raison, la veille, lorsqu'elle lui avait chuchoté cette suggestion à l'oreille. Peut-être était-il temps pour lui d'oublier ses principes, d'abandonner le combat. Le coût augmentait en même temps que les risques.

Le regard de la jeune femme se durcit.

— Si vous renvoyez le navire, Denning aura gagné. La tyrannie aura gagné. Il nous oblige à nous soumettre à une loi injuste et des pratiques tout aussi injustes qui favorisent les riches, ainsi que vous l'avez dit vous-même. Si vous éloignez le *Skorost*, cela ne résoudra rien. Pas plus que de me renvoyer, moi !

Et le regardant droit dans les yeux, sans ciller :

— Et l'alcôve, vos baisers, le bain et la nuit que nous venons de passer ensemble ? Ils ne peuvent pas plus être effacés que ne peuvent l'être mes sentiments ou les vôtres.

Sous ces mots prononcés d'une voix basse et ardente, il sentait vibrer la colère. Elle était furieuse contre lui, de toute évidence.

Pourtant, il ne céda pas.

— Allez à Londres, Anna, et trouvez un mari puissant qui pourra vous protéger bien mieux que moi.

Cela lui brisait le cœur de la renvoyer, de renoncer à elle, mais avait-il le choix s'il voulait assurer sa sécurité ?

— Vous m'avez pris ma virginité ! objecta-t-elle. Je n'ai plus rien à offrir à un gentilhomme londonien.

« Et vous, vous m'avez pris mon cœur ! » aurait-il voulu répliquer. Mais c'eût été lui fournir des armes. Si elle s'imaginait qu'il tergiversait, ce serait leur perte à tous les deux.

— Vous êtes très belle, Anna. Il se trouvera toujours un homme pour passer outre.

C'était du moins ce qu'il espérait. Le regret l'envahissait à présent, un regret poignant. Il n'aurait pas dû la prendre, il n'aurait pas dû se laisser aller à sa passion. Le moins qu'il puisse faire à présent pour expier cette faute, c'était de la mettre à l'abri.

— Vous me renvoyez parce que vous mijotez quelque folie.

— Je vous renvoie pour ne pas avoir sans cesse à m'inquiéter pour vous. Comment puis-je m'occuper de mon navire et de mes hommes si je dois penser à vous tout le temps ?

Il n'exagérait en rien. Si elle restait là, elle représenterait pour lui un constant sujet de distraction. Déjà il tremblait pour elle, obsédé par sa sécurité.

— Je peux prendre soin de moi, vous savez ! Nous étions convenus que je n'étais plus une petite fille, non ?

— Et si Denning revient vous menacer ? S'il veut vous obliger à lui révéler l'existence des grottes ?

C'était là sa véritable crainte — que la cause à laquelle il avait voué sa vie lui prenne la femme qu'il aimait.

— Je ne lui dirai rien ! protesta-t-elle, visiblement outrée.

De toute évidence, elle ne comprenait pas jusqu'où Denning était capable d'aller.

— Il ne vous le demandera pas gentiment, Anna. Que se passera-t-il s'il vous met un couteau sous la gorge ? Et si vous laissez échapper la vérité ? Avez-vous pensé aux conséquences ?

Les garçons seraient trahis. Ils seraient pendus ou déportés.

Il vit Anna pâlir, soudain consciente des implications.

— Et au nom du ciel, que se passera-t-il si vous ne parlez pas ? poursuivit-il en baissant la voix. Croyez-vous que je veuille rentrer un soir pour vous trouver morte, la gorge tranchée ?

Un dilemme décidément impossible.

— Et vous ? riposta-t-elle. Que se passera-t-il si vous vous ruez en ville pour libérer Joseph et si au lieu de cela Denning vous arrête ? Ou pire, si vous vous livrez en échange de la liberté du gamin, parce que vous n'aurez pas d'autre moyen d'acheter sa liberté ? Suis-je supposée rester tranquillement assise à Little Westbury, sans savoir ce qu'il advient de vous ? Il faut que je sois en sécurité, mais pas vous ?

Et l'agrippant par les pans de sa chemise :

— Je vous aime, Stepan Shevchenko. Quand j'ai couché avec vous, je l'ai fait en toute connaissance de cause, sachant qui vous êtes et ce que vous faites. Je fais partie de votre vie, que vous le vouliez ou non.

Le cœur de Stepan se brisa.

— Anna, je ne veux pas que vous fassiez partie de cette vie-là. S'il vous arrivait quoi que ce soit…

Voilà ce qu'il advenait quand quelqu'un se souciait de vous, quand on vous lançait à la figure des mots interdits, comme ce dévastateur « je vous aime »… À présent, il allait devoir l'obliger à partir.

Elle s'écarta de lui, le regard étincelant, et alla se camper devant le feu. Sa posture exprimait une détermination inébranlable. Non, vous ne me renverrez pas ! semblait-elle dire.

— Premièrement, vous avez besoin de mon aide auprès de Denning, argua-t-elle. Deuxièmement, vous ne pouvez pas vous contenter de vous précipiter en ville à cheval pour sauver Joseph. Il nous faut un meilleur plan.

En dépit de son angoisse, Stepan ne put s'empêcher de sourire à l'énoncé de ce « nous ».

— Sur ce point-là, j'ai une longueur d'avance sur vous, déclara-t-il.

Ce serait la plus folle de ses initiatives, certes. Mais parfois, c'étaient les entreprises les plus audacieuses qui réussissaient le mieux. Il allait rejoindre le *Skorost* en canot et conduirait lui-même le navire dans le port de Shoreham. Le bateau avait déjà été repéré. Cela ne servait à rien de lui faire rebrousser chemin. Une telle action équivaudrait à un aveu, en confirmant que le *Skorost* avait quelque chose à cacher. Au lieu de cela, il déchargerait la cargaison dans le port, sous les yeux du capitaine. En priant pour que les compartiments secrets des barils échappent à son attention…

Anna lui adressa un regard intense. Un sourire jouait sur ses lèvres.

— Qu'allez-vous faire ?

— Je ne vais pas « me précipiter en ville à cheval ». Je vais y entrer en bateau.

Le sourire d'Anna s'élargit, tandis qu'elle s'élançait dans ses bras.

— Parfait ! Et je viens avec vous.

Cette fois, il ne protesta pas. Voilà encore ce qui vous arrivait quand quelqu'un vous jetait des « je vous aime » au visage. Vous commenciez à croire à l'impossible — à croire que l'amour triompherait de tout, de la peur comme du danger.

Pour cette fois du moins, il espérait que c'était vrai. Car tout en dépendait…

Chapitre 19

Dieu, que la mer était vivifiante !

Retirant ses chaussures d'un coup de pied, Anna se hissa dans le cordage et aida à ferler les voiles, obéissant, rieuse, aux instructions de l'équipage quand elle commettait des erreurs.

Cet après-midi, tandis qu'ils préparaient le navire pour le grand *bluff* que projetait Stepan, elle aurait pu être l'un des matelots, pieds nus, en pantalon, les cheveux retenus par un lacet de cuir. Elle montait et descendait les échelles de corde, roulait des barils et nettoyait les planchers, tout cela avec un égal enthousiasme. Après qu'elle eut escaladé les mâts pour la troisième fois, Stepan avait renoncé à lui interdire l'ascension.

Une main en visière, elle inspecta le pont, cherchant Stepan des yeux. Cet après-midi, il avait semblé être partout à la fois : sur le pont, dessous, dans le gréement. Avec courtoisie, le capitaine lui avait cédé le commandement du navire et les hommes avaient obéi sans rechigner à ses ordres, comprenant que le temps pressait. On avait ferlé les voiles, jeté l'ancre. Le *Skorost* n'irait nulle part tant que tout ne serait pas prêt.

De nouveau, elle balaya le pont du regard. Cette fois, elle le découvrit à la barre, en grande discussion avec le capitaine. Tout était presque prêt, semblait-il.

Anna descendit et se dirigea vers la proue. Penchée au-dessus du bastingage, elle contempla l'eau, laissant la trépidation de la journée se calmer peu à peu à l'approche du crépuscule. Le temps fraîchissait, les ombres s'allongeaient et le soleil descendait sur l'horizon. Derrière elle, elle entendit l'un des hommes lancer un ordre pour déployer les voiles et on entendit grincer les chaînes de l'ancre. Dans quelques instants, ils seraient en route et le travail dangereux allait commencer.

Un frisson d'excitation la parcourut à cette pensée. La vie avec Stepan, ce serait cela : une constante ivresse de risque et d'aventure, une vie avec un but, un combat pour les autres. L'amour avec Stepan, ce serait aussi cela : une tendre et incessante lutte entre son besoin à lui de la protéger et son désir à elle de s'intégrer à son univers. Et c'était cela qu'il désirait lui aussi, qu'il en soit conscient ou non. Il l'avait autorisée à venir aujourd'hui parce qu'il avait besoin d'elle. Pas seulement parce qu'elle pouvait manœuvrer Denning comme il ne pouvait le faire lui-même, mais tout simplement parce qu'il avait besoin d'elle en tant que personne — à côté de lui, avec lui, eux deux ensemble.

Stepan comptait sur elle. Ce soir, c'était sa vie même et celle de son équipe à terre qui dépendaient d'elle.

Cette pensée aurait dû effrayer Anna, mais il n'en était rien. Le défi la stimulait, déclenchait des picotements dans ses doigts, lui faisait battre le cœur plus fort. Enfin, elle avait trouvé ce qu'elle avait si ardemment désiré : un but à son existence.

Le bateau commença à bouger. Elle sentit le vent soulever ses cheveux et lui fouetter le visage. Oh ! Seigneur, comme elle aimait cela !

Fermant les yeux, elle ouvrit les bras pour sentir pleinement la force des rafales sur son corps. C'était cela, le goût de la liberté ! Le soleil et le vent contre son visage, un navire fendant l'eau sous ses pieds. Un bateau pouvait aller partout, à tout moment. Il n'était pas attaché à un pays, à un endroit. Elle laissa ce sentiment de liberté s'emparer d'elle, jouant avec la tentation. Et s'ils hissaient les voiles pour de bon ? S'ils mettaient le cap sur la haute mer ?

Ce n'était pas bien de rêver ainsi, quand il y avait tant de préoccupations plus pressantes — Joseph, la cargaison, les desseins de Denning à déjouer. Tout cela aurait dû avoir la priorité dans ses pensées, mais il serait temps ce soir d'y songer. Pour l'instant, elle voulait se donner au vent et à la mer !

Des bras l'encerclèrent soudain, l'attirant dans la chaleur d'un corps dur et musclé. Elle sourit en chuchotant son nom.

— Stepan.

Son amant. Quelle délicieuse pensée, et comme cette seule évocation avait le pouvoir de l'enflammer !

— Vous ne m'aviez jamais dit que vous saviez naviguer, murmura-t-elle.

Cela avait été une révélation pour elle de le voir s'activer ainsi, sans veste, en culotte, manches retroussées, les liens de cuir de son catogan battant au vent. C'était le vrai Stepan. Plus rien de compassé en lui, tandis qu'il criait des ordres d'une voix de stentor. Le regarder manipuler des fûts, les muscles saillant sous sa chemise, s'était révélé un spectacle grisant.

Le vrai Stepan était un audacieux contrebandier. Un homme qui savait la séduire d'un sourire, qui lui exprimait son désir avec ses yeux, avec un simple geste. Un homme capable de se battre pour elle. Elle aimait bien mieux cette version-là que l'autre, l'impassible. Ou plutôt non, elle n'aimait pas — elle *adorait* cet homme tout entier, défauts compris.

Des mots vieux de plusieurs années lui revinrent soudain en mémoire.

« Il ne sait pas aimer. Il ne sait pas ce que c'est qu'une famille. »

L'avertissement de Dimitri la fit sourire. Elle avait compris à présent que ce n'était pas entièrement vrai. Stepan avait toujours su aimer, il avait simplement eu peur de l'amour. Elle avait le pouvoir de changer cela.

— Je devrais vous en vouloir d'avoir gardé tout cela pour vous seul, lui reprocha-t-elle. Quelle merveille ! J'imagine ce que doit être un ciel étoilé en pleine mer. Je crois que j'aime naviguer !

Stepan émit un petit rire, son souffle chaud dans son oreille, les bras étroitement refermés autour d'elle.

— Attendez d'avoir traversé un ouragan d'automne avant de dire cela !

Elle n'était que trop heureuse de discuter avec lui. Ces précieux instants qu'ils étaient en train de vivre représentaient le calme avant la tempête.

— Oui, peut-être le devrais-je.

Déjà, l'excitation montait en elle.

— Pourquoi ne prenons-nous pas le large, Stepan ? Nous pourrions aller en Amérique ou aux Caraïbes. L'inconnu nous y attend. Oh ! dites que nous partirons ce soir, après avoir récupéré Joseph et assuré la sécurité de la cargaison !

Le frisson de l'aventure la parcourut.

— Qu'est-ce qui nous en empêche ? insista-t-elle. Dès que Denning aura quitté le bateau, nous pourrons aussitôt lever l'ancre.

Elle resterait là des journées entières, avec le vent sur son visage et Stepan auprès d'elle. C'était tout ce qu'il lui fallait, en fin de compte. Le mariage et la liberté ne s'excluaient pas forcément l'un l'autre, elle venait de le découvrir. Avec l'homme adéquat, le mariage pouvait même devenir synonyme de liberté.

Cependant, Stepan songeait aux détails pratiques.

— Et tout quitter ?

Elle savait à quoi il songeait — à l'argent déposé dans sa banque londonienne sur le Strand, aux bijoux dans son coffre-fort, à leurs effets à Seacrest, à toutes leurs affaires.

— Vous possédez ce navire et cet équipage, lui rappela-t-elle. Nous pouvons emmener Irish et tous ceux qui voudront venir avec nous. Il nous suffit de leur envoyer un mot en leur donnant rendez-vous quelque part.

Par précaution, Stepan avait en effet ordonné à l'équipe de se disperser. Personne ne devait se trouver ce jour-là aux alentours des grottes pour le cas où Denning y ferait une incursion.

— Vous avez tout prévu, commenta-t-il en riant. Suis-je censé aussi subvenir à leurs besoins à tous sans un sou ?

— Bah, vous construirez une autre fortune, répliqua-t-elle simplement, avec une foi absolue en lui.

Elle le voyait bien à présent : Stepan pouvait devenir marchand, importateur et même contrebandier s'il le préférait, n'importe où dans le monde. Il avait amassé une fortune ici, il pouvait le refaire ailleurs, peu importait où. Pour elle, c'était sans importance.

— Vous réussissez tout ce que vous entreprenez, même l'impossible ! allégua-t-elle.

Et c'était vrai, elle s'en rendait compte maintenant. Il avait libéré Nikolaï, les avait tous fait sortir du Kouban. C'étaient là des exploits apparemment irréalisables. Construire une nouvelle vie, ce n'était rien pour un homme comme lui. Il l'avait déjà fait une fois.

— Vous quitteriez votre frère ? Vous laisseriez tous les autres ?

Celui qui parlait à présent, c'était le Stepan raisonnable. Elle aurait banni cet homme-là si elle avait pu, sauf qu'il faisait aussi partie de lui, tout autant que son côté aventurier. Perdre cette partie-là, c'était perdre une partie de lui, de ce qu'il était.

— Nous trouverons d'autres causes à défendre. Je suis

sûre que l'injustice ne manque pas non plus en Amérique et aux Caraïbes !

Elle rit doucement.

— Et peut-être que nos amis sont assez avisés pour s'occuper un peu d'eux-mêmes, vous ne croyez pas ?

Stepan éclata d'un rire légèrement désabusé.

— Nikolaï ? Assez avisé ? J'en doute.

Anna lui pressa la main, lui manifestant ainsi sa sympathie et son soutien. Il était temps pour lui de lâcher le passé et de saisir l'avenir des deux mains. Il avait libéré ses amis, les avait tirés du danger, s'était tenu à leurs côtés tandis qu'ils se forgeaient une nouvelle vie et rencontraient de nouvelles amours. C'était son tour à présent.

Elle se retourna dans ses bras pour lui faire face, les mains nouées autour de son cou.

— Brisez tout pour moi, Stepan ! chuchota-t-elle.

Et dans son cœur s'éleva une fervente prière afin qu'il trouve suffisamment son bonheur en elle pour rompre les chaînes qu'il s'était imposées. Si seulement elle pouvait lui suffire…

Se hissant sur la pointe des pieds, elle déposa un tendre baiser sur sa bouche et sentit ses bras se resserrer autour d'elle.

Il ne restait plus beaucoup de temps avant que le jeu périlleux ne commence. Les embarcations des douaniers se rapprochaient et le bleu du ciel s'effaçait. L'éclat de ce bel après-midi de mars avait laissé place à la calme descente du crépuscule.

Anna respira profondément dans les bras de Stepan, inhalant son odeur, le sel sur sa peau, le vent dans ses cheveux, tout ce qui témoignait de la farouche énergie qui vibrait en lui. Tout comme le parfum du savon et de l'eau de Cologne sur sa chemise révélaient l'homme qu'il était.

C'était *son* homme, le Prince contrebandier.

*
* *

Un cri s'éleva du sein de l'équipage, signalant que le bateau de la douane approchait toutes voiles dehors, à présent que le *Skorost* manifestait son intention d'entrer dans le port.

— Il est temps.

Anna s'humecta les lèvres avant de reculer lentement, quittant à regret la chaleureuse étreinte de Stepan. Il lui prit la main et la pressa. Elle s'attendait presque à ce qu'il rejette une fois de plus son aide, mais au lieu de cela, il murmura simplement :

— Je vais vous aider à vous habiller.

Et sans doute parce qu'il ne pouvait pas s'en empêcher :

— Si vous êtes sûre…, ajouta-t-il. Je peux vous déposer à terre.

Elle appuya un doigt sur ses lèvres.

— J'en suis sûre, Stepan. Ma place est avec vous. Toujours.

Tout avait été préparé dans la cabine du capitaine — les habits de Stepan et sa robe à elle, ou plutôt la robe de Beatrice Worth — une superbe toilette de soie rouge outrageusement décolletée. Stepan l'avait fait apporter à bord juste avant de quitter Seacrest. Le rôle d'Anna-Maria consisterait à retenir le capitaine Denning à table ce soir, assez longtemps pour que la cargaison soit déchargée sous son nez, pendant que ses hommes et lui boiraient et feraient ripaille.

À la lueur de la lampe qui éclairait doucement la cabine, Anna versa de l'eau dans une cuvette pour ses ablutions, consciente du regard de Stepan sur elle. Elle voulut faire glisser la chemise d'homme au-dessus de sa tête, mais les mains de Stepan se posèrent sur les siennes, tandis qu'il lui chuchotait les mots si familiers désormais :

— Laissez-moi faire…

*
* *

Déjà excité, il la dépouilla de sa chemise. Anna avait été toute la journée un enchantement pour les yeux, trottinant pieds nus sur les ponts dans ce pantalon juste un peu trop étroit et très ajusté sur les hanches — rappelant avec évidence que la silhouette sous cet accoutrement n'était pas celle d'un garçon.

— J'ai été fier de vous aujourd'hui.

Il trempa un linge dans l'eau et l'essora avant de frotter un bras, puis l'autre, reproduisant les gestes qu'il avait accomplis lors d'un autre bain encore récent, avec une eau plus chaude, du savon plus délicat et une baignoire.

— Vous avez escaladé ces cordages comme si vous étiez née sur un bateau !

Doucement, il lui baigna les seins, observant la façon dont les mamelons roses saillaient sous son toucher, roidis par le froid. Il aurait voulu les embrasser, les enserrer au creux de ses paumes pour les réchauffer. Mais ils n'avaient pas le temps. Denning n'allait pas tarder à les aborder. Ce vautour les avait observés toute la journée, guettant le moment de fondre sur sa proie. Stepan avait pris plaisir à le laisser mijoter. Faisant exprès de traîner, l'équipage et lui avaient longuement procédé sous ses yeux à la réparation des dégâts causés par la dernière tempête, juste hors d'atteinte du capitaine. Histoire de le narguer…

— Laissez-moi jouer les caméristes, fit-il en conduisant la jeune femme vers la banquette où étaient étalés ses vêtements.

Il s'agenouilla devant elle et fit glisser son pantalon sur ses hanches. Dieu, qu'elle était belle ! Ces seins si pleins, cette taille fine et les sensuelles courbes de ses hanches… Les mains sur son ventre, il déposa un baiser sur son nombril, en lui murmurant une promesse :

— Quand tout cela sera fini, nous resterons au lit ensemble pendant des jours.

Elle lui passa la main dans les cheveux.

— Il me tarde…, chuchota-t-elle.

Ils agissaient tous deux comme si l'avenir était assuré. Ils élaboraient des plans et des promesses comme si cette soirée était déjà derrière eux, alors que rien n'était moins vrai. Ce qui allait se jouer ce soir pour eux, c'était la vie ou la mort. La liberté ou l'emprisonnement. Tout cela sur le fil du rasoir… Un seul faux pas et leur futur ne serait plus que ruines.

Il leva les yeux vers elle avec un sourire et souleva un bas de soie.

— Donnez-moi votre pied.

Il l'habilla avec tout le soin qu'un amant mettait d'habitude à *déshabiller* sa bien-aimée. Il déroula ses bas jusqu'en haut de ses cuisses, se rappelant avec regret la soirée où il les avait fait glisser dans l'autre sens. Puis il lui passa sa chemise, laça son corset, et pour finir, ajusta sur elle la superbe robe rouge.

Il fallait qu'il soit fou pour la laisser faire cela, pour lui permettre de l'aider et l'exposer ainsi au danger. Il n'était pas trop tard, il pouvait arrêter l'opération et charger l'un des matelots de la ramener à terre en canot. Elle serait en sécurité à Seacrest.

Mais non. Seacrest n'était plus forcément un lieu sûr. Si Joseph craquait, les soldats pouvaient y débarquer à tout moment pour fouiller les lieux et ils ne se montreraient rien moins que polis. Qu'elle reste ici avec lui ou regagne Seacrest, Anna risquait sa vie de la même façon.

Peut-être était-ce là un raisonnement égoïste, justifiant son désir de la garder près de lui. Pourtant, il préférait l'avoir à son côté, là où il pouvait se battre pour elle, mourir pour elle s'il le fallait. Par ailleurs, elle méritait de prendre sa revanche sur Denning. Cet homme l'avait agressée. Elle avait le droit de se venger de lui.

Il s'écarta d'elle, la gorge nouée.

Son Anna-Maria… Si elle se trouvait vraiment plus en sécurité avec lui, pourquoi avait-il l'impression de l'envoyer au supplice ?

— Avez-vous besoin de mon aide pour vous coiffer ?

Elle sourit avec confiance.

— Je peux me débrouiller. Vous devez vous habiller, vous aussi.

Elle avait raison. Il se changea en silence, pendant qu'Anna relevait ses cheveux et attachait deux petites boucles d'oreilles à ses lobes. Du coin de l'œil, elle le regarda lutter avec sa cravate. Après avoir enfoncé une dernière épingle dans son chignon, elle s'avança vers lui, et d'un geste adroit noua la cravate du premier coup.

— Là, vous voilà prêt ! fit-elle en le gratifiant d'un sourire éblouissant. Juste à temps ! Je crois que j'entends Denning.

On percevait en effet un remue-ménage de plus en plus bruyant sur le pont.

— Attendez, dit Stepan. Une dernière chose…

Fouillant dans la poche de son habit de soirée, il en tira une bourse.

— Vous allez en avoir besoin, ajouta-t-il en tendant à la jeune femme une rangée de perles. J'aurais dû vous les donner plus tôt. Je les ai achetées après le bal, vous vous souvenez ? Quand j'ai compris…

Elle prit le collier, le regard étincelant de plaisir.

— Quand vous avez compris quoi, Stepan ?

— Que vous n'étiez plus une petite fille ! Aussi joli qu'il soit, le cœur de cristal que vous portiez ce soir-là était un colifichet de jeune fille, pas un bijou de femme.

— Voulez-vous m'aider à le mettre ?

Il laissa ses mains s'attarder sur la nuque d'Anna, tandis qu'il attachait le collier.

— Vous êtes ravissante ce soir.

Trop. Cela captiverait Denning et les autres, ce qui

était le but. Mais il n'en restait pas moins que cette robe était indécemment décolletée.

Le corps en émoi, Stepan s'éclaircit la gorge. Il fallait qu'il se calme avant d'affronter Denning.

— Êtes-vous prête ?

Le sourire taquin d'Anna-Maria déclencha une onde de chaleur dans son bas-ventre.

— Presque.

Il sentit la douceur de sa main sur son bras.

— Dites-moi que nous partirons cette nuit, quand toute cette histoire sera finie…

Le regard de Stepan se posa sur ses lèvres. Il n'y avait pas de limites à ce qu'il se sentait capable de faire pour cette femme. Il se battrait pour elle, il mourrait pour elle, il mentirait pour elle, si cela pouvait les aider à surmonter l'épreuve de ce soir.

— Nous partirons cette nuit, chuchota-t-il avant de franchir la porte qui donnait sur le pont.

Puis il se composa un visage, prêt à jouer le rôle de l'homme d'affaires averti qui fait entrer son navire dans le port.

Comme si c'était la chose la plus naturelle du monde…

D'un pas décidé, Elias Denning monta à bord du *Skorost*. Ce soir, Stepan Shevchenko ne lui échapperait pas. C'était gagné d'avance. Le gamin qu'il avait fait jeter en prison n'avait pas parlé, mais son collègue, le jeune efflanqué qui tenait les comptes à l'entrepôt du prince, s'était montré plus loquace.

Celui que Denning avait capturé sur la falaise avait récolté pour sa peine un dos en sang et une condamnation à mort, terrible coût de sa résistance. Il aurait mieux fait de livrer son patron dès le début, ainsi il aurait au moins sauvé sa peau. Quoi qu'il en soit, Shevchenko était fini, mais le garçon s'était montré d'une loyauté indéfectible et il allait être pendu pour cela. À moins que lui, Elias, ne se montre magnanime. Hum… Sa magnanimité dépendrait de la façon dont les choses allaient se dérouler ce soir.

Il regarda sa montre avec un sourire sardonique. En cet instant même, les soldats devaient être occupés à fouiller les grottes de Seacrest, rassemblant les preuves dont il avait besoin.

Shevchenko s'approcha, tiré à quatre épingles. D'une écœurante élégance, comme toujours.

— Capitaine ! À quoi devons-nous le plaisir de votre présence ? Vous n'accueillez pas chaque nouveau bateau qui entre au port, je suppose ?

L'accueil était loin d'être chaleureux. De toute évidence, Shevchenko n'avait pas l'intention de feindre des sentiments d'amitié à son égard.

— Il m'arrive de le faire quand un navire me semble intéressant, Votre Altesse. Je ne me doutais pas que celui-ci vous appartenait, prétendit Denning. Il est resté si longtemps au large aujourd'hui que cela nous a inquiétés. Nous avons pensé qu'il avait peut-être besoin d'assistance. Bien entendu, vous êtes au courant des nouveaux règlements, ajouta-t-il. Ils resteront en vigueur tant que la contrebande ne sera pas sous contrôle.

— Oui, bien sûr. Voici le tableau des marchandises.

D'un geste nonchalant, Shevchenko lui tendit la liste des denrées importées.

Denning adressa un signe de tête au lieutenant qui l'accompagnait.

— Descendez dans la cale et contrôlez la cargaison. Assurez-vous qu'elle correspond au manifeste, pendant que nous voguons vers le port.

Stepan désigna d'un geste l'escalier.

— Pourquoi ne l'accompagnons-nous pas tous les deux ? proposa-t-il, sans montrer le moindre signe d'inquiétude.

Denning trouvait l'homme bien trop sûr de lui. Toutefois, la partie ne faisait que commencer…

*
* *

Une demi-heure plus tard, tous les fûts avaient été examinés un à un. Les hommes de Denning avaient sondé chaque centimètre carré du plancher de la cale et de la coque, à la recherche de cachettes et de doubles-fonds. En vain. Ils avaient ouvert les tonneaux de vin et plongé des bâtons dedans pour en tester la profondeur. C'était une ruse courante de mettre du vin sur le dessus et de cacher l'alcool au-dessous. Mais en l'occurrence, cela ne semblait pas être le cas.

— Dès que vous aurez additionné tout cela, je réglerai les taxes sur le vin, fit Shevchenko avec un sourire empreint de froideur.

— Bien sûr, répondit Denning, cachant sa déception.

S'il y avait des alcools, de la soie ou d'autres épices sur ce navire, on n'en voyait pas trace.

Le bateau alla cogner doucement contre le mur d'amarrage, signe qu'ils venaient d'atteindre le quai. Il ne restait plus beaucoup de temps à Denning. Il fallait que la cargaison reste à bord. Une fois à terre, elle échapperait à sa juridiction. Un entrepôt étant considéré comme une propriété privée, il lui fallait un mandat pour y pénétrer. Non pas que ce genre de considération ne l'ait jamais arrêté, mais cela l'obligerait à fournir des explications supplémentaires à ses supérieurs.

Shevchenko le dirigea vers l'escalier menant au pont supérieur.

— Accepteriez-vous de souper avec nous, capitaine ? Nous avons prévu un succulent repas pour fêter l'arrivée du *Skorost*.

— Nous ?

— Oui, Miss Petrova est avec moi. Acceptez, je vous en prie.

— En ce cas, j'aurais mauvaise grâce à refuser, céda le capitaine.

L'invitation lui semblait si étrange que sa curiosité en était piquée.

Peut-être Shevchenko comptait-il sur sa présence pour quelque secrète raison ? De toute évidence, il y avait anguille sous roche, et s'il quittait le navire maintenant, il ne saurait pas de quoi il retournait.

De toute façon, il ne risquait rien en s'attardant à bord. Shevchenko l'ignorait encore, mais lui, Denning, avait toutes les cartes en mains : Joseph, la confession de l'autre garçon, et bientôt le contenu de la caverne sous Seacrest.

Avant la fin de la soirée, Shevchenko se retrouverait en prison. Ce serait son dernier repas d'homme libre et Miss Petrova, privée de son protecteur, resterait à la merci de son geôlier.

Jusqu'où irait-elle pour sauver son prince ? Très loin, sans doute…

Denning s'en réjouissait d'avance.

Oui, le festin de ce soir promettait d'être savoureux…

Chapitre 20

— Un peu plus de vin ?

Anna fit signe à Irish d'ouvrir une nouvelle bouteille — la neuvième depuis que Stepan et elle, Denning et ses quatre lieutenants s'étaient attablés pour le souper, la deuxième depuis le moment où Stepan avait quitté la table pour « s'occuper de quelque chose ».

Seulement la deuxième ? Elle avait l'impression que cela faisait une éternité qu'il s'était absenté. Elle l'imaginait en bas, dans la cale, dirigeant le transport silencieux des fûts et des coffres trafiqués, avec leurs compartiments secrets. Le silence était la clé de l'opération, s'ils voulaient réussir.

Neuf bouteilles vidées et c'était loin d'être assez ! Elle voulait que leurs invités soient soûls, ivres au point de rentrer chez eux en chancelant, oubliant momentanément la cargaison, assez grisés pour ne pas entendre les hommes occupés à décharger les barils sur le quai, juste derrière la porte.

De ce point de vue, tout allait bien jusque-là. Plus ils feraient de bruit à l'intérieur, mieux ce serait. Le vin était supposé encourager le tapage, cependant ces hommes semblaient terriblement convenables et bien élevés. Leur honte n'en serait que plus grande, quand ils se seraient laissés aller…

L'un des jeunes lieutenants éloigna d'un geste le gamin qui s'approchait de lui avec la bouteille.

— Non, merci, c'est assez pour moi.

Un autre eut l'air de vouloir suivre son exemple. Anna se rembrunit. Voilà qui n'était pas bon. Il fallait que ces messieurs boivent davantage.

Elle se leva et prit la bouteille à Irish.

Puis, avec son plus charmant sourire :

— Comment, lieutenant ? Plus de vin ? Acceptez, je vous en prie.

Et elle lui versa un verre plein en feignant de ne pas avoir compris son refus. Tout en le servant, elle se pencha autant qu'elle put, offrant ainsi au jeune homme rougissant une vue plongeante sur son décolleté. Les douaniers sobres ne faisaient pas partie du programme, ce soir !

— Et vous, lieutenant ? Votre verre est vide, comment osez-vous ?

Elle passa d'homme en homme, laissant traîner sa main sur des épaules ou des manches d'uniforme, souriant avec coquetterie tandis qu'elle versait le vin, et provoquant en échange de vives rougeurs, voire, à la fin, des regards plus audacieux qui s'attardaient sur ses charmes.

— L'un d'entre vous saurait-il jouer ? s'enquit-elle en brandissant un violon.

Elle leur adressa à tour de rôle un sourire ravageur, jusqu'à ce que l'un d'eux cédât à l'invite.

— Moi, madame, fit un corpulent officier au visage rougeaud.

— Oh ! magnifique ! s'exclama-t-elle. Je meurs d'envie de danser.

Et obligeant son voisin à se lever :

— Voyons, vous accepterez bien de danser avec moi, n'est-ce pas ?

Sans attendre la réponse, elle entraîna le jeune homme dans l'espace vide près de la table et posa une main sur son épaule.

Puis elle adressa un sourire aguicheur au violoniste.

— Une polka, voulez-vous ?

Après deux tours de piste, tous les hommes tapaient dans leurs mains en cadence pour accompagner la danse. Après quatre tours, elle les avait tous à ses pieds !

Elle épuisa un officier après l'autre, les laissant tous hors d'haleine.

— Capitaine, c'est votre tour, dit-elle en se tournant vers Denning.

Cette fois, elle eut le plus grand mal à feindre l'enjouement, encore plus de mal à lui abandonner sa main et à se laisser enlacer par lui, mais elle ne pouvait pas céder à sa répulsion. Il fallait qu'elle danse avec Denning comme elle l'avait fait avec les autres. Elle devait les faire rire, boire, danser, jusqu'à ce qu'ils en oublient l'absence de Stepan et la cargaison pour se souvenir seulement qu'ils vivaient l'une des plus fabuleuses soirées de leur vie.

— Je crois que le champagne s'impose ! cria-t-elle à Irish par-dessus son épaule, tandis que Denning la faisait tournoyer.

— Ma parole, Miss Petrova, vous savez traiter vos amis, lui chuchota le capitaine à l'oreille. Puis-je savoir vos raisons ? Je commençais pourtant à croire que vous ne m'appréciiez guère.

— Vous n'aimez donc pas faire la fête ? le taquina-t-elle, flirtant sans vergogne.

— En général, oui. Mais pas avec mes ennemis, répondit-il en ricanant. Pensiez-vous que j'avais oublié, Miss Petrova ? Votre prince s'est battu avec moi et a bien failli me briser la mâchoire !

— Il avait d'excellentes raisons de le faire, objecta Anna, s'obligeant à sourire. Vous me menaciez, si je me souviens bien.

— Non pas ! Je tentais seulement de vous persuader, ma chère.

Il resserra son étreinte autour de sa taille et l'attira

fermement contre lui, lui rappelant ainsi qu'il était un homme robuste et musclé. Elle ne serait pas de taille à résister à sa force, si les choses en venaient à cette extrémité. En présence de quatre autres convives, il ne pouvait pas lui faire subir de violences, tenta-t-elle de se rassurer. Malgré tout, elle se sentirait mieux si Stepan revenait. Oh ! pourquoi s'attardait-il ainsi ?

— Ce soir, c'est à mon tour de vous persuader, susurra-t-elle.

Et soutenant sans ciller le regard de son cavalier :

— Je vais vous prouver une fois pour toutes que Stepan Shevchenko n'est pas un contrebandier. Quel contrevenant ferait entrer ainsi son navire dans le port, après être resté des heures en mer à réparer des mâts à la vue de tous ?

— J'espère pour vous qu'il en est ainsi, Miss Petrova. Mes hommes feront leur devoir et appliqueront la loi, même si la contrevenante porte une robe rouge affriolante et n'épargne pas son vin.

Anna rejeta la tête en arrière, affichant un large sourire pour qu'aucun des hommes ne soupçonne l'objet de leur conversation.

— Il n'est pas illégal de dîner, de danser et de boire, que je sache. Je n'ai rien fait de mal, capitaine !

— Pas encore. Vous êtes une excellente actrice, Miss Petrova. Vous avez probablement raté votre vocation.

— Allons, capitaine, partagez un peu votre cavalière ! s'écria l'un des officiers avec un rire bon enfant. Vous l'avez gardée assez longtemps.

Le vin commençait à faire effet, nota Anna. Parfait. S'arrachant des bras du capitaine, elle rejoignit le lieutenant.

Elle les aurait tenus là à danser toute la nuit… s'il n'y avait eu le champagne. Denning s'empara de la bouteille dès qu'elle arriva et fit sauter le bouchon. Un énorme *pop* résonna par-dessus la musique et le bruit des danseurs, si retentissant qu'un silence surpris s'empara de l'assemblée.

Par un malencontreux hasard, on entendit alors un bruit sourd heurter le plancher du pont.

Oubliant la bouteille, Denning plissa les yeux et tira son pistolet de sa ceinture.

— Messieurs, sur les ponts ! ordonna-t-il d'une voix brève. Deux d'entre vous en bas, deux en haut.

La cabine se vida à une vitesse remarquable, témoignant de l'efficacité de l'armée britannique.

— Vous n'accompagnez pas vos hommes ? s'enquit Anna, inquiète.

Si elle était raisonnable, elle chercherait plutôt à le garder ici, auprès d'elle. Les autres officiers étaient jeunes, impressionnables, et peut-être déjà assez imbibés d'alcool pour ne pas comprendre tout de suite ce qui se passait là-haut. Stepan et les membres de l'équipage auraient peut-être le temps de les maîtriser avant qu'ils ne dégainent leurs armes ou ne songent à tirer, si la situation dégénérait.

Il n'en restait pas moins qu'elle ne se sentait pas en sécurité ici, seule avec Denning.

Le capitaine lui jeta un regard froid et remplit deux verres de champagne.

— Qu'est-ce que mes hommes vont trouver, à votre avis ? Des fûts d'alcool de contrebande ?

Il lui tendit un verre en se rapprochant d'elle, l'acculant contre le bord de la table.

Anna haussa les épaules.

— Pourquoi trouveraient-ils quelque chose, quand vous avez vous-même échoué à découvrir quoi que ce soit ? Les seules marchandises sur ce navire sont celles que vous avez vues et pour lesquelles Stepan a payé des taxes. C'est un homme honnête, droit, et…

Denning l'interrompit en frappant sur la table, faisant tressauter les gobelets. Anna dut prendre sur elle pour ne pas sursauter, elle aussi.

— Pour qui me prenez-vous, Miss Petrova ? Est-ce

que vous vous imaginez un seul instant pouvoir me tromper ? Stepan Shevchenko n'est pas plus un honnête commerçant que vous n'êtes une innocente jeune fille. C'est un contrebandier de haute volée et vous, Miss Petrova, vous êtes sa catin !

Anna se raidit.

— Vous n'avez aucune preuve de ce que vous avancez. Ce sont des histoires que vous vous racontez. Des fantasmes nés de votre imagination. Vous êtes jaloux que je vous préfère le prince Shevchenko, voilà tout.

Si seulement elle avait une arme ! songea-t-elle désespérément. Elle pouvait briser un verre… ou tenter de saisir un couteau à beurre. Mais ni l'un ni l'autre ne ferait grand mal au capitaine, hélas.

Denning se pressa contre elle, écrasant les jupes de soie rouge contre son pantalon.

— J'ai quelque chose de mieux encore qu'une preuve. J'ai deux garçons dans mes geôles, dont l'un a révélé qu'une opération de contrebande était en cours sous les falaises de Seacrest, la demeure où vit Shevchenko.

Anna pensa tout de suite à Joseph. Avait-il avoué ? Qu'est-ce que Denning avait fait pour l'y forcer ? Mais le second garçon ? De qui s'agissait-il ? Denning mentait-il pour l'effrayer ?

Réfléchissant à toute allure, elle tenta de démêler le vrai du faux.

— Vous vous demandez si je dis ou non la vérité, n'est-ce pas ? Au cas où vous douteriez, sachez que je détiens l'employé de l'entrepôt de Shevchenko. Un caractère bien plus faible que celui du chef d'équipe.

Il saisit le menton d'Anna entre son pouce et son index, obligeant la jeune femme à le regarder.

— J'ai toujours admiré la beauté de votre peau, Miss Petrova. Je détesterais qu'on l'abîme. Avez-vous déjà vu une peau complètement détruite ? Après une séance de fouet, par exemple. Cela saigne vilainement, et ne guérit jamais tout à fait. Des cicatrices à vie.

Et tournant le visage de son interlocutrice vers la droite, puis la gauche :

— Pareil pour les blessures au couteau. Des marques indélébiles. Surtout si la coupure est profonde.

— Me raconter des histoires sinistres devient une habitude chez vous, rétorqua Anna d'un ton froid. Pour votre gouverne, sachez que je ne trouve pas cela amusant.

Il referma la main à la base de son cou, le pouce appuyé sur son pouls. Anna s'efforça de raisonner, luttant contre la panique. Il n'allait pas l'étrangler, n'est-ce pas ? Elle lui était encore bien trop utile.

— Oh ! ces histoires ne sont pas destinées à être amusantes, mais instructives. C'est très difficile de regarder souffrir quelqu'un d'autre, surtout quand l'autre en question est un ami ou un être aimé — le jeune Abernathy ne me contredirait pas sur ce point. Il n'a pas tenu très longtemps quand nous avons commencé à « travailler » Joseph Raleigh sous ses yeux. Il semblerait que cet Abernathy éprouve une réelle amitié pour son camarade. Dix coups de fouet ont suffi. Abernathy aurait fait n'importe quoi pour sauver Raleigh, même vendre le prince Shevchenko.

Il laissa son regard traîner sur la gorge d'Anna avant d'ajouter :

— Dommage que sa confession soit venue trop tard. Vendre le prince, c'était incriminer Raleigh du même coup.

— Mais ce sont des enfants !

— Ce sont des criminels, Miss Petrova. J'ai dû inculper Raleigh.

De son pouce, il lui caressa le cou.

— Je pourrais, bien sûr, commuer la sentence.

Il eut un sourire torve.

— Cela dépend de ce que *vous* êtes prête à faire.

Il partit d'un rire glacial, qui arracha un frisson à la jeune femme.

— Je vois que vous y réfléchissez déjà, dans votre désir désespéré de sauver ce garçon. Très bien. Je vais vous indiquer mon prix. Je ne crois pas que vous le trouverez trop élevé. Ce n'est sans doute pas la première fois que vous faites cela.

Anna déglutit, rassemblant son courage. Quoi que lui demande Denning, elle était prête à faire tout son possible pour le garder ici, dans cette cabine. Loin de Stepan et de tout ce qui pouvait se passer de l'autre côté de cette porte…

— Votre bouche m'obsède depuis que je vous ai rencontrée, Anna. Puis-je vous appeler Anna ? Miss Petrova me semble beaucoup trop formelle au point où nous en sommes.

Anna distingua une lueur dans les yeux de son interlocuteur et le regarda avec horreur, tandis qu'il ouvrait son pantalon.

— À genoux, Anna !

Il appuya sur ses épaules et la ploya de force, l'obligeant à contempler son phallus turgescent.

— Bon, je vais être clair : je veux que vous me preniez dans votre bouche, ma chère.

Il lui agrippa les cheveux pour lui relever une dernière fois la tête.

— La langue, les lèvres, et même un peu les dents si cela vous agrée. Mais souvenez-vous, c'est la vie de Joseph Raleigh qui est en jeu. Si j'en décide ainsi, je sauverai Raleigh de la corde et vous pourrez justifier votre péché en songeant qu'il vit heureux en Australie pour le restant de ses jours. Ce n'est pas un mauvais marché pour quelques minutes de votre temps, conclut-il en lâchant sa chevelure.

Anna déglutit. Ce qu'il exigeait d'elle n'avait rien à voir avec l'intimité qu'elle souhaitait partager avec

Stepan, parce que ce n'était pas de l'intimité, c'était pure agression. C'était une marque de pouvoir, de possessivité, de violence. Une façon de plier les autres à sa volonté. C'était tout ce que Stepan avait combattu au Kouban, et ici même. Plutôt être damnée que de trahir sa cause en cédant ! L'acte en lui-même n'était pas une trahison, il n'aurait été que le simple produit de la coercition, de la contrainte. Mais céder à ce que cela représentait… Oui, c'était trahir.

Elle bascula sur les talons, une lueur farouche dans les yeux.

— Non, je ne crois pas.

— Qu'est-ce que vous dites ?

— J'ai dit non.

Prononcer ces mots, non pas une mais deux fois, était difficile à faire quand la vie d'un garçon se trouvait dans la balance, mais elle devait affirmer sa volonté. Si elle cédait maintenant, il n'y aurait pas de limite à la domination de Denning et à sa propre soumission.

Elle lutta pour se relever, gênée par ses jupes et la proximité de Denning.

D'un geste brusque, il la repoussa vers le sol.

— Attendez ! Si j'étais vous, avant de me lever, je réfléchirais à ce qu'implique ma décision. Un gamin va mourir à cause de votre sotte fierté !

— C'est tout réfléchi ! rétorqua-t-elle en le défiant du regard.

Il la releva brusquement.

— Très bien, vous l'aurez voulu !

Au même instant, la porte de la cabine s'ouvrit si brutalement que le panneau de bois alla heurter le mur. Denning empoigna la jeune femme, l'emprisonnant contre lui, tandis que ses sbires se ruaient dans la pièce, traînant entre eux un Stepan sanglant et meurtri, dont les jambes inertes heurtaient le sol à chacun de leurs pas.

Anna ouvrit la bouche, horrifiée.

— Eh bien, qu'en pensez-vous à présent ? lui chuchota Denning d'un ton triomphant. Votre champion saigne comme n'importe qui d'autre !

Elle eut l'impression que son cœur sombrait dans sa poitrine. Oh ! Seigneur, que s'était-il passé ? Quelque chose avait dû mal tourner. Comment avaient-ils osé ? En elle, la fureur se mêlait à l'effroi.

— Qu'avez-vous fait ? cria-t-elle.

— Mon devoir, Miss Petrova. Rien de plus.

S'arrachant à la main de fer du capitaine, elle courut vers Stepan. Denning ne tenta pas de la retenir. Un avant-goût, sans doute, de ce qu'il lui permettrait si elle se montrait complaisante.

— Anna…, croassa Stepan d'une voix faible.

Elle repoussa les cheveux de son front, révélant sous les mèches une ecchymose pourpre. Son beau visage était tuméfié. Il avait pris un coup sur un œil, un autre à la mâchoire, sa lèvre était fendue et les articulations de sa main droite saignaient. À en juger par l'état des deux soldats qui le maintenaient, il s'était bien défendu.

— Stepan, je suis là.

Elle aurait voulu avoir de l'eau, un linge pour lui essuyer le visage. Elle n'osa pas les demander, de peur que Denning n'exige son prix en retour. Adressant de silencieuses excuses à Beatrice Worth, elle déchira un volant de sa jupe. Au moins pourrait-elle lui bander la main.

Cependant Denning la tira en arrière.

— Oh ! non ! Je ne pense pas que vous ayez obtenu le droit de jouer les infirmières. Ce sont là des faveurs qu'il faut gagner, Miss Petrova, aussi futiles soient-elles. Je ne vois pas en effet quel est l'intérêt de soigner un homme mort.

— C'est un prince du royaume du Kouban ! protesta-t-elle. Vous ne pouvez pas…

Elle se tut, tandis que lui apparaissait soudain l'énormité

de l'enjeu. Pour Stepan, c'était désormais une question de vie ou de mort…

Denning haussa les épaules.

— C'est un étranger à mes yeux, un prince de rien du tout. Il n'a aucun pouvoir ici.

Et d'ajouter avec un sourire cruel :

— Contrairement à moi. Et vous feriez mieux de commencer à y être un peu sensible.

Anna oublia tout à ces mots — la cause de Stepan, ses propres principes. Elle s'en moquait bien en cet instant. Elle n'avait plus qu'une pensée en tête : comment les sauver, lui et les deux garçons ?

Un coup d'œil à Denning, et sa décision fut prise. Elle se servit de la seule arme qu'elle eût à sa disposition. Elle s'humecta les lèvres, la main sur le décolleté de sa robe, en un geste d'invite aguicheur.

— D'accord, vous aurez tout ce que vous voulez : ma bouche, mon corps, tout. Accordez-moi seulement la liberté du prince en échange.

Non ! Elle ne pouvait pas se livrer ainsi à l'ennemi. Ni pour la cause, ni pour Joseph, ni pour lui…

Stepan se secoua, essayant de s'éclaircir les idées et de rassembler ses forces. Les officiers s'étaient jetés tous les quatre sur lui. Il était venu à bout de deux d'entre eux, mais les autres avaient pointé un pistolet sur lui et il n'était pas de taille contre deux soldats armés, surtout après avoir affronté les deux premiers. La partie n'était pas égale avec quatre adversaires ligués contre lui seul.

Et maintenant, Anna avait besoin de lui, mais il n'avait plus de forces. Il pouvait à peine se redresser. Alors se battre contre trois hommes…

Péniblement, il s'agrippa à l'un des soldats et s'appuya sur un genou. Il fallait qu'il parvienne au moins à se tenir debout, afin d'affronter Denning en face. Il n'était plus en état de se battre, mais il pouvait encore lui proposer un marché.

— Attendez, Denning. C'est avec moi que vous devez négocier.

Denning sourit, visiblement ravi de le voir réduit à cet état.

— Et qu'avez-vous à me proposer ?

— La vodka. Je vous dirai où elle se trouve, si vous laissez partir Miss Petrova.

Denning parut intrigué malgré lui.

— Il y a donc bien de la vodka, en fin de compte ?

— En effet, confirma Stepan. Mais vous ne pouvez pas la trouver sans moi.

Il aurait voulu avoir l'esprit plus vif. Il avait besoin de réfléchir. Il n'osait pas regarder Anna, de peur de s'effondrer totalement.

Ce soir, il lui avait fait défaut. Il l'avait mise en danger et toutes ses craintes s'étaient réalisées. Voilà ce qui arrivait lorsqu'on laissait ses émotions prendre le dessus ! Ses hommes étaient partis. Il avait obligé l'équipage à quitter le navire, interdisant aux matelots de se battre, de crainte qu'ils ne soient eux aussi capturés. C'était déjà bien assez que Joseph soit en prison et Anna entre les mains de l'ennemi. Seule la cargaison se trouvait encore en sécurité. C'était là sa dernière chance.

Denning accepta d'un geste ostentatoire, les deux mains tendues.

— D'accord, je ne peux pas trouver la vodka sans votre aide.

Et éclatant de rire :

— Mais peut-être que c'est sans importance. J'étais justement en train de dire à Miss Petrova que votre employé, Oliver Abernathy, était passé aux aveux. Aussi n'ai-je pas besoin de votre confession.

— Sans preuves, vous n'avez rien pour justifier la brutalité dont vous avez fait preuve ce soir, rétorqua

Stepan d'une voix rauque, luttant contre le désarroi qui s'insinuait en lui.

Son employé avait failli. Il avait manqué de cran, et en parlant, il les avait tous trahis.

C'est ma faute aussi, songea-t-il.

Oliver Abernathy n'était pas un garçon taillé pour le risque. Il n'aurait jamais dû le mettre dans cette situation.

Une erreur de plus…

— Il vous faudra plus que des paroles, Denning. Un gamin dit n'importe quoi sous la contrainte. Moi, je peux vous offrir davantage.

Qu'importait à présent ? Il était prêt à tout donner pour sauver Anna.

— Non, Stepan ! s'écria la jeune femme.

Denning marcha vers Stepan, jusqu'à ce qu'ils se retrouvent face à face.

— Vous êtes conscient que ce que vous m'offrez là, c'est votre condamnation à mort, n'est-ce pas ?

— Parfaitement. Mettez cette jeune femme en selle, et une heure après qu'elle aura quitté la ville, je vous dirai où se trouve la vodka.

Il y prendrait même un certain plaisir, songea-t-il non sans dérision. Celui de montrer à Denning que l'alcool avait été tout le temps juste sous son nez !

Chapitre 21

Stepan observait Denning de son œil valide ; il parvenait à peine à ouvrir l'autre. Cependant, il n'avait pas besoin des deux pour voir que le capitaine était tenté par sa proposition. L'homme avait vu ses efforts trop longtemps réduits à néant et la promotion qu'il convoitait semblait toujours s'éloigner davantage de lui. Que ne ferait-il pas pour conquérir ses galons !

— C'est une offre avantageuse, insista Stepan. Vous n'en obtiendrez pas de meilleure.

Denning s'humecta les lèvres.

— Lieutenant ! aboya-t-il soudain, sans quitter Stepan du regard. Conduisez Miss Petrova à l'écurie de louage et procurez-lui un cheval. Mettez-la en selle, puis retournez faire votre rapport au baraquement, en précisant l'heure exacte de son départ.

Et désignant Stepan d'un geste :

— Il me faut aussi une paire de menottes. Nous avons un dangereux criminel à convoyer.

— Non ! hurla Anna. Vous ne pouvez pas faire ça !

Elle se débattait dans les bras du lieutenant, visiblement gêné d'avoir à porter les mains sur une femme.

Stepan n'aurait pas voulu se trouver à sa place.

Luttant pour se libérer, Anna tendit la main vers lui, mais il recula, fuyant son contact. Il craignait trop de perdre son dernier reste de courage si elle le touchait. Or il avait besoin de toute sa force à présent. C'était là son châtiment pour s'être trop approché de la flamme, pour avoir cru qu'il pouvait lui aussi avoir droit à l'amour.

— Permettez-moi de lui dire au revoir, sanglota Anna. S'il vous plaît, juste une minute.

— Usez de vos deux mains s'il le faut, lieutenant, mais emmenez-la ! tonna Denning avec impatience. C'est une vraie tigresse, elle ne se calmera pas si vous la maniez avec cette délicatesse.

Anna lui cracha au visage.

— Je veux lui parler, espèce de chien !

Stepan aurait ri s'il n'avait pas eu si mal aux lèvres. Il se rappellerait cela — cette dernière vision d'Anna, rebelle et combative, et plus important que tout, *libre*. Il avait payé cette liberté de sa vie. Le jeu en valait la chandelle.

— Chien peut-être pour vous, Miss Petrova, articula Denning en s'essuyant la joue. Appelez-moi de tous les noms que vous voudrez, ce ne sont que des mots après tout.

— Stepan ! cria la jeune femme, tandis que son gardien la traînait vers la porte.

Il risqua un dernier regard vers elle, laissant cette ultime image d'elle s'imprimer dans son esprit, avec ses cheveux dénoués, ses yeux flamboyants, la tache écarlate de sa robe, accordée à la fureur qui l'habitait. Pas de capitulation, seulement le combat et la fureur. Il emporterait cette vision avec lui lorsqu'il monterait sur le gibet et cela le soutiendrait.

Dans un claquement de métal, le lieutenant referma les menottes autour de ses poignets et l'entraîna. Stepan ne tenta pas de résister, ni dans le chariot pendant le court trajet jusqu'au baraquement ni quand ils le poussèrent dans une cellule sombre et verrouillèrent la porte. Il n'avait plus aucune raison de se débattre. Sa docilité était le prix à payer pour la sécurité et la liberté d'Anna-Maria, alors que la résistance pouvait tout ruiner. La dernière chose qu'il souhaitât, c'était bien de voir Denning renier sa parole en faisant ramener la jeune femme, pendant qu'il serait lui-même derrière les barreaux et n'aurait plus rien à négocier. Tous deux se retrouveraient alors à la merci de leur ennemi.

Il avait eu un avant-goût de la « mansuétude » du personnage quand les lieutenants l'avaient traîné ce soir dans la cabine. Il avait vécu le pire moment de sa vie en voyant Denning, la culotte déjà baissée, plaquer Anna contre lui afin de se servir d'elle comme d'un bouclier. Cet instant n'avait duré qu'une seconde, mais il avait été assez long pour que Stepan s'interroge. Denning avait-il fait exprès de se laisser surprendre ainsi, pour lui montrer qu'Anna était entièrement à sa merci et que lui, Stepan, ne pouvait rien faire pour l'empêcher ? Si la jeune femme restait ici, Denning l'aurait en son pouvoir.

Dieu merci, cette tragédie avait été évitée. Inutile de s'appesantir sur ce qui n'avait pas eu lieu. Écartant ces pensées intempestives de son esprit, Stepan se concentra de toutes ses forces sur Anna, laissant les souvenirs récents revenir à sa mémoire — la douceur de son corps contre le sien la nuit dernière, la façon dont elle avait ondulé sous lui, ses gémissements de plaisir, leur peau à tous deux encore humide après leur bain. Et lorsqu'il commença à frissonner dans la cellule glaciale, ce fut à la chaleur de ce bain qu'il repensa.

Était-ce seulement hier soir qu'il avait connu ces exquis moments de paix, qu'il s'était laissé aller au rêve si doux d'aimer cette femme, d'en être aimé en retour et de pouvoir construire une vie avec elle ?

« Dites-moi que nous partirons ce soir. Je suis sûre qu'il ne manque pas d'injustices en Amérique… »

Il entendait encore sa voix tandis qu'elle prononçait ces mots. Son rire. Il aurait dû l'écouter, mettre le cap sur le large. Ils auraient pu vendre la cargaison dans les Caraïbes…

Une clé grinça soudain dans la serrure.

— Debout, Shevchenko ! ordonna la voix de Denning.

Les doux fantasmes allaient devoir attendre…

— L'heure est écoulée.

Stepan se releva péniblement et sourit, heureux de savoir qu'au même instant Anna-Maria se trouvait tout près de Little Westbury et de la sécurité du foyer de son frère. Cette route, il l'avait si souvent parcourue lui-même qu'il la revoyait dans son esprit, serpentant vers le nord et l'ouest, loin, bien loin de Shoreham.

Anna galopait sur son cheval couleur de lune, le cœur battant à tout rompre, les joues sillonnées de larmes que séchait aussitôt le vent de la course. Un millier de suppositions l'assaillaient. Des « et si » sans nombre…

Et si elle n'avait pas commandé du champagne ? Si Denning n'avait pas fait sauter le bouchon ? Si elle avait continué à faire danser les hommes ? Aurait-on entendu tomber ce maudit baril ? La cargaison se trouverait-elle stockée bien en sécurité dans l'entrepôt et Denning aurait-il été leurré ? Stepan serait-il alors revenu à table, immaculé, irréprochable ?

Elle l'ignorait, de même qu'elle ignorait ce qui s'était exactement passé sur le pont.

Mais quelle importance à présent ? Tout avait dû être perdu très vite, sinon Stepan n'en serait pas venu aux mains. Il avait été vaincu par le nombre, ce qui était mauvais signe. Connaissant Stepan, elle était sûre qu'il s'était battu pour couvrir la fuite de son équipage.

En fait, elle savait très peu de choses, à part que Denning détenait Stepan, qu'il obtiendrait sous peu ses aveux et avec eux le droit de l'exécuter, tout cela parce que ce fou avait échangé sa propre vie contre sa liberté à elle.

Cette pensée lui noua l'estomac. La description par trop réaliste que Denning lui avait brossée d'une exécution lui revint brutalement à l'esprit et elle dut se pencher sur sa monture pour soulager une nausée.

Stepan condamné, pendu…

Elle vacilla sur sa selle, prise de vertige à cette seule pensée. Il fallait absolument qu'elle se reprenne. C'était à elle de faire en sorte que le sacrifice de Stepan ne soit pas vain.

Il n'avait pas eu le choix, comprit-elle. Il était perdu de toute façon. Alors autant commettre un dernier acte qui en vaille la peine, pendant qu'il avait encore quelque chose de valeur à marchander. Malgré sa douleur, elle était forcée de convenir qu'il avait eu raison. Si elle était restée, c'eût été la défaite totale. Eux deux capturés, il ne restait plus le moindre espoir. Mais aussi longtemps qu'elle restait libre…

Une idée jaillit soudain dans son esprit. Stepan avait-il négocié sa liberté pour qu'elle puisse aller chercher de l'aide ?

Mais où trouver cette aide ? À qui la demander ?

Il lui fallait un homme dont la position soit supérieure à celle d'un capitaine de l'armée, un homme qui ait le pouvoir d'accorder sa grâce à un criminel et d'infirmer une sentence, un homme qui pouvait se placer au-dessus de la loi, s'il le jugeait bon.

Au Kouban, elle en connaissait, des hommes qui auraient pu l'aider, mais pas ici. Et à cause de cela, Stepan allait mourir.

De nouveau, ses larmes coulèrent et elle frissonna dans la nuit. Jamais elle ne s'était sentie aussi seule depuis qu'ils avaient quitté le Kouban. Ici, elle n'était rien du tout.

Elle tira sur ses rênes et arrêta sa monture à l'embranchement, contemplant la borne indicatrice éclairée par le clair de lune.

La route vers le nord-est la mènerait à Londres, celle du nord-ouest chez Dimitri — son frère et son soutien depuis toujours. Dimitri trouverait la solution. Elle avait couru vers lui chaque fois qu'elle avait eu à affronter une difficulté et il avait patiemment démêlé tous les problèmes avec elle. Il l'avait même protégée du mariage arrangé avec le fils du pacha, proposant d'épouser la fille du seigneur oriental en échange.

Au nord-est se trouvait la certitude que Dimitri se mettrait en quatre pour elle et pour son vieil ami. Il suffisait qu'elle le lui demande. Stepan avait sauvé leur famille et Dimitri lui rendrait ce service en retour du mieux qu'il pourrait.

Dimitri était un soldat émérite, mais au fond d'elle-même, Anna savait que l'aide de son frère ne suffirait pas à résoudre cette difficulté cette fois et qu'elle ne pouvait pas le lui demander. Il était un mari et un père à présent, et ce n'était pas le Kouban. Ici, il n'avait aucun pouvoir en tant que prince, ainsi que Denning l'avait si cruellement souligné ce soir. S'il intervenait, Dimitri ne serait qu'un perturbateur faisant obstruction à la justice, un homme qu'on pouvait jeter en prison.

Rassemblant son courage, Anna fit pivoter sa monture vers le nord-est, dans la direction de Londres. Elle suivrait la route vers la rivière Darent, dont le cours serpentait jusqu'à la Tamise. Elle ne savait pas exactement où se trouvait Londres, seulement que la Darent se jetait dans la Tamise et que Londres était à une demi-journée de cheval, ou plutôt, en l'occurrence, une demi-nuit si elle n'épuisait pas le cheval, ne le faisait pas trébucher dans une ornière ou n'importe quel autre des accidents qui pouvaient arriver à un cavalier dans le noir.

Anna réfléchit. Il lui faudrait plus que la moitié de la nuit, calcula-t-elle. Le voyage dans l'obscurité serait plus lent. Il était un peu plus de 21 heures lorsqu'elle était partie. Elle atteindrait Londres au lever du soleil, elle trouverait Preston Worth et le traînerait jusqu'à Shoreham s'il le fallait. Parmi tous ceux qu'elle connaissait, il était la seule personne pouvant agir efficacement. Elle pouvait le ramener à Shoreham dans l'après-midi. Juste à temps. Denning ne pouvait pas pendre Stepan en un claquement de doigts, n'est-ce pas ? Il fallait un procès, il y avait une procédure à suivre.

Elle éperonna le cheval, parvenant à le maintenir au trot tant que la lune était haute dans le ciel. Elle aurait juste le temps, il le fallait. Elle aimait Stepan. Elle ne pouvait pas le perdre maintenant.

— Anna-Maria ! Que faites-vous ici ? Oh ! ma chère enfant, que vous est-il arrivé ?

Jetant un regard effaré à la robe rouge, Beatrice Worth passa un bras autour de la jeune femme et la conduisit à l'intérieur du vaste hall d'entrée de Worth House.

— At… Attendez ! fit Anna, claquant des dents. Mon cheval…

D'un geste épuisé, elle désigna l'endroit où elle avait laissé sa monture maculée de boue, la confiant aux soins d'un gamin des rues.

Beatrice écarquilla les yeux.

— Votre cheval ?

Elle héla un valet de pied, qui dévala l'escalier pour aller s'occuper de l'animal.

— D'où venez-vous donc dans cet équipage ? s'enquit Beatrice, incrédule.

Elle portait une tenue du matin et de délicieuses odeurs de petit déjeuner flottaient dans la maison. Il avait fallu à Anna un peu plus de temps qu'elle n'avait espéré pour trouver la demeure des Worth. Londres était beaucoup plus grand qu'elle ne l'avait imaginé.

— De Shoreham, répondit-elle. Il s'est passé quelque chose de terrible.

Elle se mit à trembler et ses jambes ankylosées se dérobèrent brusquement sous elle. Agrippée à Beatrice, elle glissa peu à peu vers le sol. La nuit, le froid, le long trajet, ses émotions — tout cela eut raison d'elle.

Alors une silhouette se dressa près de Beatrice. Deux bras puissants relevèrent la visiteuse et une voix masculine donna des ordres, réclamant du thé, des couvertures.

L'espace d'un instant, Anna se laissa aller, s'abandonnant entre les bras robustes qui la portaient. Elle avait trouvé Preston Worth. Sa tâche était presque accomplie. Tout ce qu'il lui restait à faire à présent, c'était de le persuader d'intervenir.

Beatrice lui mit une tasse de thé dans la main et drapa une couverture autour de ses épaules. Son mari et elle prêtèrent à Anna une oreille attentive, tandis qu'elle racontait son histoire.

— Je... Je suis désolée que tout cela se soit passé dans votre maison, conclut-elle enfin, saisie d'un doute.

Avait-elle fait le bon choix en fin de compte ? Preston Worth était un officier de prévention. Ami de la famille ou pas, il pouvait considérer que Stepan n'avait eu que ce qu'il méritait pour s'être livré à la contrebande.

— Je suis désolée aussi pour votre robe, s'excusa-t-elle, en coulant un regard anxieux à Beatrice.

Son hôtesse lui saisit les mains.

— Ne vous faites pas de souci pour cette bagatelle. Vous vous êtes montrée incroyablement courageuse, ma chère.

Anna esquissa un faible sourire. Dommage que ce ne soit pas Beatrice qu'il lui fallait convaincre ! L'épouse de Worth s'était montrée si accueillante, si débordante de sollicitude, même à présent qu'elle savait toute la vérité. Cependant Preston demeurait silencieux.

— Il a introduit en contrebande de l'alcool et des épices ? résuma-t-il enfin. Depuis les grottes situées sous mon domaine ?

— Oui, confirma Anna.

Impossible d'éluder la vérité. Elle se demanda si elle

devait ajouter autre chose, plaider une dernière fois la cause de Stepan, mais elle préféra se taire. Worth lui semblait un homme réfléchi, qui pesait le pour et le contre avant de prendre une décision. Elle devait se montrer patiente et lui laisser le temps de la réflexion.

— Je n'ai jamais aimé ce Denning les quelques fois où j'ai eu l'occasion de le rencontrer pour le travail, déclara-t-il enfin. Accorder les pleins pouvoirs à un homme tel que lui ne peut que conduire au désastre. Je ne voudrais pas voir qui que ce soit entre ses mains, surtout des enfants.

Il secoua la tête avant d'ajouter :

— Mais d'un autre côté, la contrebande…

Anna devinait ce qu'il pensait. Comment prendre parti contre un homme qui se trouvait du même côté que lui ? Il était un officier de prévention des fraudes !

— Il ne s'agit pas ici de trafic d'armes et de guerre, ni d'individus comme ce Cabot Roan que vous avez pourchassé, Preston, intervint Beatrice d'une voix douce, respectueuse mais ferme. Ce sont des gens du cru qui s'efforcent de survivre dans une économie qui les défavorise. Vous dites vous-même qu'il faudrait trouver un meilleur système. Jusque-là, des hommes droits sont à la merci de lois iniques.

Preston regarda sa femme et Anna sentit le courant qui passait entre eux — une profonde compréhension, intime et connue d'eux seuls.

— Bea, Stepan a violé la loi !

Beatrice hocha la tête.

— Une loi injuste, que Denning de son côté ne se gêne pas à subvertir. Que croyez-vous qu'il obtiendra avec sa prétendue justice ? La paix ? Une restauration de l'ordre ? Il n'y avait pas le moindre trouble avant son arrivée là-bas !

Anna fut incapable de garder le silence plus longtemps.

— S'il vous plaît… Je l'aime !

Cet appel parut faire impression sur Preston, comme s'il plaçait l'amour plus haut que les lois et la justice.

Il se leva, une expression déterminée sur le visage.

— Si les pratiques de Denning outrepassent effectivement la loi, nous avons peut-être une chance, déclara-t-il.

Il jeta à Anna un regard intense avant d'ajouter :

— Nous n'avons que de faibles moyens à notre disposition, comprenez-le bien. Mais je vais essayer.

Et se tournant vers Beatrice :

— Il faut partir tout de suite. Je vais faire atteler. Préparez Matthew et arrangez-vous pour que tout ce dont vous avez besoin pour le voyage soit prêt d'ici une heure.

— Je peux faire la route à cheval, intervint Anna.

Elle voulut se lever du sofa, mais ses jambes se dérobèrent sous elle de nouveau, malgré le soulagement qui déferlait en elle. Preston allait les aider !

Son hôte lui lança un regard sévère.

— Non, vous ne pouvez pas. Par contre, vous pouvez prendre place dans l'attelage avec Bea et mon fils. Pendant ce temps, je vais rallier nos troupes. Je vais envoyer un mot à Nikolaï Baklanov pour lui demander son assistance, et expédier un cavalier avec un message pour votre frère et les autres amis de Little Westbury, Liam et Jonathan.

Un sourire adoucit un peu son regard.

— Nous allons emmener notre propre armée — un soldat, un diplomate, un chevalier du royaume britannique et un ou deux princes. Une compagnie impressionnante ! Denning y réfléchira à deux fois avant de mettre notre intervention en question.

Beatrice passa un bras autour des épaules d'Anna.

— Nous ferons notre possible. Le nom de Worth n'est pas sans pouvoir.

Et d'ajouter avec un sourire :

— Vous l'aimez. Je le vois sur votre visage.

Les lèvres d'Anna tremblèrent. Son corps cédait à l'épuisement.

— Oh ! oui, je l'aime. De toute mon âme. Mais c'est si douloureux…

— Je sais, ma chérie, je sais, murmura Beatrice en la serrant contre elle.

Anna pria dans son cœur afin que le nom de Worth ait assez de puissance pour sauver Stepan de la corde.

Chapitre 22

Le soleil se levait lentement et des rais lumineux filtraient par la petite fenêtre placée très haut dans le mur de la cellule.

Stepan avait toujours associé la lumière du jour à l'espoir. Mais pas aujourd'hui. Plus la cellule s'éclairait, plus l'espoir s'évanouissait, non pas qu'il en ait eu beaucoup ni désiré en avoir. Il affronterait cette journée sans espérance ni désespoir, mais avec résignation.

Tant pis pour lui. Il n'avait que ce qu'il méritait pour avoir visé trop haut, pour avoir osé se réclamer de l'amour alors qu'il aurait dû se montrer plus avisé. Les reproches qu'il s'était adressés toute la nuit ne faiblissaient pas au lever du jour, au contraire, ils ne se faisaient que plus persistants, martelant sa conscience.

Le visage levé vers les rais de lumière, il ferma les yeux, laissant son esprit s'envoler loin de la prison humide et des fers, à des miles de là, dans une chambre aux fauteuils drapés de chintz rose et aux fenêtres encadrées de rideaux blancs, une chambre où dormait dans un lit douillet une jeune femme brune, ses cheveux répandus sur l'oreiller. Il l'imagina en train de se réveiller, saine et sauve et encore toute chaude de sommeil.

La souffrance qui lui étreignait le cœur s'atténua à cette douce vision. Il s'imagina en train de se lever d'un des fauteuils pour s'approcher d'elle. Il s'allongerait près d'elle, l'attirant contre lui, un bras passé autour d'elle et la main posée sur son ventre, dans un geste de possession intime. Il respirerait son odeur, tandis qu'Anna chuchoterait son nom. Alors il la prendrait par-derrière, dans une langoureuse étreinte matinale…

La voix chuchotante de Joseph s'éleva soudain de l'unique grabat, le tirant de sa rêverie. Denning avait fait conduire les deux garçons ici, tard dans la soirée. Pour lui tenir compagnie, sans doute.

— Vous rêvez d'elle, milord ? De la jeune fille, votre fiancée ?

Stepan rouvrit les paupières avec lenteur, revenant à la réalité non sans regret.

— Comment te sens-tu ce matin ? demanda-t-il à Joseph, qui pouvait à peine marcher la veille.

Le jeune homme esquissa un faible sourire.

— J'ai mal partout. Et je grelotte.

C'était ce que Stepan avait redouté : la fièvre et l'infection des lacérations causées par le fouet.

— Je vais essayer de te faire apporter une couverture.

Comment s'y prendrait-il ? Il n'en avait pas la moindre idée. En attendant, il s'assit près de Joseph, essayant de le réchauffer avec la chaleur de son corps, bien qu'il n'eût lui-même pas très chaud, loin de là.

— Vous croyez que votre fiancée va nous apporter de l'aide ?

— Non, répondit seulement Stepan.

C'était la question qui l'avait tourmenté tout au long de cette interminable nuit. Qu'espérait-il vraiment ? Qu'Anna aille chercher du secours ? Ou qu'elle rentre chez son frère, acceptant l'arrêt du destin ? Il ne l'avait pas délivrée pour qu'elle aille se remettre en danger. Des images d'Anna galopant dans le noir l'avaient assailli toute la nuit. Il l'imaginait chutant de sa monture, ou bien il voyait le cheval s'affaisser dans une ornière, Anna perdue ou tombant entre les mains de bandits de grand chemin…

Après un long silence, Joseph soupira.

— Je croyais qu'elle vous aimait, milord.

— Elle m'aime, affirma Stepan.

Et c'était justement parce qu'elle l'aimait qu'elle ne se lancerait pas dans quelque périlleuse entreprise. Elle rentrerait à la maison auprès de Dimitri et se tiendrait tranquille. Avec le temps, son cœur guérirait et elle trouverait un autre homme à aimer. Son cœur à lui ne guérirait jamais, mais c'était sans importance. Son avenir serait beaucoup plus court que le sien.

Pourtant, l'espoir ne s'était pas éteint aussi aisément dans son cœur. Il avait dû le vaincre en lui opposant la cruelle réalité, encore et encore.

— Même si elle était allée chercher de l'assistance, Joseph, qui aurait-elle trouvé ? Qui voudrait venir ?

C'étaient ces interrogations-là qui avaient sonné le glas de ses espérances. Il avait passé de longues heures dans l'obscurité à se repasser la liste de ses amis pour les rayer l'un après l'autre, impitoyablement.

Non, personne ne viendrait.

Il y avait Dimitri, mais ce dernier devait le haïr, à présent qu'il lui avait renvoyé sa sœur anéantie au beau milieu de la nuit. Et même si Dimitri accourait, il ne pourrait rien faire. Il ne possédait aucun pouvoir ici. Sa présence ne pourrait qu'empirer les choses.

Quant aux autres, ils se trouvaient trop loin. Ruslan vivait en France incognito avec sa femme. Illarion et Dove voyageaient quelque part en Europe, absorbés dans leur éternelle lune de miel. Du moins le supposait-il. Ils pouvaient tout aussi bien se trouver au Japon, pour ce qu'il en savait. Peut-être Preston Worth viendrait-il, lui, en apprenant qu'un contrebandier avait établi son trafic dans sa demeure, mais il ne manquerait certainement pas de prendre le parti de Denning dans ce cas.

Il restait Nikolaï, qui vivait à Londres, sauf que c'était encore trop loin. Nikolaï était désormais bien loin de tout cela, ce qui se comprenait. Sa femme attendait un enfant pour le printemps. L'insouciant et téméraire Nikolaï allait devenir père !

Cette pensée arracha un faible sourire à Stepan. Il ne verrait jamais cet enfant. Denning l'aurait fait exécuter bien avant que Klara n'accouche. Stepan espérait que ce serait un fils. Nikolaï avait besoin d'un fils pour chevaucher à son côté, jouer de l'épée avec lui.

Stepan sentit son cœur se serrer à cette idée. Si longtemps il avait rêvé d'un père qui aurait partagé ces jeux-là avec lui ! Le fils de Nikolaï aurait de la chance. Ce garçon pourrait vivre son rêve.

Une idée le frappa soudain. Se pouvait-il qu'un fils à lui voie le jour quand il ne serait plus là ?

Cette pensée était trop dangereuse. Il avait pris des précautions avec Anna, mais sans doute ne s'était-il pas montré aussi prudent qu'il aurait dû. Il ne lui était pas venu à l'esprit qu'il pourrait ne pas l'épouser après avoir couché avec elle. En dépit des erreurs qu'il avait pu commettre, l'honneur primait à ses yeux. Il avait prévu d'en parler avec Anna le lendemain suivant leur nuit de plaisir, mais ce matin-là, les événements avaient pris une tournure inattendue.

Il n'était pas impossible qu'Anna porte un enfant. *Leur* enfant. Cette pensée le réchauffa. Au moins, il laisserait derrière lui une part de lui-même.

Joseph remua et se rapprocha de lui, le corps secoué de frissons.

— Croyez-vous que ce soit pour aujourd'hui, milord ?

Stepan regretta de ne pas avoir les mains libres pour serrer contre lui le pauvre enfant. Au moins, il aurait pu ôter sa veste et l'en envelopper.

— Oh ! non, le rassura-t-il avec une confiance qu'il était loin d'éprouver vraiment.

En fait, il ne savait tout simplement pas. Denning pouvait les laisser lanterner pendant des semaines. Il pouvait même leur offrir un procès, si sa conscience en venait à le tourmenter. Mais il pouvait tout aussi bien les faire exécuter aujourd'hui même, faisant d'eux un exemple pour servir ses desseins.

À l'autre bout de la cellule, Oliver, appuyé contre le mur, se réveilla soudain.

— Est-ce que… Est-ce qu'on souffre longtemps, quand on est pendu ?

Stepan s'obligea à sourire, essayant de chasser ces macabres images de leur esprit.

— Joseph et toi n'avez aucune inquiétude à avoir. Ils ne pendent pas les jeunes.

Du moins l'espérait-il… Sentir le regard des deux garçons rivé sur lui lui redonnait du courage. Même en cette extrémité, il y avait encore des êtres qui avaient besoin de lui. Ces gamins comptaient sur lui et il ne les décevrait pas. Il ne devait pas sombrer dans le désespoir, pour eux et pour lui. Le moment venu, il marchanderait avec Denning, si la question se posait. Il ferait son possible pour qu'ils soient épargnés.

— Mais vous serez sans doute déportés, nuança-t-il.

Qui savait s'il aurait encore l'occasion de s'entretenir avec eux ? Aussi leur dispensa-t-il tout de suite ses recommandations :

— Promettez-moi que vous resterez ensemble et veillerez l'un sur l'autre. Vous devez être comme des frères.

Et encourageant Oliver du regard :

— Tu comprends ? Tu devras te montrer fort. La déportation n'est pas la pire chose qui puisse vous arriver. Elle vous donnera peut-être l'occasion de commencer une nouvelle vie.

Avec de la chance, ce serait même une vie meilleure que celle qu'ils auraient pu espérer ici.

— Mais vous, ils vont vous pendre, milord ? interrogea Joseph d'un ton grave.

— Oui, répondit Stepan.

Il ne voulait pas mentir à Joseph sur ce point. Il avait passé sa vie à aider les autres, et à présent, c'était pour lui qu'il n'existait plus d'issue.

Enfin, pas tout à fait, se corrigea-t-il. Il existait encore une échappatoire. Il pouvait prendre sa propre vie, frustrant ainsi Denning de sa victoire. Le capitaine ne pourrait pas se servir de lui en l'exhibant sur le gibet. Il en voudrait à Stepan de défier ainsi son pouvoir jusqu'à la fin.

Le père de Ruslan s'était suicidé en prison avant que le tsar ne le fasse exécuter. À l'époque, Stepan avait trouvé cette décision honteuse. Un acte d'homme faible et lâche, avait-il pensé, même s'il n'en avait rien dit à Ruslan. Mais aujourd'hui, il voyait les choses autrement. Peut-être le condamné avait-il craint que son fils ne tente quelque expédition téméraire pour le sauver et avait-il fait cela pour protéger son garçon. Peut-être avait-il vu dans cet acte une occasion de dépouiller un misérable tyran de son pouvoir sur lui.

Était-ce pour cette raison que Denning avait fait conduire les deux garçons dans la cellule, pour empêcher une telle éventualité ?

L'ultime décision du père de Ruslan avait peut-être demandé plus de courage que Stepan ne l'avait cru d'abord. Mais son courage à lui allait devoir se manifester autrement. Non, il ne laisserait pas les deux adolescents tout seuls, pas quand leur sort était si incertain et qu'il lui restait une chance de faire quelque chose pour eux.

— Nous pourrions les attaquer, proposa Joseph, qui réfléchissait fébrilement. Il suffirait d'attirer les gardes à l'intérieur quand ils viendront nous apporter à manger. Nous les enfermerions dans la cellule et vous pourriez vous enfuir.

— Non, Joseph, répliqua Stepan d'un ton sévère. Pas d'actions héroïques pour me sauver, c'est hors de question.

Il ne voulait pas que quiconque meure pour lui. Ni Joseph, ni Oliver, ni Anna-Maria ou Dimitri. Il les voulait tous sains et saufs, sinon à quoi tout cela aurait-il servi ? Autant être resté au Kouban !

Ce fut une longue journée. Les garçons sursautaient et échangeaient des regards terrorisés chaque fois que la porte s'ouvrait, bien que Stepan leur ait affirmé que si l'on ne vous pendait pas à l'aube, vous étiez en sécurité pour un jour de plus. Cette pratique de l'armée britannique était bien connue. Pourtant, en vérité, il tressaillait aussi lorsque la clé grinçait dans la serrure. Il n'avait apparemment pas perdu tout espoir finalement.

Mais ce n'étaient que les gardiens apportant la nourriture. Personne ne viendrait à leur rescousse, se répéta-t-il. Il ne devait pas l'oublier.

— Denning joue avec nous, voilà tout, dit-il aux deux garçons. Il n'ignore pas que l'attente est aussi une forme de torture. Surtout quand on attend l'inconnu…

En pareille circonstance, il ne savait pas ce qu'il aurait préféré : que le temps s'accélère pour qu'il connaisse enfin l'issue, ou qu'il ralentisse au contraire, parce que pour le moment du moins les gamins et lui étaient encore vivants.

Les garçons s'assoupirent après un frugal souper de pain, Joseph encore grelottant de fièvre. Stepan demeura éveillé, montant la garde, de même qu'il avait gardé un œil ouvert toutes ces nuits pendant leur fuite du Kouban, et toutes ces autres nuits à Londres, quand il attendait le retour de Nikolaï et d'Illarion, voulant s'assurer qu'ils rentreraient sains et saufs. Voilà à quoi il était bon — jouer les sentinelles.

Anna-Maria lui tint compagnie dans sa veille, son image flamboyant dans ses pensées. Elle se trouvait en sécurité à l'heure qu'il était, de même que l'enfant qu'elle portait peut-être.

Un fils…

Cette éventualité ne l'angoissait plus à présent et il s'en étonna. Au fond, il ressentait même de la joie à la pensée qu'il pourrait être père, qu'en d'autres circonstances il aurait pu emmener son enfant pêcher ou lui aurait acheté un poney — une petite bête docile avec de courtes pattes et une épaisse crinière.

Pendant un long moment, il se laissa aller à imaginer une centaine de scènes : des promenades à poney ou à pied, le petit garçon sur ses épaules et Anna marchant près de lui…

Quand avait-il cessé d'avoir peur de l'amour ? Il connaissait la réponse. Ce n'était pas un instant particulier qui l'avait changé, mais une personne. Anna. C'était Anna qui lui avait redonné l'amour dont il avait besoin, qui l'avait rendu à lui-même, tout dernièrement, quand il était déjà trop tard.

La porte s'ouvrit soudain avec un léger craquement. Quelqu'un venait sans doute récupérer les écuelles. Stepan leva les yeux. Deux gardes se tenaient devant lui au lieu d'un seul. Le prisonnier sortit de sa rêveuse léthargie, tous les sens en alerte.

— Nous vous avons apporté du papier et de l'encre, Shevchenko, déclara le premier.

Il s'exprimait à voix basse, sans doute pour ne pas réveiller les deux gamins endormis. L'autre montra une petite clé.

— Vous pouvez écrire si vous le souhaitez.

Stepan se releva avec peine et tendit les deux mains au soldat, afin qu'il lui ôte ses menottes. Il savait ce que signifiait ce geste inattendu de mansuétude. De lui-même, Denning ne lui aurait jamais accordé cette ultime faveur.

Il frotta ses poignets endoloris.

— C'est pour demain, n'est-ce pas ?

Du moins jouirait-il d'une nuit de liberté avant que les gardiens ne reviennent à l'aube pour l'emmener. Une pensée interdite lui traversa l'esprit, vestige de sa récente rêverie : *Une occasion de te battre. Une chance de vivre, peut-être…*

— Oui, répondit l'homme.

Les deux soldats se montraient courtois, quoique sévères.

— Le capitaine veut attendre que les habitants de la ville soient réveillés pour assister à l'exécution.

Après le petit déjeuner, donc. Au moins, il savait à présent.

D'un geste du menton, Stepan désigna les deux silhouettes endormies. Son cœur battait à tout rompre. Il lui restait deux garçons à sauver coûte que coûte et il y parviendrait, même si c'était la dernière chose qu'il dût faire en ce monde — expression à prendre à la lettre en l'occurrence.

— Et eux ?

Les hommes remuèrent, gênés.

— Ils seront pendus aussi.

Le guerrier en Stepan se réveilla soudain. Il fallait qu'il sauve ces pauvres gosses, il le fallait absolument !

— Mais ce sont des enfants ! protesta-t-il, l'estomac noué. J'exige une audience avec Denning. J'ai un marché à lui proposer. Si je n'obtiens pas leur liberté, je veux du moins qu'ils soient déportés.

Il se creusa la tête désespérément. Que pouvait-il offrir en échange de la vie de ces gamins ? Il possédait de l'argent, beaucoup. Peut-être pouvait-il acheter leur liberté. Du moment qu'il restait à Denning quelqu'un à pendre… Après tout, le capitaine n'était pas le plus scrupuleux des hommes, il l'avait prouvé.

— Faites-lui passer le message ! ordonna-t-il, comme les deux gardes demeuraient silencieux. Ce sont des enfants, bon sang ! Ils essaient juste de survivre.

*
* *

La porte se referma derrière les gardes. Stepan contemplait le papier, l'encre et l'écritoire. La réalité le saisit soudain à la gorge. Il allait accomplir ses dernières actions en ce monde. Il avait trente et un ans et la vie allait s'arrêter pour lui. Lorsque les garçons se réveilleraient, il devrait leur consacrer le restant de ses forces et de son temps. Il ne lui restait donc que ces quelques moments pour réfléchir à sa vie et régler ses affaires. Pourtant, il n'arrivait pas à se concentrer. Toutes ses pensées se tournaient vers Anna-Maria.

Savait-elle qu'il l'aimait ? Qu'il était désormais capable d'amour et que c'était elle qui lui avait montré la voie ?

Il y avait eu des périodes où il aurait volontiers donné sa vie pour ses amis, pour Anna-Maria elle-même. Mais maintenant, il voulait vivre pour elle, pour tout ce qu'ils auraient pu construire ensemble. Jamais il n'avait ressenti l'appel de la vie aussi fort qu'en cet instant, tandis qu'il songeait à Anna en veillant sur le repos des deux garçons. On avait besoin de lui. Vivant.

Ce fut cette dernière pensée qui le décida. La détermination remplaça définitivement le désespoir. Il n'allait pas sortir dans la lumière de l'aube et laisser Denning lui passer la corde au cou. Il se battrait à chaque pas. S'il devait vraiment mourir demain, du moins mourrait-il en combattant.

Chaque instant qui s'écoulait était un supplice pour Anna. De nouveau, l'attelage observait une halte dans les rues encombrées de Shoreham. Excédée, elle frappa du poing la paroi de l'habitacle. Ils se trouvaient si près du but à présent ! Mais à ce rythme, ils arriveraient trop tard.

Ils avaient atteint Seacrest au milieu de la nuit et s'étaient tous retrouvés là-bas — Dimitri et Evie, May et Sir Liam,

Jonathan Lashley et son épouse, Claire. Même le père d'Anna était venu, tous ceux de Little Westbury. Monté sur Cosaque, son grand destrier, Nikolaï avait précédé les Worth, dévorant les kilomètres qui séparaient Londres de la côte à vive allure, et il les avait attendus à Seacrest, après avoir déjà glané quelques informations. Rien de bon, hélas. Anna regrettait de n'avoir pu chevaucher avec lui.

Elle jeta un coup d'œil par la fenêtre du véhicule, mais cela ne soulagea en rien le nœud qui lui serrait l'estomac. Un poids l'oppressait depuis que Nikolaï leur avait fait son rapport cette nuit. En arrivant, il s'était rendu tout droit au camp militaire et avait demandé à voir Stepan, mais la requête lui avait été refusée. Stepan serait pendu le lendemain matin sur la place de la ville.

Anna s'était alors effondrée. À sa grande surprise, c'était son père qui l'avait portée dans sa chambre et était resté assis toute la nuit auprès d'elle, la serrant dans ses bras avec une infinie tendresse en essayant de la réconforter, tandis qu'elle pleurait.

Même maintenant, ses paroles restaient imprimées dans son esprit :

« Là, là, ma chérie, laisse-toi aller, exprime ton chagrin. Je sais ce que c'est que de perdre quelqu'un qu'on aime. »

Maintenant, le matin fatidique était arrivé et le temps semblait voler de nouveau. La nuit avait été interminable, et voilà que les minutes, à présent, s'enfuyaient à tire-d'aile !

Ils étaient partis tôt de Seacrest, mais Shoreham, apparemment, n'avait pas connu un tel divertissement depuis une éternité et tous les habitants s'étaient précipités dehors pour assister à la pendaison. Non pas que tout le monde s'en réjouît, loin de là. Anna sentait gronder la colère autour d'elle. Cela s'entendait dans les huées qui s'élevaient chaque fois que passait un soldat. Peut-être les hommes pourraient-ils soulever la foule et profiter du chaos pour délivrer Stepan ?

Dimitri passa la tête à l'intérieur de la voiture.

— Nous ne pourrons pas aller plus loin, il est impossible d'avancer.

— Mais il le faut ! protesta Anna. Qu'allons-nous faire ?

Dieu seul savait combien de fois elle avait posé cette question ! Cette fois, il fallait absolument qu'elle obtienne une réponse.

— Le voilà, annonça Dimitri, ignorant ses paroles. Ils le conduisent vers l'estrade.

Anna sentit un poids sur son estomac. Si elle ne pouvait pas se rapprocher du gibet, du moins pouvait-elle se placer en hauteur. Stepan se trouvait dehors à présent et elle voulait le voir. Si le pire arrivait, il saurait au moins qu'elle était là.

Elle bouscula son frère.

— Où vas-tu, Anna ?

Il voulut l'agripper par le bras mais elle se dégagea, grimpant d'un mouvement preste sur le siège du cocher, d'où elle se hissa sur le toit de la voiture.

Dimitri escalada la berline derrière elle.

— Anna, c'est de la folie ! Retourne à l'intérieur, tu y seras au moins en sécurité s'il éclate une émeute.

— Non. Il faut qu'il me voie, qu'il sache que je suis là.

Elle se calma un instant, cherchant le regard de son frère.

— Ne comprends-tu pas ? Nous nous aimons. Il s'est livré pour me sauver et maintenant c'est à nous de le secourir, affirma-t-elle, sans même tenter de retenir ses larmes.

Elle n'avait pas honte d'aimer Stepan.

Dimitri la dévisagea, soudain pénétré par la signification de ses paroles.

L'ombre d'un sourire joua sur ses lèvres.

— Je craignais tellement que tu ne t'éprennes du premier homme qui t'offrirait un semblant d'action et d'aventure… Eh bien, j'avais raison. J'étais en revanche loin d'imaginer que ce serait mon meilleur ami !

Il observa une pause avant d'ajouter :

— Te rends-tu compte que si nous réussissons aujourd'hui à le sauver, il faudra qu'il quitte l'Angleterre ?

Il n'en dit pas plus, mais elle avait compris. Si elle partait avec Stepan, elle non plus ne pourrait jamais revenir. Ce qui signifiait quitter Dimitri et tous ceux qui lui étaient chers…

— Je sais, chuchota-t-elle. Mais il sera temps d'y penser plus tard. Délivrons-le d'abord.

On entendait déjà battre les tambours fatidiques. Stepan et les garçons apparurent, poussés par des gardes. Le cœur d'Anna se serra à leur vue. Même à cette distance, ils semblaient sales et hagards. Denning n'avait pas fait de cadeau à son ennemi, même à l'approche de la mort. Elle comprenait pourquoi. Personne n'aurait voulu pendre un homme vêtu de linge propre et rasé de près, ressemblant jusqu'au bout des ongles au prince qu'il était.

En cet instant, il ne restait pas grand-chose du prince. Son visage montrait de nombreuses coupures et de nouvelles ecchymoses, et il était gardé de près par trois soldats, comme s'il venait de provoquer une échauffourée. Anna espérait que c'était le cas. Elle voulait que Denning paye pour chaque pas qui rapprochait Stepan du gibet.

— Stepan !

Elle cria son nom par-dessus la foule et le vit soudain changer de posture, visiblement en alerte.

Regardez-moi ! supplia-t-elle en silence. *Je vous soutiendrai jusqu'au dernier instant. Je ne vous abandonnerai pas !*

La foule parut alors s'évanouir et le monde s'effaça, les laissant tous deux seuls, face à face.

Chapitre 23

Anna ! Elle était là…

Stepan tourna la tête vers l'endroit d'où avait jailli le cri et fouilla promptement la foule du regard avant de la découvrir, perchée sur une berline à côté de Dimitri.

Malgré l'horreur de sa situation, son cœur se gonfla d'allégresse à sa vue. Elle était là, enfin. Sa courageuse Anna ! Elle ne le quittait pas des yeux, ignorant la foule, ignorant le bruit.

« Je vous soutiendrai jusqu'au dernier instant, disait son regard. Je ne vous abandonnerai pas ! »

Il regretta soudain de lui offrir un spectacle aussi lamentable. Elle allait voir son visage tuméfié et elle allait s'inquiéter. Il n'était pas beau à voir, indéniablement. Fidèle à sa résolution, il ne s'était pas laissé faire ce matin quand les gardes étaient venus le chercher, et même enchaîné, il s'était battu de nouveau devant Denning. Il avait même réussi à passer ses chaînes autour du cou du capitaine avant que les gardes ne se jettent sur lui. L'incident avait retardé l'exécution, Denning ayant insisté pour se changer, mais cela ne l'avait pas arrêtée pour autant.

L'attention de Stepan était si intensément fixée sur Anna qu'il faillit ne pas remarquer le mouvement qui se produisit devant l'échafaud au moment où Preston Worth, flanqué des imposantes silhouettes de Sir Liam

Casek d'un côté et du prince Nikolaï Baklanov de l'autre, s'approcha de l'estrade et que le chaos jusque-là contenu éclata soudain.

Ainsi, son Anna n'était pas venue seule ! Stepan jeta un rapide coup d'œil à Joseph et Oliver, leur intimant ainsi de se tenir sur le qui-vive.

— Que se passe-t-il ici ?

La voix sonore de Preston domina la rumeur de la foule, tandis qu'il se dirigeait vers le capitaine Denning. L'assistance se tut pour écouter.

— Depuis quand pendons-nous des hommes sans procès ?

— Depuis qu'on les prend sur le fait et qu'ils avouent, rétorqua sèchement Denning. Ces hommes sont des contrebandiers. J'ai la vodka illégalement importée comme preuve.

— Nous avons été victimes de coercition, croassa Stepan, forçant la voix pour se faire entendre de la foule. Cet officier a menacé de porter atteinte à la vertu d'une dame si je ne reconnaissais pas les faits qu'il voulait m'imputer. Je suis un gentilhomme. J'aurais fait n'importe quoi pour sauver une femme d'un viol.

Preston Worth hocha la tête, les yeux plissés.

— Est-ce vrai ? Avez-vous des témoins pour le confirmer ?

Il tourna les yeux vers Stepan et celui-ci eut l'impression que Preston réfléchissait, encore indécis sur ce qu'il devait faire.

— Je ne vais certainement pas demander à une dame de s'exposer au scandale en témoignant, objecta Stepan.

Son regard se posa sur Nikolaï et Liam, qui se tenaient au pied de l'échafaud, visiblement prêts à intervenir. Si Worth avait jugé bon de les amener, c'était sans doute qu'il ne comptait guère sur les seules vertus de l'argumentation pour tirer le prisonnier d'affaire.

— Tout ce que je peux vous offrir, c'est ma parole. Celle d'un prince du Kouban.

La foule, excitée d'assister à un tel drame, poussa des « oh » et des « ah ».

S'emparant aussitôt de l'argument, Worth se tourna de nouveau vers Denning.

— Ah oui, autre chose, capitaine. Cet homme n'est pas un citoyen britannique et n'est donc pas soumis à nos lois. C'est un prince de sang royal. Il ne peut pas être jugé ni condamné ici, en Angleterre.

Et écartant les mains :

— Il semble que les éléments qui ont servi de base à la condamnation soient plus que contestables — un étranger qui ne relève pas de nos lois et une suspicion de coercition.

Worth tapota sa cuisse avec impatience, tandis qu'il ajoutait d'un ton réprobateur :

— Voilà qui n'est pas à l'honneur de la justice anglaise, capitaine.

Était-ce vrai ? s'interrogea Stepan. Il ne dépendait donc pas de la loi anglaise ? Pendant quelques instants, il crut que l'argument de Worth allait suffire à faire pencher la balance. Mais c'était Denning qui décidait, la main toute prête à actionner le levier fatal. Même si Worth avait raison, l'action ne dépendait pas de lui.

— Un condamné à mort n'est pas autorisé à s'exprimer et il n'y a pas de témoin pour corroborer ses accusations, ricana Denning.

Et levant la main :

— Que l'exécution commence !

Sans aucun avertissement, une cagoule s'abattit sur la tête du condamné et tout devint noir. Stepan se débattit. Non, cela ne se pouvait pas ! Il voulait voir Anna. La liberté était si près, il la sentait, presque palpable. Nikolaï et Liam ne se trouvaient qu'à quelques mètres de lui.

Il perçut soudain un mouvement dans la foule.

— Arrêtez ! Il y a un témoin.

Anna ! Au diable cette cagoule qui l'empêchait de voir ! Les mots de la jeune femme se bousculaient, hâtifs, preuve que Denning avait déjà la main posée sur le levier.

— La femme qu'il a sauvée, c'est moi ! Denning m'a effectivement menacée pour m'arracher des aveux.

Les sifflements et les huées s'amplifièrent. La foule commençait à se retourner contre Denning et Stepan comprit alors l'intelligence du plan de Preston et le sacrifice d'Anna. Ils se trouvaient tous là à présent, tout près : l'attelage, Anna, Dimitri — Dimitri qui avait jadis lancé un couteau pour sauver Evie de la mort.

Stepan arrêta de se débattre. Il aurait aimé pouvoir enjoindre aux garçons de l'imiter, mais c'eût été prendre un trop grand risque. Au lieu de cela, il s'obligea à respirer profondément, calmement. *Fais confiance à tes amis*, se répéta-t-il. Nikolaï allait sauver Joseph. Liam s'occuperait d'Oliver, tandis que Dimitri s'élancerait vers lui. Tout ce qu'il avait à faire, c'était d'attendre et de se tenir prêt.

— Déliez-les, ordonna Preston d'une voix forte et claire. Un procès est indispensable.

La fin approchait. Stepan se raidit. La vie ou la mort. Denning allait capituler ou actionner le levier, c'était l'affaire de quelques secondes.

La voix du capitaine retentit, rageuse ;

— Shevchenko n'a aucun pouvoir ici. Il n'est pas au-dessus de la loi !

— Non, il est en dessous, rétorqua Preston. Hors jeu pour l'instant. Il ne peut être ni innocent ni coupable selon nos lois. Il doit être renvoyé au Kouban et affronter la justice de là-bas. Si vous avez raison et qu'il est bien un contrebandier, alors vous pourrez le punir de son crime, mais pas avant de l'avoir prouvé.

— Il doit servir d'exemple ! rugit Denning. Il a violé la loi !

Stepan prêta l'oreille mais la foule alentour restait silencieuse.

Worth reprit alors la parole :

— Et vous, qu'en dites-vous, habitants de Shoreham ? Supporterez-vous cette tyrannie ? Cet homme a été condamné sans procès, il n'a obtenu aucune justice de ceux qui sont censés vous protéger. Ce qu'on veut lui faire subir, on pourra vous l'appliquer à vous aussi. Si vous laissez pendre cet homme aujourd'hui, vous serez peut-être les suivants, que vous soyez coupables ou non. Rien n'arrêtera le capitaine Denning, rien ne peut l'arrêter… Excepté vous ! C'est votre chance. La saisirez-vous ?

La rumeur de la foule commença à enfler. On entendit voler des projectiles. Denning émit un chapelet de jurons, mais le vacarme était tel qu'il couvrit sa voix. Seuls ceux qui se trouvaient sur l'échafaud comprirent ses paroles :

— Vous vous croyez tout-puissant, Worth ! Je vais vous montrer qui détient le vrai pouvoir ici.

Stepan sentit d'instinct que le moment était venu. Le temps se figea, tandis que résonnait un hurlement — Anna. Il sentit tout à coup le vide sous ses pieds, l'étreinte d'une corde autour de son cou et commença à suffoquer. Puis le nœud au-dessus de lui céda, tranché net par une lame, et il tomba.

Affalé au pied de l'échafaud, il se débattait avec frénésie. Il fallait qu'il ôte ce capuchon et qu'il se relève, vite, mais il n'y parvenait pas avec ses mains liées. Il ne lui restait que quelques secondes avant que les soldats ne s'emparent de nouveau de lui.

Soudain, quelqu'un fut là. Des mains familières — de vieilles mains tavelées — lui ôtaient sa cagoule.

— Vite mon fils, chuchota Cristof Petrovich en le poussant en avant. Monte dans la voiture !

Stepan aperçut alors les roues du véhicule. Il s'élança en trébuchant, les jambes flageolantes. Ses forces l'abandonnaient tandis que la liberté n'était plus qu'à quelques pas. Mais Cristof le saisit sous les bras, le portant à demi jusqu'à la berline en lui chuchotant des mots d'encouragement.

— N'abandonne pas maintenant, bon sang ! Pas quand ma fille t'aime…

Parvenu près de l'attelage, il hurla des ordres pardessus le chaos :

— Vas-y, ma fille ! Je le tiens !

À demi défaillant, Stepan leva les yeux et distingua Anna sur le siège du cocher, les rênes en mains, tandis que Cristof et lui basculaient ensemble dans l'habitacle. *Encore vivant !* Pour la première fois depuis deux jours, il se prit à croire à l'impossible : qu'il allait peut-être échapper à la mort. Survivre.

Anna siffla, donnant le signal du départ, et les gros chevaux frisons s'ébranlèrent, entraînant la voiture qui fendit la foule en émeute.

— Allez ! Allez !

Elle aperçut Preston et Liam combattant dos à dos pour se tailler un chemin vers la berline à travers les rangées de soldats, puis Dimitri et Nikolaï, suivis de Joseph et d'Oliver. À l'intérieur du véhicule, Evie et Beatrice tendirent les mains vers les garçons, les hissant à l'intérieur. Nikolaï monta près d'Anna, s'emparant des rênes. Les autres hommes s'accrochèrent à l'extérieur, prêts à défendre l'attelage contre les soldats qui pourraient les poursuivre. La foule indignée leur vint en aide en barrant la route à leurs assaillants.

— Vers les quais ! cria Anna à Nikolaï.

Le *Skorost* ! C'était leur meilleure chance de s'enfuir. Une berline surchargée de passagers se ferait aisément rattraper sur la route.

Le *Skorost* était prêt, le capitaine et son équipe ayant regagné le bord tôt ce matin-là à la faveur de l'obscurité, sur les instructions de Nikolaï. Il ne leur fallut guère de temps pour embarquer. Pas de poursuivants en vue ! Denning et ses troupes étaient enserrés par la foule et il leur faudrait un bon moment pour se dégager. Anna n'en resta pas moins debout près du bastingage, surveillant les alentours au cas où… Elle se sentirait plus tranquille quand ils auraient atteint la haute mer.

— Anna…, chuchota derrière elle une voix éraillée.

Elle ferma les yeux, savourant ce son chéri.

— Vous êtes revenue pour moi…

Les bras de Stepan se refermèrent autour d'elle et une larme de bonheur glissa sur sa joue.

— Bien sûr que je suis venue ! Je vous aime.

Aujourd'hui, elle avait bien failli le perdre. Jamais elle ne prendrait pour acquise la sensation de ses bras autour d'elle, ni le temps qu'ils passeraient ensemble. Pendant un horrible instant, elle avait vu le levier glisser, le nœud coulant se resserrer autour du cou de Stepan. Ils étaient passés trop près du pire. Rien n'était jamais définitivement gagné.

— Mais je ne vous ai pas sauvé toute seule.

— Je sais.

Ces simples mots disaient tout. Elle percevait son émotion. Pendant un long moment, ils ne dirent plus rien. Il n'y avait pas de mots pour exprimer ce qu'ils ressentaient. Ils se tenaient simplement au bastingage, regardant s'éloigner les côtes d'Angleterre et se laissant envahir par la grâce de cet instant.

Anna se retourna dans ses bras et leva le visage vers lui, les yeux scintillants de larmes.

— Quand vous donnez votre amour aux autres, il faut les laisser vous rendre la pareille. Sinon, ce n'est pas juste.

— C'était trop dangereux, voulut protester Stepan.

Anna sourit. Stepan protesterait toujours. Mais ces protestations-là allaient devoir attendre. Les autres les avaient rejoints à présent. Elle allait devoir le partager pour quelques instants.

Dimitri posa la main sur l'épaule de Stepan, qui tourna vers son meilleur ami un regard teinté d'incertitude.

— Tu m'en veux ?

Dimitri secoua la tête.

— Tu as sauvé mon père et ma sœur, à l'époque où je te demandais l'impossible. Je ne pourrais pas désirer pour elle un meilleur mari que toi.

Nikolaï s'avança à son tour.

— Tu m'as tiré des geôles du tsar alors que j'étais blessé et inconscient. Sans toi, je serais mort là-bas. Si Illarion était là, il dirait la même chose. Tu as sauvé chacun de nous et veillé sur nous comme un frère, toujours prêt à donner un avis que nous n'étions pas toujours disposés à entendre et à nous épauler, même si nous n'avions pas pris les décisions que tu nous avais conseillées. Bien sûr que nous avons volé à ton secours !

Stepan s'essuya discrètement les yeux, tandis qu'Anna se pressait contre lui en lui enlaçant la taille. Jamais plus elle ne le laisserait partir !

Preston Worth s'éclaircit la gorge.

— Maintenant que nous vous avons délivré, la question est de savoir que faire de vous. Vous comprenez bien que vous ne pouvez plus rester en Angleterre ?

Anna leva les yeux vers Stepan et vit un sourire sur ses lèvres.

— Il semblerait que je doive rebâtir ma fortune en Amérique. Pour le reste, j'ai tout ce qu'il me faut ici, sous la main.

Dimitri toussota.

— Sauf un prêtre !

Le frère d'Anna avait eu beau accepter leur amour, il voulait tout de même qu'ils se marient.

Stepan éclata de rire.

— Il s'en trouve des quantités à Calais, à ce qu'on m'a dit. J'épouserai ta sœur dès que nous aurons touché terre.

Alors ça, non !

Anna lui assena un coup de coude dans l'estomac. S'il s'imaginait que leur vie ensemble allait débuter ainsi, il se leurrait complètement !

— Vous pourriez peut-être commencer par me demander mon avis ?

Stepan parut contrit.

— Vous avez parfaitement raison, ma chérie.

Posant un genou à terre, il s'empara de la main de la jeune femme en présence de tous leurs parents et amis.

— Anna-Maria Svetlana Petrova, voulez-vous me faire le plus grand honneur de ma vie en acceptant de devenir ma femme ?

Un grand sourire illumina le visage d'Anna.

— Oui. Dès que nous aurons touché terre !

Ils ne perdirent pas de temps, ne s'embarrassèrent pas de toilettes ou de fleurs ni d'église grandiose. En fait, Anna ne quitta même pas le bateau. Stepan descendit à terre avec Dimitri, le temps de trouver un prêtre. Depuis qu'il était passé si près de la mort, Stepan ne voulait plus gaspiller une seule minute de sa vie.

Cela ne signifiait pas pour autant qu'on ne se livra à aucuns préparatifs. Stepan refusait d'épouser sa fiancée en habits de condamné. Il prit un bain, se rasa et enfila des vêtements propres. Bea tressa les cheveux d'Anna en une natte brune sophistiquée et Evie passa la traversée à confectionner un voile à partir d'une écharpe, insistant pour qu'Anna porte un ornement nuptial afin de marquer l'occasion.

Pour Stepan, c'étaient sans doute les plus belles noces auxquelles il ait jamais assisté, parce que c'était *leur* mariage et qu'Anna était sienne. Il attendit sa fiancée à la proue du navire, à l'extrémité d'un petit espace qu'éclairait une chandelle à mèche de jonc, Dimitri à son côté et tous ses amis rassemblés autour de lui, tandis qu'Anna s'avançait au bras de son père. C'était un merveilleux spectacle de les voir ensemble, le père et la fille, avec entre eux cette toute nouvelle et sereine entente. À l'arrière-plan, un matelot jouait sur son violon les accords solennels d'une ballade, afin d'accompagner leur marche.

Cette cérémonie se passait largement de cathédrale, de grandes orgues ou d'élégantes robes françaises. Anna était la beauté incarnée dans une simple et fraîche tenue de mousseline bleue, avec un col de dentelle blanche et sur la tête le voile de fortune hâtivement confectionné par Evie. Lorsque Stepan repoussa l'étoffe pour plonger dans les profondeurs de topaze de ses yeux, ce fut toute sa vie qu'il y trouva renfermée, le passé, le présent et aussi l'avenir, quoi qu'il puisse leur apporter.

Un immense sentiment de gratitude l'envahit. Quelle chance il avait de posséder Anna, une femme qui le connaissait depuis toujours, qui n'ignorait rien des divers épisodes de sa vie et qui croyait en tout ce qu'il pouvait encore devenir — un mari, et si Dieu le voulait, un père — un *bon* père.

Oui, il pouvait être cela. Il le savait à présent. Anna lui avait montré ce qu'il gardait en lui depuis toujours.

Le prêtre entonna le service, en français, bien sûr, mais Stepan parvint à saisir tous les mots qui importaient : « Avec mon corps, je te vénère… Jusqu'à ce que la mort nous sépare », des mots qui prenaient un nouveau sens après la journée qu'il venait de vivre — et le meilleur : « Vous pouvez embrasser la mariée. »

Il déposa sur les lèvres de son épouse un long et doux baiser, tandis que le soleil se couchait et que les vagues commençaient à clapoter, leur rappelant que le temps filait.

*
* *

C'était l'instant des adieux à présent. Leurs amis ne pouvaient pas les suivre plus loin. Il fallait que Nikolaï, Dimitri et son père, Preston, Liam, Jonathon et leurs épouses, rentrent chez eux pour retrouver leurs enfants et leurs rêves. Irish, Joseph et Oliver allaient les accompagner — Irish avec Sir Liam, qui avait su lui-même ce que c'était que d'être un gamin irlandais grandissant dans les rues de Londres ; Joseph avec Preston et Oliver avec Dimitri, qui avait besoin d'un secrétaire. Un bateau les attendait pour les ramener tous en Angleterre. Déjà le capitaine s'impatientait, craignant de manquer l'heure de la marée.

Un moment mélancolique, certes. Mais après cela… Stepan échangea un sourire complice avec Anna, avant de se tourner vers leurs invités.

Après cela, la nuit leur appartiendrait…

Cristof prit congé le premier, les prenant à part un instant à la proue du navire, leurs mains dans les siennes.

— Mes enfants…, murmura-t-il avec émotion. Stepan, tu as été un fils pour moi dès le premier instant où Dimitri t'a amené à la maison. J'ai toujours été fier de toi, même quand nous étions en désaccord. Aujourd'hui, tu es devenu un homme. Tu as pris une épouse et vous aurez bientôt une famille à vous.

Et se tournant vers Anna :

— Ma fille… Je n'ai pas toujours été juste avec toi. Je t'ai longtemps fait porter le poids de mon chagrin. Pardonne-moi. Ta mère… Tu lui ressembles tellement ! Elle était toute bonté et lumière, exactement comme toi. Je vois cela dans tes yeux quand tu regardes ton époux.

Il joignit les mains des deux jeunes gens avant d'ajouter :

— Aujourd'hui, tu as rendu le bonheur à un vieil homme. À présent, vous devez consacrer votre vie à vous rendre heureux l'un l'autre.

— Merci, papa, chuchota Anna-Maria.

Ils ne pouvaient s'attarder trop longtemps avec Cristof. Les amis attendaient et il y avait d'autres adieux à faire. Il allait s'écouler beaucoup de temps avant qu'ils ne se retrouvent tous ensemble et ils ne voulaient pas écourter ces derniers instants, emplis de larmes et de sourires.

Dimitri fut le dernier à quitter la passerelle du *Skorost*.

Il enlaça sa sœur une dernière fois.

— Tu fais une superbe mariée, sœurette, et tu as épousé un homme bon. Le meilleur de la terre.

Puis ce fut le tour de Stepan. Il étreignit Dimitri.

— Ce n'est qu'un au revoir, mon ami. Nous nous reverrons !

Anna glissa sa main dans la sienne, tandis qu'ils regardaient Dimitri, le dos droit, descendre la passerelle pour rejoindre les autres.

Un matelot releva la planche et le *Skorost* s'éloigna du quai, tandis que les silhouettes aimées s'évanouissaient dans le lointain.

— À quoi pensez-vous ? s'enquit Anna.

Stepan sourit.

— Je suis en train de me dire que ce conte finit le mieux du monde. Le dernier prince du Kouban s'embarque au soleil couchant, sa princesse à son côté.

Anna plissa le nez.

— Finit ? Vous croyez cela ? Pourtant, il ne fait que commencer ! Il était une fois une princesse qui épousa son prince. Ils firent l'amour tous les jours de leur vie et vécurent heureux jusqu'à la fin des temps.

Et d'ajouter avec un sourire :

— D'ailleurs, c'est une *très* longue histoire et elle va commencer ce soir même, dès que je vous tiendrai nu dans mes bras !

Retrouvez en août 2019,
dans votre collection

LES HISTORIQUES

Un cœur à apprivoiser, de Michelle Styles - N°841

877 après J.-C., île de Colbhasa, Écosse

Ragnhild fuit celui qui fut son beau-frère avant la mort de son horrible époux et qui souhaite désormais sa mort pour hériter de ses terres. Désespérée, Ragn a accepté d'épouser un illustre inconnu pour sauver sa vie et se retrouve désormais sans un sou, sur son île reculée, afin de concrétiser leur mariage. Malgré toutes les épreuves qu'elle a traversées, Ragn garde l'espoir de trouver l'amour, ou du moins un peu de paix. Mais c'est compter sans la résolution de son promis, Gunnar Olafson, qui s'est juré, à la mort de sa propre famille, de ne jamais plus aimer quiconque…

Sous la protection du croisé, d'Anne Herries - N°842

En fuite pour échapper au cruel comte de Newark, qui veut la prendre pour épouse, Elaine croise le chemin de Sir Zander de Bricasse. Émerveillée par ces retrouvailles fortuites, elle s'empresse d'accepter la protection de son amour d'enfance. Mais l'homme plein d'idéaux qui avait autrefois su ravir son cœur semble avoir changé depuis son retour de croisade. Zander, devenu sombre, a perdu toute foi en Dieu et tout amour pour elle…

La belle et le Highlander, de Nicola Cornick - N°843

LES HÉRITIÈRES MACMORLAN - TOME 1

Forres Castle, Écosse, 1803

Robert, marquis de Methven, exige un mariage de convenance avec Lucy, pour hériter des domaines MacMorlan à titre de réparation. Lucy, farouchement opposée à toute idée d'engagement, refuse et éconduit le marquis, malgré le charme viril qu'il dégage. Mais, lorsque Robert menace de révéler ses activités secrètes, elle panique. S'il venait à se découvrir qu'elle écrit des missives romantiques contre de l'argent, elle serait à jamais déshonorée…

LES HISTORIQUES

Le tourbillon du scandale, de Helen Dickson - N°844

Écosse, 1358

Piégée par une tempête de neige dans la demeure d'Ewen Tremain, Alice est pétrifiée. Cette intimité avec un homme fera de nouveau d'elle l'objet des rumeurs les plus folles alors qu'elle a fui Paris pour échapper à un scandale. Sans compter que la proximité avec Ewen, promis à Roberta, l'amie proche qui héberge Alice, la déstabilise au plus haut point…

Un baiser défendu, de Christine Merrill - N°845

AU SERVICE DES STRICKLANDS - TOME 1

Hope doit retrouver au plus vite la parure égarée dans la succession familiale, pour apaiser l'ire de Miles Strickland, lointain héritier de Comstock qu'elle doit épouser sous peu. Aussi accepte-t-elle l'aide de Gregory Drake, expert en résolution d'intrigues aristocratiques. Mais au contact de cet homme, bien loin des gentlemen qu'elle a pu connaître, Hope se prend à douter. Et si, le temps d'une nuit, elle s'accordait une parenthèse entre les bras interdits de Gregory ?

Le pacte du dragon, de Catherine Archer - N°846

Angleterre, 1200

Au retour d'une croisade en Terre sainte, Sir Simon Warleigh découvre que son ennemi juré, le comte de Kelsey, l'a calomnié auprès du roi Jean afin de s'emparer de ses biens. Pour rentrer en grâce et conserver son fief, il se voit contraint par Sa Majesté d'épouser Isabelle, la fille du duc. Cette dernière, une beauté glaciale, consent sans broncher à cette union forcée. Une apparente indifférence qui dissimule en fait une sensibilité à fleur de peau et un espoir secret : avoir bientôt un enfant à aimer. Espoir déçu, car Simon, se méprenant quant aux raisons de sa froideur, met un point d'honneur à ne pas l'approcher…

La rose interdite, de Terri Brisbin - N°847

Écosse, 1356

Se soumettre à l'arrogant Rurik Erengisl, qui prétend l'escorter jusqu'en Écosse pour la ramener à son père ? Lady Margriet y répugne. Dans son état, comment pourrait-elle accepter, sans que cela entache l'honneur de sa famille ? Rurik le guerrier le lui fait savoir : si elle s'obstine dans la rébellion, il mettra le feu au couvent où elle s'est réfugiée. Révoltée mais acculée, la fière Margriet finit donc par céder – non sans avoir auparavant mis au point un stratagème ingénieux pour le piéger.

Composé et édité par HarperCollins France.

Achevé d'imprimer en mai 2019.

CPI
BLACK PRINT

Barcelone

Dépôt légal : juin 2019.

FSC
www.fsc.org
MIXTE
Papier issu de sources responsables
FSC® C108412

Pour limiter l'empreinte environnementale de ses livres, HarperCollins France s'engage à n'utiliser que du papier fabriqué à partir de bois provenant de forêts gérées durablement et de manière responsable.

Imprimé en Espagne.